Theresa Prammer

Auf dem Wasser treiben

Theresa Prammer

Auf dem Wasser treiben

Roman

List

MIX
Papier aus verantwortungsvollen Quellen
FSC® C014496
www.fsc.org

List ist ein Verlag
der Ullstein Buchverlage GmbH

ISBN: 978-3-471-35168-0

Gesetzt aus Granjon
Satz: L42 AG, Berlin
Druck und Bindearbeiten: GGP Media GmbH, Pößneck
Printed in Germany

Für meine Eltern.
Und für Joseph.

Wasser ist ein mysteriöses Material.
Es ist ein einfaches Molekül.
Aber es verhält sich auf sehr überraschende Weise.

Dr. Adam Wexler, 2018

PROLOG

Alles begann mit einem Sturz ins Wasser.

Stefan hatte sich vom Picknickplatz weggeschlichen, da niemand auf sein »Wer geht mit mir schwimmen?« reagierte.

Seine Eltern waren mit seinen Geschwistern beschäftigt. Fred, mit zwölf Jahren der Älteste von ihnen, musste pinkeln und fluchte leise hinter einem Busch, weil er das nicht im Freien konnte.

»Come on, Freddie. You can do it. Let it flow.«

Emma, die Mittlere und das »Toastkind«, wie sie sich deshalb selbst nannte, durchsuchte alle Taschen. Sie konnte ihre Bücher nicht finden, war aber vollkommen sicher, sie eingesteckt zu haben. Ihre Mutter suchte mit, denn Emma wurde nervös, wenn sie nichts zu lesen hatte.

Ihr Vater, der aus England stammte, nannte Emma dann liebevoll »cold turkey« und lachte.

Stefan wusste nicht, wieso seine Schwester ohne Buch ein kalter Truthahn sein sollte. Aber Emma schien es zu wissen oder zumindest blöd zu finden, denn sie verdrehte die Augen und schüttelte den Kopf.

Die Familie war am Morgen überstürzt aufgebrochen, in den letzten beiden Wochen hatten Regenfälle und Sturmböen einander abgewechselt, als käme die nächste Sintflut.

An diesem Sonntag war endlich der ersehnte erste heiße Sommertag, und sie wollten jede Sekunde nutzen, denn niemand traute dem Wetter.

Und weil eben alle so beschäftigt und aufgeregt waren, achtete keiner auf Stefan. Mit seinen acht Jahren war er der Jüngste.

Manchmal hatte er den Eindruck, er könne sich in seiner Familie unsichtbar machen.

Es war wie das »Beamen« in seiner Lieblingsserie *Raumschiff Enterprise*. Nur eben ein bisschen anders. Er musste sich nicht in Luft auflösen. Es reichte, wenn er keinen Mucks von sich gab und sich dabei vorstellte, er wäre gar nicht da.

Es funktionierte nicht immer. Aber oft.

Als er außer Sichtweite des Picknickplatzes war, rannte er auf den Steg zu, der in die Donau führte. Wegen des vielen Regens der vergangenen Tage war das Holz aufgeweicht und mit einer glitschigen Schlammschicht überzogen. Er rutschte aus und landete auf dem Hintern. Wie ein Pfeil schoss er in den Fluss. Und ging sofort unter. Die reißende Strömung drückte ihn tiefer und ließ ihn nicht wieder hochkommen. Sein Brustkorb krampfte sich zusammen, als er statt Luft Wasser einatmete. Schlagartig explodierten Angst und Panik in ihm. Alles wirbelte. Er konnte nichts mehr erkennen. Kein Oben und kein Unten. Sein ganzer Körper flehte. Keine Hilfe. Nur noch mehr Wasser in seinen Lungen. Mehr. Und mehr. Es zerriss ihn. Und plötzlich wurde alles dunkel. Zuerst verließ ihn die Kraft. Dann wurde die Angst weniger. Bis sogar sie schließlich verebbte. In ihm wurde es ganz still. Er verschwand. Wie beim Beamen.

Als er die Hände auf dem Oberarm spürte, war es, als wäre das gar nicht mehr sein Körper. So, wie wenn man mitten in der Nacht aufwacht, weil man auf seinem Arm eingeschlafen ist und den nicht richtig spürt. Die Hände rissen und zogen ihn. Es tat kaum weh. Auf seinem Gesicht wurde es kühl.

War das Luft?

»Ich hab ihn, ihn hab ihn«, hörte er seine Mutter von ganz weit entfernt. Ihre Stimme klang schrill und gleichzeitig wie unter Wasser. »Stefan, hörst du mich? Stefan?«

Er fühlte ein Rütteln und wollte antworten, aber es ging nicht. Jemand quietschte. War das Emma?

»Mama, was ist mit ihm?«, schrie Fred.

Er wurde unter den Achseln gepackt und aus dem Wasser gezogen.

»Holt euren Vater.«

Irgendwas drückte auf seine Brust, wieder und wieder. Zuerst spürte er es kaum. Dann wurde es stärker und stärker. Und plötzlich tat es unglaublich weh. Er musste husten und spucken und ihm wurde schlecht. Das Wasser spritzte ihm aus Mund und Nase, und als er einatmete, stach seine Lunge, als wären darin Tausende Nadeln. Er blinzelte und sah in die Augen seiner Mutter. Sie weinte, streichelte ihm über das Gesicht, küsste seine Wangen.

»Wie geht es dir, mein armer Liebling?«

Er wollte etwas sagen, aber es kam nur ein Schluchzen heraus.

»Stevie, Stevie. O my god.«

Sein Vater fiel auf die Knie, drückte ihn an sich, während seine Mutter nicht aufhörte, ihm über den Rücken zu streicheln. Sogar die Hände von Emma und Fred griffen nach ihm, als müssten sie sich vergewissern, dass er wirklich da war.

Sein Vater hob ihn hoch, so behutsam, als wäre er ein sehr kostbares Paket.

In diesen Armen war Stefan in Sicherheit. Er klammerte sich wie ein Äffchen an Johns Hals, vergrub sein Gesicht im weichen Vollbart. Das hatte er früher immer so gerne getan. Diese Fülle aus Haaren wie flauschiger Draht, in die er seine Nase gesteckt hatte. Ganz genau so roch sein Vater, wie dieser Bart.

Doch jetzt war da noch ein anderer Geruch, nach diesen scharfen Pfefferminzbonbons, die so auf der Zunge brannten.

Als Stefan auf der Picknickdecke saß, eingeklemmt zwischen seinen Eltern, kam es ihm vor, als wären sie drei miteinander verbundene Legosteine.

Emma fütterte ihn mit Keksen, Fred ließ ihn nicht aus den Augen, und seine Eltern fragten alle paar Minuten, wie es ihm ging, ob er etwas brauchte, ihm etwas wehtat?

Irgendwann stand sein Vater auf und sagte: »Lasst uns zurück zum Wasser gehen.«

Stefan wollte nicht, er wollte nie wieder dorthin, geschweige denn sonst in die Nähe eines Gewässers. Er fing an zu weinen und krallte sich an der Picknickdecke fest.

Sein Vater strich ihm über den Kopf.

»Vertraust du mir, Stevie?«

Er wartete, bis Stefan nickte. Erst dann hob er ihn wieder hoch und trug ihn zum Ufer.

»Stevie, ich weiß, du hast Angst. Aber kannst du dich erinnern an die Story, wenn man vom Pferd fällt?«

Stefan schüttelte den Kopf. Er wäre jetzt lieber mit jeder Art von Pferd davongeritten, als auch nur eine Zehenspitze in den Fluss zu stecken.

Sein Vater lächelte, strich ihm die Haare aus der Stirn und flüsterte ihm ins Ohr.

»Wenn du noch mal schwimmst, mit Emma und Fred, dann wirst du dich immer daran erinnern. Und irgendwann vergisst du die schlimme Sache von vorhin. Mummy steht da und ist sofort im Wasser, wenn du sie brauchst. Okay?«

Stefan sah hinüber zu seiner Mutter. Sie sah ein bisschen so aus wie damals, als der Arzt gesagt hatte, die roten Punkte auf seiner Haut seien Scharlach.

»Emma und Freddie, ihr passt auf Stevie auf, okay?«

Emma nickte und griff gleich nach Stefans Hand, kaum hatte sein Vater ihn abgesetzt. Fred reichte ihm die andere.

Vorsichtig rutschte er an ihren Händen bis zum Ende des Stegs. Er ließ die beiden nicht mal los, als sie bereits im Wasser waren.

Zuerst brauste die Angst noch tosend in ihm, wie eine Horde wilder Fliegen. »Bss-bss-bss« dröhnte sie in seinen Ohren. Sie ließen sich zu dritt treiben. Die Strömung war sanfter geworden, Stefan fühlte sie nur ganz leicht an den Füßen.

»Wir sind ein Kreis aus Fleisch und Blut im Wasser«, rief Emma.

»Igitt«, sagte Fred. Emma quietschte vor Lachen.

»Ja, das seid ihr«, rief ihr Vater vom Ufer zurück.

Sonnenstrahlen trafen auf die Wasseroberfläche und verwandelten sie in flüssiges Licht.

Es dauerte eine Weile. Aber irgendwann wurde dieses Brausen in Stefan tatsächlich weniger. Bis es schließlich ganz verebbte und die wilden Angst-Fliegen sich in Luft auflösten.

Und als Stefan die Hände seiner Geschwister losließ und sie nebeneinander schwammen, war es noch immer in Ordnung. Das Wasser trug ihn und Emma und Fred. Irgendwie füllte es die losen Stellen zwischen ihnen aus, sogar wenn sie sich nicht festhielten. Er winkte zum Ufer, sein Vater hatte recht gehabt.

»Du hast es geschafft, Stevie. Das war sehr mutig!«

Stefan war an diesem Abend in seinem Bett vor dem Einschlafen so glücklich, dass er sicher war, dieser Tag war besser als der Besuch im Prater vor zwei Monaten. Besser als fünf Folgen *Raumschiff Enterprise* hintereinander. Und sogar besser als die Nacht, als sie im Garten gezeltet hatten.

Er würde morgen seinen Freunden in der Schule davon erzählen. Und alle wären schwer beeindruckt.

Doch das passierte nie.

Denn in dieser Nacht verschwand sein Vater aus der Familie. Seine Seite des Bettes war am Morgen leer, seine Schlüssel lagen am Küchentisch. Er war einfach weg. Oder wie Emma es nannte: »Er hat sich wie eine Fata Morgana in Luft aufgelöst.«

Keiner von ihnen nannte ihn je wieder Papa.

Alles, was von John Wilkinson blieb, war eine krakelige, wahrscheinlich im Dunkeln geschriebene Nachricht auf einem Notizzettel, den er auf sein Kopfkissen gelegt hatte.

I'm sorry. Bitte verzeiht mir. John

1.

Jeder Mensch besteht zu drei Viertel aus Wasser.
Im Prinzip ist also jeder von uns nichts anderes
als eine lebende Wassermelone.

Das stand auf einem Aufkleber an der Tür von Stefans Büro in der Technischen Universität. Irgendjemand hatte ihn dort angebracht, lange bevor er in dieses Büro eingezogen war. Vielleicht einer der Studenten, um das Abbild der »geistigen Elite«, mit dem jede Universität sich umgab, zu relativieren.

Als Stefan es zum ersten Mal las, musste er lachen.

Auch, weil der Hausmeister gleich darüber sein Namensschild angebracht hatte: *Stefan Schneider, Dipl.-Ing. Dr. techn. – Forschungsbereich Wassergüte und Wasserressourcen.*

Er ließ den Aufkleber, wo er war. Nicht nur, weil ihm der Vergleich gefiel. Die beiden Sätze führten ihm immer wieder die Vielfalt vor Augen, die er an seinem Forschungsgebiet so schätzte. Natürlich waren die Verschmutzungen und knappen Trinkwasser-Ressourcen weltweit das größte Problem. Es wurde daran geforscht, um schnellstmöglich Lösungen zu finden. Ohne sauberes Wasser kein Leben – aber da war noch mehr. Denn obwohl Wasser der Ursprung war, wusste die Wissenschaft noch immer erstaunlich wenig darüber. Woher kam es? Wieso verhielt es sich, wie es das tat?

Stefan glaubte, wenn er Wasser genau genug verstand, dann

würde es ihm ganz von selbst die Antworten zeigen. Und damit auch die Lösungen.

Sein Büro war eines der letzten im dritten Stock. Er hatte es sich ausgesucht, da man in diesen Teil der Universität nur dann kam, wenn man wirklich hinwollte. Die Direktion lag im ersten Stock, die Vorlesungen fanden in den beiden anderen Gebäuden statt, und die Mensa lag im zweiten Innenhof. Allein deswegen war er verwundert, als er an diesem Nachmittag im August ein fremdes Frauenlachen hörte. Während der Semesterferien war die Uni so ausgestorben, dass man normalerweise den ganzen Tag niemanden zu Gesicht bekam.

Er sah von den Unterlagen auf seinem Schreibtisch hoch und streckte den Kopf, um über den oberen Rand des Bildschirms zu sehen. Im Eingang des Büros stand eine dunkelhaarige Frau in einem hellgrünen T-Shirt.

»Oh, hallo.«

Sie lächelte ihn an, ihre Augenbrauen schnellten in die Höhe, und sofort dachte Stefan, er hätte einen Termin übersehen. Das passierte ihm öfter, wenn er mit einem Forschungsprojekt beschäftigt war. Wie spät war es überhaupt? Er hatte den Wecker des Handys gestellt, um nicht auf die Uhrzeit achten zu müssen. Kurz nach achtzehn Uhr sollte er sich auf den Weg machen, wenn er noch Blumen für seine Mutter kaufen wollte.

»Stefan Schneider«, sagte die Frau in der Tür und nickte.

Er nickte zurück.

Manchmal, wenn er den ganzen Tag gearbeitet hatte, schien seine Sprache mit seinen Gefühlen zu kollidieren. Er war dann so in seiner inneren Welt eingekapselt, dass er sich erst wieder an einen anderen Menschen gewöhnen musste.

»Du hast dich kein bisschen verändert«, sagte sie.

Für einen Augenblick sah er sie schweigend an. Sie kam ihm bekannt vor, aber er hatte keine Ahnung, woher.

Die kurzen braunen Haare betonten ihre auffallend großen Augen hinter der Brille mit so hellgrünem Gestell wie ihr T-Shirt.

»Du hast keine Ahnung mehr, wer ich bin, oder? Es ist auch lange her. Meine Haare waren damals lang, ich war blond …« Sie nahm die Brille ab. »… und ich hab die noch nicht gebraucht. Wir haben zusammen studiert. Bevor ich …«

Sie sprach nicht weiter, trat einen Schritt in sein Büro, legte einen Finger an die Schläfe, als würde sie nachdenken, und kniff ihre Augen zu einem scharfsinnigen Blick zusammen. Und da wusste er sofort wieder, wer sie war.

Marie Kronsteiner. Sie hatte im Hörsaal oft in seiner Nähe gesessen. Ein erfreuter Laut entkam ihm, es klang wie ein Bellen.

»Marie«, sagte er rasch mit tiefer Stimme.

Sie nickte und legte den Kopf leicht schief.

»Hallo, Stefan.«

Ihr breites Lächeln erinnerte ihn sofort wieder, wie sie früher manchmal zu ihm herübergesehen hatte, wenn sie gute Noten bekamen oder ihre Arbeiten gelobt wurden. Wochenlang hatte er sich gefragt, warum sie plötzlich nicht mehr in die Vorlesungen gekommen war. Er hatte sie vermisst. Sich sogar überlegt, ob er sie anrufen sollte. Doch das waren nur hypothetische Gedanken, natürlich hatte er es dann doch nicht gemacht. Sie hatte sich verändert, war erwachsener geworden. Aber noch immer genauso attraktiv wie damals.

Er stand vom Schreibtisch auf und versuchte dabei lässig zu wirken.

Eine erwachsene, selbstsichere Version von Stefan Schneider, dem mit Auszeichnung promovierten Wissenschaftler. Und nicht mehr Stefan Schneider, der Streberstudent. Der sie fragen wollte, ob sie mit ihm ausging, und sich dann bei jedem Versuch doch immer in physikalische Themen flüchtete, weil das ein sichereres Terrain war.

»Das ist zwölf Jahre her«, sagte er und streckte ihr die Hand entgegen. Sie grinste, doch gerade als er sich fragte, ob diese Begrüßung zu förmlich war, schüttelte sie ihm die Hand.

»Du hast ein perfektes Gedächtnis. Wie damals.«

Er sah sie einen Moment zu lange an und dachte, dass sein Gedächtnis nicht der Grund war, warum er sich daran erinnerte. Marie hatte immer so unerschrocken gewirkt. Als hätte sie das Leben im Griff und wüsste, was sie wollte. Und nicht umgekehrt, wie bei ihm. Das hatte er an ihr bewundert. Sie war freundlich zu den größtenteils männlichen Studenten und trotzdem bestimmt gewesen, wenn es den Anschein hatte, dass sie nicht mit dem gleichen Respekt behandelt wurde. Etwas in der Art hatte er ihr damals sagen wollen. Nur weniger abgehoben.

»Als ich unten beim Eingang deinen Namen gelesen habe, dachte ich mir, dass du dieser berühmte Wasser-Mann an der Uni bist. Das war ja damals schon dein Steckenpferd.« Sie deutete auf sein Hemd. »Und ist es heute nur purer Zufall, oder trägst du noch immer ausschließlich Hawaiihemden wie früher?«

Er musste lächeln und spürte, wie ihm das Blut in die Wangen schoss. »Kein Zufall.«

Sie schnalzte mit der Zunge.

»Dabei dachte ich, du machst das, damit du auf den Studentenpartys aus der Menge herausstichst.«

Stefan war in seinem Leben auf gerade mal zwei Studentenpartys gewesen, und das so kurz, dass er sein halbes Bier stehen gelassen hatte. Aber das war eben so – jeder schätzte ihn geselliger, als er war. Und er entfernte sich normalerweise rasch genug, bevor man ihm draufkommen konnte. Meistens. Das war die beste Strategie.

Der neuerliche Beweis dafür war Anja, die wahrscheinlich gerade in seine Wohnung fuhr, um ihre Habseligkeiten zu holen. Ein weiterer gescheiterter Versuch einer Beziehung in der nichtlinearen Differenzialgleichung seines Lebens. Gratulation. Von wegen seiner Theorie »das Wasser im menschlichen Körper strebt nach Verbindung«. Nach drei Monaten hatte sie ihm gestern den Laufpass gegeben. Einfach so, am Telefon. Der Gedanke gab ihm einen Stich. Es hatte ihn vollkommen überrascht, was sie wiederum als »sehr lustig« kommentiert hatte. Ironisch gemeint.

»Woran arbeitest du gerade?«, fragte Marie. Sie deutete zu seinem Schreibtisch. »Darf ich?«

»Natürlich.«

Er freute sich über ihr Interesse und trat zur Seite. Kam es ihm nur so vor, oder roch sie noch immer wie damals? Nach frisch gewaschener Wäsche und einem Hauch Lavendel.

Dass er das nach all den Jahren noch wusste, sich aber nicht daran erinnern konnte, wo er vor ein paar Stunden sein Auto geparkt hatte.

Sie beugte sich über die Unterlagen.

»Die Reaktion von Wassermolekülen bei elektrischer Ladung«, las sie. »Spannend. Um was genau geht es?«

»Wasser im menschlichen Körper. Genauer gesagt, ich untersuche gerade die Art von Protonen darin, die durch die elektrische Ladung, die Herzschläge erzeugen, entstehen.«

Marie faltete ihre Hände, als würde sie beten, und grinste. Da sah er ihren Ehering. Das machte ihn trotz der langen Zeit, die vergangen war, tatsächlich ein bisschen wehmütig. Er überspielte es mit einem Lächeln.

Sie legte den Kopf in den Nacken und seufzte.

»Oh, das ist lange her … ich habe seit einer Ewigkeit niemanden mehr von Protonen und elektrisch geladenem Wasser sprechen hören. Das klingt wie Musik in meinen Ohren.«

Sie lächelte dabei die ganze Zeit, und Stefan war sich nicht sicher, ob sie sich lustig machte oder es ernst meinte.

»Und was genau untersuchst du bei diesen Protonen im menschlichen Körper?«, fragte sie.

»Sie reagieren magnetisch und streben nach inniger Verbindung.« Er verschränkte die Finger ineinander, wie er es sonst auch bei seinen Vorlesungen machte. »Es ist eine Art eigener Zustand, wie flüssig, verdampft, gefroren, nur können wir ihn nicht mit bloßem Auge erkennen, darum …«

»Moment. Willst du damit sagen, du hast herausgefunden, das Wasser im menschlichen Körper ist magnetisch?«

»Nicht das ganze Wasser. Aber die elektrisch geladenen Teilchen, die Protonen darin. Ja, genau.«

»Aber – und korrigiere mich bitte, wenn ich falschliege – wir sprechen hier von einhundert Trillionen Trillionen Wassermolekülen?«

»Stimmt. So viele befinden sich in jedem Menschen.«

Er hörte sich an wie in einer Quizshow.

Sie setzte sich auf den Stuhl hinter seinem Schreibtisch, sah wieder auf die Unterlagen und dann zu ihm.

»Weißt du, was das bedeutet, Stefan? Das heißt, es wäre der Beweis schlechthin, warum Menschen sich verbinden. Sie müssen es. Ob sie wollen oder nicht.«

»Ganz richtig, es hat den Anschein, diese Theorie könnte unter diesem Aspekt wahr sein.«

Bitte hör auf, so gestelzt zu klingen, und rede normal.

Sie schien es gar nicht zu bemerken, denn sie runzelte die Stirn, und da war auch wieder dieser scharfsinnige Blick wie früher.

»Das ist gigantisch. Stell dir vor, du nimmst einen ein Meter langen Stab und legst ihn einhundert Trillionen Trillionen Mal aneinander. Dann würde er von einer Seite des Universums bis zur anderen reichen. Und genau so eine Größenordnung an Protonen hat jeder Mensch in sich? Diese riesige Menge an winzig kleinen Magneten?«

»Ja.«

Ein »ja« war unverfänglich, ein »ja« ging immer.

Sie sah ihn verblüfft an. Nein, er hatte sich geirrt. Sie war vielleicht äußerlich erwachsener geworden, aber sonst noch ganz genauso wie früher.

»Das ist die Entdeckung.« Sie lachte auf. »Endlich habe ich eine Erklärung für jede grauenhafte Beziehung in meinem Leben. Die wollte gar nicht ich – sondern das Wasser in mir. Ich wusste es. Das ist genial.« Sie strahlte ihn an. »Ernsthaft, dafür bekommst du den Nobelpreis, Stefan.«

Er lachte auf und schüttelte den Kopf. An ihrer Reaktion war zu merken, dass sie schon lange nicht mehr mit der Materie zu tun hatte. Trotzdem nahm er alles in sich auf, ihre Begeisterung, ihre Scherze und auch ihr Staunen. Er lächelte sie an. Und jetzt sollte er etwas sagen. Etwas Charmantes.

»Was verschlägt dich hierher, Marie?« war alles, was ihm einfiel. Er hoffte, dass er sich sicherer anhörte, als er sich fühlte. Lässig versteckte er seine Hände in den Hosentaschen, weil er nicht wusste, wo er mit ihnen hinsollte.

»Oh, ich wollte mich nur kurz umsehen, und weil ich so spät noch Licht in deinem Büro gesehen habe, dachte ich, ich schau mal rein.«

»Wieso so spät?«

Stefan sah auf die Uhr über der Tür. Das konnte nicht stimmen. Die Zeiger standen kurz vor neunzehn Uhr.

»Was ist los?«, fragte Marie und folgte seinem Blick.

»Mein Wecker hat nicht geläutet. Ich muss zu einem Termin.«

Im Laufschritt holte er sein Sakko von der Stuhllehne. Marie begleitete ihn bis zum Ausgang auf den Karlsplatz. Sie sprach über die gemeinsame Studienzeit und ehemalige Kommilitonen, während Stefan fieberhaft nachdachte, wo er geparkt hatte. Dann trennten sich ihre Wege. Er überlegte, was er ihr zum Abschied sagen könnte. Etwas jenseits eines floskelhaften: »Hat mich gefreut, dich wiederzusehen.«

Doch sie kam ihm zuvor.

»Wir sehen uns morgen, Stefan. Hochoffiziell.«

Er hatte keine Ahnung, was sie meinte, aber »morgen« klang auf jeden Fall gut. Und dann lief er auch schon los in der Hoffnung, sein Gedächtnis möge anspringen wie ein Motor und ihm den Weg zum Auto weisen.

In weniger als einer halben Stunde würden fünfundfünfzig Gäste im Garten seines Elternhauses, das sie alle nur »die Villa« nannten, vergebens darauf warten, »Happy Birthday, Hannah« zu rufen, wenn er seine Mutter nicht rechtzeitig zu ihrer Überraschungsparty brachte.

2.

Hannah Schneider war froh, als sie endlich das Klingeln an der Tür ihrer Hausverwaltung hörte. Seit diesem Anruf vor einer Stunde saß sie wie auf Nadeln.

»Bitte sag, dass Martin keine Überraschungsparty für mich gibt«, sagte sie, kaum dass sie geöffnet hatte. Stefan senkte sofort den Blick. Ihr jüngster Sohn war zwar ein erfolgreicher Wissenschaftler mit diversen Auszeichnungen, aber er war schon immer ein dramatisch schlechter Lügner gewesen. Er konnte nie den Augenkontakt halten und bekam diesen überforderten Gesichtsausdruck. Hannah wusste Bescheid, bevor er ihr überhaupt den Ansatz einer Antwort lieferte.

»Oh Gott, Martin tut es wirklich«, sagte sie.

Schon die ganze Woche hatte sie sich auf einen gemütlichen Abend mit ihm, ihren Kindern und beiden Enkelkindern im Fratellis, ihrem Stammitaliener, gefreut.

»Was? Nein, natürlich nicht«, bemühte Stefan sich. »Alles Gute zum Geburtstag, Mama.«

Ihr Sohn küsste sie eilig auf die Wange.

»Also, gehen wir?«

Hannah strich sich den engen schwarzen Seidenrock glatt, um Zeit zu gewinnen. Kurz fragte sie sich, ob man seine eigene Überraschungsparty versäumen durfte? Nein, natürlich nicht. Dass sie überhaupt daran dachte, musste am Sekt liegen, mit dem sie am Nachmittag im Büro angestoßen hatten. Sie vertrug anscheinend tatsächlich keinen Alkohol mehr. Sie fuhr sich über das Gesicht, ihre sonst hochgesteckten dunkelblonden Locken flossen über die Schultern. Sie war am Morgen vor dem Büro beim Yoga gewesen, wie jeden Donnerstag. Hätte sie das mit der Party gewusst, wäre sie nicht hingegangen. Sie war so müde. Vielleicht lag es auch daran, dass sie die letzten Nächte kaum geschlafen hatte.

Nein, nicht daran denken, es gab jetzt Wichtigeres. Wo waren eigentlich ihre Schuhe? Nachdem ihre Sekretärin Frau Karinger gegangen war, hatte sie sie ausgezogen, aber sie war so zerstreut, dass sie keine Ahnung mehr hatte, wo.

»Komm bitte noch rein, Stefan. Ich muss meine Schuhe suchen.«

»Sind sie das dort?«

Stefan deutete zur Biedermeierkommode. Unter den geschwungenen Holzbeinen lugten zwei schwarze Absätze hervor. Hannah konnte sich gar nicht erinnern, wie sie dort gelandet waren. Sie musste sich konzentrieren.

Eilig fischte sie die Pumps hervor und ging im Kopf die Liste ihrer Freundinnen durch. Wenn Martin ihre engsten und von einigen deren Partner eingeladen hatte, dann wären es um die fünfzehn Personen. Oder zwanzig. Höchstens.

»Hat Martin dir gesagt, wie viele Gäste es sein werden?«, fragte sie, während sie in die Schuhe schlüpfte.

»Wir sollten jetzt los«, wich Stefan aus.

»Stefan, bitte. Wie viele Leute kommen heute Abend?«

Sie sprach absichtlich sehr langsam und deutlich, wie immer, wenn ihr etwas wirklich wichtig war. Das funktionierte meistens. Stefan seufzte und runzelte die Stirn.

»Na gut. Woher weißt du es?«

Er wirkte bekümmert. Sie sah ihn an und wurde von einer solchen Liebe erfasst, dass sie ganz automatisch ihre Hand ausstreckte und ihm über die Wange streichelte. Erst als sie seinen erstaunten

Blick bemerkte, registrierte sie, was sie da tat. Als wäre er ein kleiner Junge und nicht ein einunddreißig Jahre alter Mann. Rasch zog sie ihre Hand zurück.

»Die Cateringfirma hat vor einer Stunde angerufen, weil sie nicht ins Haus gekommen sind. Sie hatten meine Nummer aus dem Internet. Ich habe gesagt, das muss ein Irrtum sein, da haben sie anscheinend ihren Fehler bemerkt und sehr schnell aufgelegt. Also, wie viele?«

»Fünfundfünfzig.«

Sie zuckte zusammen.

»Wie bitte?«

Er nickte. »Es erwarten dich fünfundfünfzig Gäste.«

»Nein!« Ihre Stimme war hochgerutscht. »Weil ich fünfundfünfzig Jahre alt werde, hat Martin fünfundfünfzig Gäste eingeladen?«

Er deutete auf ihre weiße Bluse.

»Ja. Und du hast da einen kleinen Kaffeefleck.«

Sie sah an sich herunter.

»Ich muss in die Küche.«

Stefan folgte ihr. Sie deutete auf den schwarzen Esstisch, auf dem eine halbe Sachertorte mit einer abgebrannten Geburtstagskerze stand.

»Möchtest du ein Stück?«

»Nein, danke. Wir sollten wirklich los.«

»Gib mir fünf Minuten.«

Während sie ihre Bluse reinigte, fiel ihr im Spiegel über dem Waschbecken auf, dass ihr Haaransatz an den Schläfen schon wieder grau war. Die Zeichen der Zeit hatten sie nach all den Jahren doch überraschend plötzlich eingeholt. Vielleicht hatte sie es aber bis jetzt auch einfach nicht bemerkt. Oder ausgeblendet. Sie musste daran denken, wie sie früher manchmal für die ältere Schwester ihrer Kinder gehalten worden war.

Sie war noch so jung gewesen, als Fred auf die Welt kam. Einen Augenblick blieb ihr Blick an ihrem Spiegelbild hängen. Wo war die naive, hoffnungsvolle Hannah Schneider von damals?

Stefan trat hinter sie. Er tippte auf sein Handgelenk, als wäre dort eine Uhr.

»Du siehst sehr gut aus, Mama.«

»Danke. Aber hätte Martin nicht einfach fünfundfünfzig Kerzen in eine Torte stecken können?«, murmelte sie und betrachte ihren Sohn im Spiegel.

Erst wenn sie ihn neben sich sah, fiel ihr wieder auf, wie ähnlich er seinem Vater sah. Genauso hinreißend, aber im Gegensatz zu John hatte sie bei Stefan den Eindruck, es würde ihn ärgern. Dabei war alles an seinem Gesicht eine fast schon perfekte Einheit. Die melancholischen dunklen Augen unter den dichten Brauen, die hohen Wangenknochen, das schnittige Kinn und die geschwungenen Lippen. Natürlich fand jede Mutter ihre Kinder schön, aber Stefan sah aus, als hätte John ihn gemalt. Was würde John wohl dazu sagen, wenn er …

Sie stoppte die Frage, noch bevor sie sie beendet hatte. Was war das nur in letzter Zeit? Immer wieder tauchte John in ihren Träumen auf und weckte sie mitten in der Nacht. Und selbst dann, wenn sie mit klopfendem Herzen wach lag, hatte sie den Eindruck, als würde er neben ihr am Bett sitzen.

Sie konzentrierte sich auf Stefan, der ungeduldig hinter ihr stand.

Seine blasse Haut und die leicht eingefallenen Wangen verrieten ihr, dass er zu viel arbeitete. Ob er glücklich war? Stefan hatte noch nie viel geredet. Nein, das stimmte so nicht, aber diesen Gedanken schob sie rasch beiseite.

Er hob die Augenbrauen zu einer stummen Frage. Für einen Augenblick war es fast so, als würde John hinter ihr stehen und nicht ihr Sohn.

Sie sah rasch weg, mit einer Hand stopfte sie die Bluse in den engen Rock, während sie eine Spraydose aus dem Schrank unter dem Waschbecken holte. In Sekundenschnelle waren ihre Schläfen so dunkelblond wie der Rest ihrer Haare, sie drehte sie zu einem Knoten und steckte sie fest. »Fünfundfünfzig«, sagte sie, als könnte sie es selbst nicht glauben. Es war so schnell passiert. »Ich bin zu jung, um alt zu sein, und zu alt, um jung zu sein.«

Stefan lächelte milde im Spiegelbild.

»Alter ist relativ.«

»Nur für Wissenschaftler.«

Sie verteilte Rouge auf den Wangen. Wo war der Abdeckstift? Ihre Augenschatten hatten die Farbe von Auberginen.

»Mama, wir sollten jetzt los.«

»Eine Minute.«

Stefan schien es aufzugeben, er setzte sich an den Tisch, brach ein kleines Stück Torte ab und steckte es in den Mund. Sie drehte sich um und betrachtete ihn. Er starrte gedankenverloren vor sich hin. Sein hellgrünes Hemd mit den pinkfarbenen Flamingos blitzte unter dem Sakko hervor. Hoffentlich würde sich Fred nicht darüber lustig machen. Schon die letzten Male war ihr Freds vordergründig lustiger, aber in Wahrheit abschätziger Kommentar über die Vorliebe seines Bruders für Hawaiihemden nicht entgangen. Im nächsten Moment schüttelte sie über sich selbst den Kopf.

Meine Güte, ihre Söhne waren erwachsene Männer und keine kleinen Jungen. Wieso dachte sie so etwas? Warum jetzt auf einmal? Waren das die Wechseljahre? Oder war etwa ihr Geburtstag daran schuld? Nein, stopp. Es war wirklich nicht der richtige Zeitpunkt, daran zu denken. Sie wollte sich schon wieder zum Spiegel drehen, da sah sie den Schlüssel. Er lag neben dem Teller mit der Torte. Sie musste ihn liegen gelassen haben, als sie aus dem Keller hochgekommen war.

»Wenn du und Emma und Fred mit Lydia und den Zwillingen kommen, wer sind dann eigentlich die anderen – achtundvierzig Gäste?«, lenkte sie ab, während sie den Schlüssel nahm und ihn beiläufig in der Besteckschublade verschwinden ließ.

Hatte Stefan etwas bemerkt? Sie wagte nicht, ihn anzusehen. Sonst würde sie sich garantiert verraten. Wieso war sie überhaupt dort unten gewesen? Das war dumm, so dumm.

»Keine Ahnung«, sagte Stefan. Er klang ganz normal, stellte sie erleichtert fest. Nein, es war ihm sicher nicht aufgefallen.

Sie fand den Abdeckstift und verteilte die Creme unter den Augen. Im Spiegelbild warf sie Stefan einen kurzen Blick zu. Er schien genauso wenig begeistert von der Party zu sein wie sie.

Wen Martin wohl eingeladen hatte? Auf jeden Fall musste er sich unglaubliche Mühe gegeben haben. Darum hatte er die letzten beiden Wochen also oft so angespannt gewirkt. Sie sollte sich wirklich zusammenreißen. Ein bisschen stärkere Unterstützung konnte da auch nicht mehr schaden. Sie holte eine Flasche Cognac aus einem der Küchenschränke, goss sich zwei Fingerbreit ein und prostete Stefan zu.

»Auf ein rauschendes Fest«, sagte sie und leerte das Glas auf einen Zug.

»Ich kann mich …«

Das Klingeln von Stefans Handy unterbrach seinen Satz. Er formte stumm Martins Namen, während er abhob.

»Hallo, Martin. … Wir fahren sofort los. … Oh, dein Auto springt nicht an. Ja, natürlich holen wir dich von zu Hause ab und fahren dann gemeinsam ins Fratellis.« Das war also der Vorwand, unter dem Stefan sie zur Überraschungsparty bringen sollte statt zum Italiener. »Nein, noch in der Hausverwaltung … ja, wir brechen jeden Moment auf.«

Er klang bei seiner Lüge so unecht und angestrengt, als würde er einen Text ablesen, den er nicht verstand. Es fiel ihr schwer, das Lachen zu unterdrücken. Aber Martin schien Stefans Mühen nicht zu bemerken. Sie hörte ihn voller Vorfreude aus dem Telefon glucksen wie ein Kind am Weihnachtsabend.

Ein Gefühl von Dankbarkeit überfiel sie so plötzlich, dass sie sich umdrehen musste. Tränen stiegen ihr in die Augen. Der Cognac war doch ein Fehler gewesen. Jetzt wurde sie auch noch rührselig.

»Bist du fertig?«, fragte Stefan, nachdem er aufgelegt hatte. Sie nickte, dabei war ihr plötzlich wirklich nach Weinen zumute. Warum, wusste sie selbst nicht. Sie wollte es nicht, aber die Tränen kullerten über ihre Wangen.

»Mama?«

Er trat neben sie mit einem erschrockenen, fast schon schockierten Blick. Sie schüttelte den Kopf, winkte ab und streichelte ihm reflexartig über den Oberarm.

»Alles in Ordnung, Stefan. Deine Mutter spinnt nur ein bisschen.«

Sie versuchte ein Lachen, merkte aber selbst, wie es ihr misslang. Schnell wischte sie sich die Tränen ab und übermalte die länglichen Spuren im Make-up mit dem Abdeckstift. Als könnte sie das schlechte Gewissen, das aus seinem Versteck gekrochen war und ihr die Brust zuschnürte, damit ausradieren.

3.

Stefan blieb im Vorgarten der Familienvilla stehen. Seine Mutter war gerade auf dem kleinen Kiesweg zum Garten, der hinter dem Haus lag, um die Ecke verschwunden. Er lauschte. Im nächsten Moment hörte er den Chor der Gäste rufen.

»Überraschung!«

Er wollte noch abwarten, bis der erste Trubel sich gelegt hatte, und ihr dann folgen. Er legte den Kopf in den Nacken. Es war ihm unangenehm, wie er vorhin reagiert hatte. Er war überfordert gewesen, denn obwohl seine Mutter ihm nur bis zur Brust reichte, hatte er sie in den vergangenen Jahren als groß und auf ihre Art robust wahrgenommen. Vorhin in der Hausverwaltung war sie ihm auf einmal ziemlich klein und zerbrechlich vorgekommen. Wieso hatte sie geweint? War etwas passiert? Hatte es mit ihrem Geburtstag zu tun?

Im Auto versuchte er sie darauf anzusprechen, aber sie hatte während der ganzen Fahrt fröhlich geplappert, wie aufgeregt sie sei. Dass sie noch nie im Leben eine Überraschungsparty bekommen hatte. Und er wollte ihr einerseits nicht die Laune verderben, und andererseits war er froh über ihren Stimmungswechsel. Obwohl er sich fragte, ob die Vorfreude wirklich so groß oder dem zweiten Cognac, den sie noch in der Hausverwaltung getrunken hatte, geschuldet war.

Warum hatte Martin ausgerechnet ihn gebeten, seine Mutter abzuholen? Normalerweise erledigte doch Fred mit Vorliebe alles, was auch nur im Entferntesten mit familiären Pflichten zu tun hatte.

Eine Wolke aus Zigarettenrauch stieg ihm in die Nase. Stefan sah sich um, konnte aber nicht entdecken, woher er kam. Stattdessen fiel ihm wieder einmal auf, wie sehr die Zeit hier stehen geblieben war. Jedes Mal überkam ihn dieses unbestimmte Gefühl zwischen Sehnsucht, Verzückung und dem Wunsch, sofort zu fliehen, wenn er nach Hause kam, in »die Villa«.

Er berührte das schmiedeeiserne Tor, schloss seine Finger um das kalte Metall, roch den fast schon penetranten Duft der Rosenbüsche, die den Zaun entlang wucherten. Alles war gleichzeitig fremd und vertraut. Er, Emma und Fred waren hier aufgewachsen, hatten miteinander gespielt, gestritten und Pläne geschmiedet. Und dann waren sie erwachsen geworden. Einer nach dem anderen war ausgezogen, nur ihre Mutter lebte noch immer in diesem Haus, in dem sie geboren worden war. Als sei es die einzige Konstante in ihrem Leben, in das sie wie ein Bumerang ständig zurückkehrte. Dabei stellte sie oft empört fest, die Villa sei doch viel zu groß für sie und Martin. Zwei Stockwerke, zwölf Zimmer, eine Veranda, ein Wintergarten, ganz zu schweigen von dem riesigen Garten. Früher hatte die gesamte Familie hier gewohnt, aufgeteilt in mehrere Generationen. Großeltern, Eltern, Kinder, Enkel. Nach und nach hatten sich die Zimmer geleert. Doch auch wenn das halbe Haus ungenutzt blieb, war es noch immer eine Wertanlage. Verkaufen war nie eine Option gewesen, schon gar nicht in diesen Zeiten, in denen die nächste Finanzblase über allen schwebte. Ein leichter Windhauch wehte erneut Zigarettengeruch in seine Richtung. Das kam von der Veranda. Er drehte sich um. Dort saß im Halbdunkel eine Frau auf der Hollywoodschaukel. Sie hatte einen Aschenbecher auf dem Schoß, hielt eine Zigarette und nagte gleichzeitig am Daumennagel. Sie schien ihn nicht zu bemerken.

Er wollte sich schon davonstehlen, da rief sie plötzlich: »Guten Abend.«

»Guten Abend.«

»Ich hoffe, es ist okay, wenn ich hier rauche.«

Er sagte nichts, sie hob ein Glas, das sie vor sich am Boden stehen hatte, und prostete ihm zu.

»Sie sehen Emma Schneider sehr ähnlich«, stellte sie fest. Sie hatte etwas Katzenhaftes an sich, wie sie an ihrem Getränk nippte und dann den Kopf schieflegte.

»Ich bin ihr Bruder.«

»Der ältere oder der jüngere?«

»Der jüngere.«

»Ah.« Sie schnalzte mit der Zunge. »Der hübsche.«

Stefan war gleichzeitig verwundert und peinlich berührt. Flirtversuche und Small Talk waren die Pforten seiner ganz persönlichen Hölle. Dankbar hörte er, wie im Garten »Hoch soll sie leben« angestimmt wurde. Er entschuldigte sich und floh in Richtung Gesang.

Martin hatte sich wirklich ins Zeug gelegt, der Garten war nicht wiederzuerkennen. Zwischen den Bäumen hingen bunte Lichterketten über den mit cremefarbenem Damast bedeckten Tischen. Daneben standen Kellnerinnen der Cateringfirma, die Tabletts mit Horsd'oeuvres balancierten. Etwas abseits gab es ein Buffet, auf dem es aus Edelstahlbehältern auf Rechauds dampfte. Der rauchige Geruch von Brennpaste vermischte sich mit dem Duft nach Gebackenem, gebratenem Fleisch und etwas süßlich Würzigem, Curry vielleicht. Weiter hinten befand sich sogar eine Tanzfläche, die von drei Scheinwerfern angestrahlt wurde. Ein großer, in den Rasen gesteckter Sternspucker in der Form eines Herzens begann zu sprühen, die Funken wanderten in die Mitte und ließen das Alter seiner Mutter erstrahlen: 55. Sie stand davor, hatte die Zähne aufeinandergepresst und die Mundwinkel unnatürlich weit auseinandergezogen. Sein mangelndes Talent zu lügen hatte er auf jeden Fall von ihr. Doch in dem Moment, als die Blitzlichter und Luftschlangen wie auf Kommando von allen Seiten auf sie einprasselten und Martin in einem weißen Anzug und rotem Hemd mit einem Strauß Rosen im Arm aus der Menge hervortrat, wurde ihr Strahlen wahrhaftig. Martin gab ein Zeichen, worauf zwei Kellnerinnen eine riesige Torte mit unzähligen brennenden Kerzen brachten. Jetzt sah Stefan auch Emma und Fred mit dessen Frau und den Zwillingen. Sie standen nicht weit von ihm entfernt, gleich neben dem Kastanienbaum. Er wollte ihnen winken, da blieb sein Blick an einem hochgewachsenen bärtigen Mann mit breiten Schultern hängen, der unter dem Baum stand. Stefan trat einen Schritt vor und kniff die Augen zusammen.

Das war sein Vater. John Wilkinson.

Nein, das konnte nicht stimmen. Dieser Mann hatte unglaubliche Ähnlichkeit mit seinem Vater. Zwar waren die Haare dieses Mannes grau und lang und zu einem Zopf gebunden, doch davon abgesehen sah er auf die Entfernung wirklich aus wie ein zwanzig Jahre älterer John Wilkinson. Sogar die Kleidung war ähnlich, weißes Hemd, schwarze Jeans, cognacfarbene Lederschuhe. Blitzschnell sah Stefan zu Emma und Fred, ob ihnen dieser Mann auch aufgefallen war. Seine Schwester war ein paar Schritte nach hinten getreten, er konnte ihr Gesicht nicht sehen. Fred starrte den Mann mit einem so erschrockenen Ausdruck an, den Stefan nicht mehr von ihm kannte, seit sie erwachsen waren.

»John?«

Das war seine Mutter. Ihr Ausruf war mehr eine Frage und übertönte die Strophe »Gesund soll sie bleiben, gesund soll sie bleiben, dreimal so gesund«. Martin drehte sich in die Richtung, in die sie starrte.

»John?«, wiederholte sie.

Ihre Stimme überschlug sich, sie kreischte fast und übertönte das Lied. Ihr Gesicht war vor Schreck verzerrt. Als würde sie jeden Moment die Beherrschung verlieren. Die letzten Gäste, die noch gesungen hatten, hörten schlagartig auf.

Eine ältere Dame neben Stefan fragte flüsternd, wer denn John sei?

Er antwortete geistesabwesend: »Mein Vater.«

»Aber ist der nicht schon ewig lange tot?«

»Ja.«

Da breitete der Mann unter dem Kastanienbaum die Arme aus und ging auf Hannah zu.

4.

Emma lag auf dem Bett ihres alten Kinderzimmers im ersten Stock der Villa und sah sich um. Wie sehr sich hier alles verändert hatte. War sie wirklich nicht mehr herinnen gewesen, seit der Raum zu einem Gästezimmer umfunktioniert worden war?

Statt ihrer Poster von David Bowie und der Kunstdrucke von Chagall waren die Wände mit einer englischen Rosentapete tapeziert. Der überquellende Bücherschrank war durch eine Kommode ersetzt worden, und vor den Fenstern hingen weiße Spitzenvorhänge.

»Hat sich Mama beruhigt?«, fragte sie Stefan und richtete die zwei Kissen unter ihren Füßen.

»Ich sehe sie nicht. Ich glaube, Fred hat sie ins Haus gebracht.« Stefan drehte sich vom Fenster, durch das er in den Garten hinuntersah, zu ihr. »Was ist mir dir? Bist du krank?«

Emma zögerte – aber nur einen winzigen Augenblick.

»Nein. Nur mein Kreislauf. Wahrscheinlich der Alkohol und die Hitze. Alles bestens.«

Im Gegensatz zu ihrem Bruder war sie eine sehr gute Lügnerin. In den letzten beiden Jahren war sie praktisch Expertin auf diesem Gebiet geworden.

Ihr Bruder nickte und blickte wieder aus dem Fenster in den Garten. Ob Georg noch da war?

»Was tut sich da unten?«, fragte Emma. Ihre Stimme klang perfekt arglos.

»Nichts. Die Gäste stehen in der Gegend herum, und die Stimmung ist nicht gerade berauschend.«

»Und dieser fremde Mann unter dem Baum?«

Nein, sie würde den Namen nicht aussprechen. Weil er es nämlich nicht war, das war doch klar.

»Er ist nicht mehr da.«

Stefan beugte sich ein wenig näher zur Glasscheibe.

»Sag mal, kennst du diese rothaarige Frau im hellblauen Anzug? Sie hat auf der Veranda geraucht und mich gefragt, ob ich dein Bruder bin. Der hübsche.«

Er verdrehte die Augen, und Emma lachte auf.

»Ja, das ist Fabienne. Sie ist mit mir gekommen.«

Stefan fragte nicht nach, als wäre es ihm Antwort genug. Dabei kannte er Fabienne gar nicht. Emma war am Vormittag in ihrer Stammbuchhandlung für den monatlichen Büchereinkauf gewesen. Da kam Martins SMS, sie solle bitte unbedingt am Abend jemanden mitbringen, da Stefan gerade für seine Begleitung abgesagt hatte. Sonst kämen nur vierundfünfzig Gäste, was, laut Martin, seinen ganzen Partyplan zerstören würde. Also hatte sie Fabienne, die Inhaberin der Buchhandlung, gefragt. Emma hatte dort viele Lesungen ohne Honorar gehalten und das sehr gerne getan. Fabienne sagte immer, sie wolle sich mit einer Einladung revanchieren. Nicht, dass Emma das nicht gerne angenommen hätte – Fabienne war lustig, aufmerksam, nett und interessant. Die Besuche in der Buchhandlung gehörten sogar zu Emmas spärlichen Highlights. Aber sie wusste, Fabienne wäre enttäuscht, wenn sie Emma in dieser Phase ihres Lebens näher kennenlernte. Im Moment war es besser, wenn ihre sozialen Kontakte sich nur auf Begegnungen beschränkten, die sie zeitlich kontrollieren konnte. In einem Zeitrahmen, in dem sie ihre Fassade als erfolgreiche Kinderbuchautorin unter Kontrolle hatte. Das meinte auch ihre Therapeutin. Vorerst.

Emma hätte ihren Bruder gerne gefragt, wen er noch im Garten sah. Vor allem wollte sie wissen, ob ihr Mann Georg dort unten stand. Ex-Mann – das passierte ihr ständig. Aber dann würde ihr Bruder vielleicht sagen, ja, ich sehe ihn. Neben seiner neuen Frau und dem Baby im Kinderwagen. Emma schloss die Augen. Sie hätte es Martin sagen sollen, als er sie gefragt hatte, ob es in Ordnung wäre, Georg einzuladen. Warum hatte sie das nicht getan? War sie Masochistin? Wollte sie so unbedingt ihrem Bild der Ich-bin-absolut-über-die-Scheidung-hinweggekommen-Emma entsprechen? Oder hatte sie sich schlicht und einfach danach gesehnt, ihn wiederzusehen?

Sie musste an die Szene vorhin im Garten denken.

»Weißt du, wieso Mama diesen Mann John genannt hat?«, fragte sie.

»Wegen zwei doppelten Cognacs«, sagte Stefan.

Emma lachte, sie dachte im ersten Moment, es sei ein Scherz. Doch Stefan nickte. Er sah aus, als würde er noch etwas sagen wollen. Sie wartete. Als er es nicht tat, seufzte sie leise.

»Weißt du, was komisch ist, Stefan? Früher habe ich manchmal gedacht, ich sehe John. Auf der Straße oder in einem vorbeifahrenden Auto. Für den Bruchteil einer Sekunde habe ich wirklich geglaubt, er wäre es. Sogar nachdem er gestorben ist. Aber noch nie hat ihm jemand so ähnlich gesehen wie dieser Mann heute.«

Stefan sah wieder aus dem Fenster. Als sei es ihm unangenehm, dass sie davon angefangen hatte. Und Emma musste daran denken, dass sie, Stefan und Fred als Erwachsene so verschieden waren – man hätte sie kaum noch für Geschwister gehalten.

Sie konnte sich gar nicht erinnern, wann irgendeiner von ihnen das letzte Mal über John gesprochen hatte. Seit er tot war, wurde dieses Thema gemieden, als wäre es der Auslöser einer schlimmen Krankheit.

Der letzte Mensch, außer ihrer Therapeutin, dem Emma erzählt hatte, dass John vor einundzwanzig Jahren, zwei Jahre nach seinem Verschwinden, bei einem Autounfall in Thailand gestorben war, das war tatsächlich Georg gewesen. Sie hatte geweint, als sie darüber sprach, wie auf einer Bergstraße im Khao-Luang-Nationalpark ein Lkw zu schnell um die Kurve gefahren war und die Spur nicht halten konnte. Der entgegenkommende Bus, in dem sich neben vielen Touristen auch ihr Vater befunden hatte, stürzte dreißig Meter in die Tiefe.

Hatte sie eigentlich noch mehr deprimierende Gedanken, mit denen sie sich befassen konnte?

»Wen wolltest du heute Abend mitbringen, Stefan?«, fragte Emma.

»Kann ich dich allein lassen? Ich würde gerne mal runter in den Garten gehen«, wich er aus. So typisch für ihn. Stefan war wie ein Fisch, den man nicht fassen konnte. Kein Wunder, dass er Wasser erforschte, dachte sie oft.

Ihr kleiner Bruder, der Wissenschaftler, der sich nur wohlzufühlen schien, wenn er in seinem Aquarium hockte. So stellte sie sich sein Labor vor, wie ein großes Fischglas. Dabei war sie wahrscheinlich um nichts besser, schließlich hatte sie mit keinem Wort den wahren Grund ihrer Scheidung erwähnt.

Plötzlich schien es Emma kein so abwegiger Gedanke mehr, selbst nachzusehen, ob Georg noch da war. Sie stand vom Bett auf und stellte sich zu Stefan.

Im Garten passierte irgendetwas. Martin war wieder zu den Gästen getreten. Er eilte von Grüppchen zu Grüppchen, sah sich zwischendurch um, als würde er jemanden suchen. Und er schien etwas zu fragen, denn es wurde immer wieder mit Kopfschütteln und umhersuchenden Blicken reagiert.

Stefan sah sie an.

»Also, kann ich?«

Emma wollte ihm gerade antworten, dass er natürlich gehen

könne, da entdeckte sie Georg. Er stand in der Nähe des Buffets und hielt dieses kleine Bündel im Arm. Seine Frau daneben hatte ein Fläschchen in der Hand und schüttelte es, als wäre es ein Cocktailshaker.

In Emma explodierte etwas. Sie stürmte ins Badezimmer, schlug die Tür hinter sich zu und riss den Toilettendeckel gerade noch rechtzeitig hoch. Sie versuchte sich leise zu übergeben, aber das war genauso unmöglich, wie sich nicht absolut erbärmlich zu fühlen. Sie sollte nicht hier sein. Er sollte nicht hier sein. Und dieses Baby sollte nicht da unten im Garten sein.

»Emma? Alles okay?«, fragte Stefan durch die Tür.

Sie wollte antworten, dass »alles gut« sei, da hörte sie die Schritte, die ins Zimmer gelaufen kamen.

»Ist meine Mutter hier?«, fragte Fred.

»Nein, unsere Mutter ist nicht hier«, antwortete Stefan mit genervter Betonung auf *unsere*. Fred tat immer so, als wäre Hannah nur seine Mutter.

»Wo ist Emma?«, fragte Fred. »Georg hat mehrmals nach ihr gefragt.«

Stefans Antwort konnte Emma nicht hören, sie übergab sich schon wieder. Es war ein Fehler, dass sie gedacht hatte, sie wäre so weit, herzukommen.

»Sind Sie sicher, dass Sie das wirklich wollen?«, hatte ihre Therapeutin mit diesem forschenden Blick gefragt. Warum eigentlich? Hätte sie es Emma nicht ausreden müssen?

Sie spülte sich den Mund mit Wasser aus. Als sie aus dem Bad kam, hielt sie sich am Türrahmen fest.

»Bist du schwanger?«, fragte Fred.

Das war typisch für ihn. Er musste immer alles wissen. Kein Wunder, dass er zur Polizei gegangen war.

Emma lachte heiser auf. Ihr Bruder hatte ja keine Ahnung, wie ironisch seine Frage war.

»Nein, bin ich nicht.«

Fred verzog seinen Mund zu diesem mitleidigen Ausdruck, der sie schon immer wahnsinnig gemacht hatte.

»Es ist ja nicht überraschend bei diesem Schreck eben«, sagte er, als wüsste er Bescheid.

»Fred, wo bist du?«, rief Martin aus dem Flur.

»Im Gästezimmer.«

Martin erschien außer Atem, sein rotes Hemd voller Schweißflecken.

»Hannah?«

Stefan und Fred schüttelten gleichzeitig die Köpfe.

»Verdammt. Sie ist weg. Weder im Haus noch im Garten«, sagte Martin und schluckte.

Emma warf einen Blick zu Stefan, der rasch zu Boden sah.

»Wir werden sie gleich finden«, beruhigte Fred Martin. »Der DJ soll Musik auflegen und ein bisschen für Stimmung sorgen. Emma und Stefan, ihr kümmert euch um die Gäste.«

Es klang wie ein Einsatzbefehl.

Bevor Emma etwas erwidern konnte, war er bereits aus dem Zimmer. Am liebsten hätte sie ihm nachgerufen, er solle sich selbst um die Gäste kümmern. Fred fragte nicht. Fred erteilte Anweisungen.

Sie hatte es noch nie leiden können, von ihm herumkommandiert zu werden. Erstaunlich, wie oft er es trotzdem versuchte. Vielleicht fiel es ihm auch einfach nicht auf.

Stefan wirkte unruhig, er kratzte sich am Kinn. Wahrscheinlich war es das Letzte, was er wollte, sich um irgendwelche fremden Gäste zu kümmern.

»Wir gehen jetzt zu diesem Mann«, beschloss Emma.

Im Wohnzimmer saß der Doppelgänger auf der riesigen dunkelbraunen Ledercouch im Kolonialstil. Aus der Nähe betrachtet war die Ähnlichkeit mit ihrem Vater zwar recht erstaunlich, aber bei Weitem nicht mehr so eindeutig. Er hatte die gleichen dunklen Augen, aber die Nase zierte ein ordentlicher Höcker. Bei genauem Hinsehen verdeckte der Bart einen kleinen, schmalen Mund. Die Lippen ihres Vaters waren wunderschön geschwungen gewesen. Wenn er sie gespitzt hatte, sahen sie aus wie ein Herz.

»Guten Abend.« Emma schüttelte ihm die Hand.

»Guten Abend. Gerhard Reiter.«

Ein anderer Name. Eine andere Stimme. Kein englischer Akzent. Stefan hielt sich im Hintergrund, als wäre er nur irgendein Partybesucher.

»Entschuldigen Sie, aber sagt Ihnen der Name Wilkinson etwas?«, fragte Emma.

Der Doppelgänger überlegte einen Moment.

»Leider, noch nie gehört. Warum? Oder warten Sie! Wilkinson, ist das nicht eine Rasierklingenmarke?«

Er schien sich zu freuen, als hätte er eine richtige Antwort gegeben, und nickte Emma zu.

»Nein, ich meine John Wilkinson«, sagte Emma.

Sie fand, sie hörte sich ein bisschen an wie Columbo, den sie gestern Nacht im Fernsehen hatte laufen lassen, um einzuschlafen.

Der Doppelgänger schüttelte den Kopf und rieb sich die Hände.

»Fragen Sie mich das, weil mich Frau Schneider vorhin mit einem John verwechselt hat?«

Emma nickte, es war ihr ein bisschen unangenehm. Als würde sie damit ihre Mutter verraten.

»Nein, der Name sagt mir gar nichts. Es tut mir leid, es hat Frau Schneider ja ziemlich erschreckt, als sie mich gesehen hat. Diese Wirkung habe ich sonst nur auf meine Ex-Frau.« Er lachte. »Pardon. Ich meine, ich habe die Homepage für Frau Schneiders Hausverwaltung entworfen. Da wir alles per Mail oder Telefon geklärt haben …«

»Wusste sie nicht, wie Sie aussehen. Verstehe.«

Jetzt hörte sich Emma tatsächlich an wie Columbo.

»Genau, das hat Frau Schneider auch gesagt.«

»Ach, Sie haben bereits mit ihr gesprochen?«

»Ja, sie war hier, bis vor ein paar Minuten. Ich glaube, sie hat gesagt, sie geht sich ein wenig frisch machen.«

»Wirklich? Na dann, vielen Dank«, sagte Emma.

Sie war verärgert, diese Hysterie von Fred war wieder mal typisch für ihn. Ihre Mutter war nicht verschwunden, und das hier war auch kein verschollener Verwandter ihres Vaters. Noch gab es sonst irgendein Geheimnis, das heute Abend gelüftet werden sollte.

Emma drehte sich zu Stefan, um ihn zu bitten, sie in den Garten zu begleiten. Noch länger konnte sie Georg wirklich nicht aus dem Weg gehen. Sie würde Stefan einfach sagen, er solle die ganze Zeit neben ihr bleiben, und es schnell hinter sich bringen. Das Gute an ihrem kleinen Bruder war, dass er sowieso nie Fragen stellte.

Doch Stefan war nicht mehr da.

Selten in ihrem Leben hatte Emma sich so allein gefühlt wie im nächsten Moment, als das Weinen eines Babys aus dem Garten ertönte.

5.

Emma hörte ein Knarren vom Eingang der Küche, und ihre Schultern verkrampften sich. Sie drehte sich mit dem Siebträger in der Hand, den sie gerade in die alte Espressomaschine auf der Anrichte einhängen wollte, um.

Was für eine Erleichterung, es war Fabienne.

Sie stand unter dem hohen Türrahmen und hielt ein volles Sektglas in der Hand.

»Emma! Hier bist du. Versteckst du dich vor den Gästen?«

Emma hätte im ersten Moment fast genickt. Es war zwar mehr als unwahrscheinlich, dass Georg in der Küche nach ihr suchen würde, aber man konnte nie wissen. Bis zu dem Babygeschrei hatte sie wirklich vorgehabt, zurück in den Garten zu gehen. Aber dann waren da diese Gefühle von Verlust und der Sehnsucht nach etwas Unerreichbarem, die sie wie schwere Ketten davon abhielten.

»Nein, ich starte die berühmte Gegenparty in der Küche«, sagte sie und schwenkte den Siebträger. »Willkommen. Möchtest du auch einen Kaffee?«

Fabienne grinste und prostete ihr zu.

»Danke, ich genieße gerade meinen leichten Schwips.«

Emma manövrierte den Siebträger mit sanfter Gewalt in die Vorrichtung und schaltete die Espressomaschine ein. Das rote Aufheizlämpchen blinkte. Fabienne stieß hinter ihr einen anerkennenden Pfiff aus.

»Das ist ja der reinste Palast.«

»Das Haus?«

»Nein, die Küche.«

Emma lachte auf, denn Fabienne hatte recht. Dieser Raum mit dem schwarz-weißen Fliesenboden war so groß wie ein kleiner Ballsaal. Der Kristalllüster mit Hunderten geschliffenen Glastropfen hing unverändert schon seit Generationen hier. Ihre Mutter hatte ihn einmal schätzen lassen, er war ein Vermögen wert. In der Mitte stand ein riesiger Esstisch mit abgesplitterter Lackfläche. Emma hatte immer daran herumgekratzt, um ihrer Großmutter zu zeigen, wie wenig sie daran interessiert war, kochen zu lernen. Das war ihr stiller Protest als Kind gewesen, denn von ihren Brüdern hatte die Großmutter das nie verlangt. Dafür lag ihr das Patriarchat zu sehr im Blut. Schon allein deshalb hatte Emma, bereits als sie klein war, eine Abneigung gegen diese Küche entwickelt. Und gegen das Kochen. Gegen ihre Großmutter sowieso – aber wenigstens die hatte sich gelegt, als Friederike Schneider im Alter so milde und freundlich geworden war, dass Emma sich im Nachhinein gewünscht hatte, sie hätten einander wirklich gekannt.

»Ich hoffe, du amüsierst dich ein bisschen, Fabienne? Es tut mir leid, es war so ein Trubel.«

Emma hatte nach ihr sehen wollen, aber der Garten war keine Option mehr gewesen.

»Einen deiner Brüder habe ich bereits kennengelernt.« Fabienne leerte ihr Glas.

»Ich weiß. Den hübschen. Er hat mir davon erzählt. Und? Gefällt er dir? Wenn du willst, gebe ich dir seine Nummer.«

Fabienne verschluckte sich und musste husten.

»Danke, nicht nötig«, murmelte sie und wischte sich die Sekttropfen vom Blazer.

»Dann hast du eine gute Intuition, was Männer betrifft.«

»Wieso?«, fragte Fabienne überrascht.

»Der schweigsame Fisch mit den bunten Flossen in meinen Geschichten? Das ist er. Aber das weiß er nicht.«

»Was? Wirklich?«

Emma nickte. Als sie zu schreiben begonnen hatte, hatte sie sich ihrem kleinen Bruder noch sehr verbunden gefühlt. Vielleicht weil ihre Mutter Martin an ihrer Seite hatte, Fred dabei war, seine eigene Familie zu gründen, und Emma dadurch den Eindruck hatte, die beiden waren angekommen. Aber Stefan schien seinen Platz noch zu suchen. Genau wie sie.

Es war nicht böse gemeint, mehr als Scherz. Sie dachte, er würde es selbst erkennen und witzig finden. Doch dann war sie draufgekommen, dass er nie eines ihrer Bücher gelesen hatte. Wahrscheinlich hätte sie es nur erwähnen müssen, dann hätte er es sicher nachgeholt. Aber das hatte sie nie.

Wenn sie jetzt daran dachte, kam es ihr vor, als wären sie langsam immer mehr auseinandergedriftet, wie Boote in verschiedenen Strömungen. Es war einfach passiert. Keine Katastrophe war daran schuld. Die lag lange zurück, und sie hatten sie gemeinsam überstanden. Genauso wie Emma hoffentlich diese Party überstehen würde.

»Und wieso ist er ausgerechnet der Fisch?«, fragte Fabienne.

»Weil er schon immer ganz vernarrt in Wasser war.«

In Wahrheit hätte Emma ihm kein anderes Tier geben können. Das hatte auch damit zu tun, dass Stefan etwas so Ungreifbares an sich hatte, man bekam ihn nie ganz zu fassen.

»Und dein anderer Bruder? Kommt er auch in den Büchern vor?«, fragte Fabienne.

Sie stützte ihr Kinn in die Hand und betrachtete Emma, als würde sie über etwas nachdenken.

Emma schüttelte den Kopf. Über Fred schrieb sie nicht. Eine innere Schranke hielt sie davon ab. Wahrscheinlich weil die Gefahr zu groß war, ihn nicht gut wegkommen zu lassen. Und das wollte sie auf keinen Fall, er war schließlich immer noch ihr Bruder. Auch wenn er sie mit seinem Kontrollzwang und der ewigen Besserwisserei in den Wahnsinn treiben konnte.

Er erzählte ihr oft voller Stolz, dass er seinen Kindern aus ihren Büchern vorlas. Emma versuchte, sich darüber zu freuen. Doch Fred nickte Emma dabei so huldvoll zu, als rechnete er nicht nur mit ihrem Dank, sondern auch mit der Auszeichnung zum »Vater des Jahres«.

Bei Fred hatte sie sehr oft den Eindruck, er erwarte Bewunderung. Das hatte schleichend begonnen, als ihr Vater verschwand, mit den Jahren zugenommen und sich seither nicht geändert.

Fabienne setzte sich an den Küchentisch. Ihr Blick war unverändert nachdenklich. Vielleicht fühlte sie sich hier nicht wohl und wollte gehen? Emma konnte es ihr nicht verübeln. Diese Party war anders, als sie erwartet hatte.

»Emma, ich …«, begann Fabienne.

»Ja?«

Fabienne zog angespannt die Schultern hoch.

»Ich glaube, ich hätte jetzt doch gerne einen Kaffee.«

Emma bereitete eine zweite Tasse zu und reichte sie ihr.

»Danke. Was gab es da vorhin eigentlich für einen Tumult im Garten?«

Emma winkte ab, es war zu persönlich, um Fabienne davon zu erzählen. Sie war sich nicht ganz sicher, aber Fabienne sah aus, als wäre sie ein bisschen gekränkt. Sie rührte Zucker in ihren Kaffee und schien auf etwas zu warten, dann sah sie plötzlich hoch.

»Wie bist du eigentlich zum Schreiben gekommen, Emma?«

»Während des Germanistikstudiums.«

Das war die Antwort, die sie auch immer bei Interviews gab.

»Aha.«

Fabienne senkte den Kopf. Jetzt war sich Emma sicher, dass sie sie gekränkt hatte. Das wollte sie nicht.

»Na ja, das klingt besser als die unglamouröse Wahrheit.«

»Ach so?«

»Ja. Um meiner Mutter nicht auf der Tasche zu liegen, hatte ich einen Nebenjob in einem alten Kino. Zwischen den Vorführungen brauchte ich was, um mir die Zeit zu vertreiben. Ich habe einfach nur aus Spaß mit dem Schreiben angefangen.«

Die Erinnerung war sofort wieder da, der harte Sessel in dem kleinen Kassenhäuschen, die Fensterscheibe mit der Durchreiche und der Duft von Popcorn vom Kinobuffet.

»Ich dachte immer, ich werde diese Bücher einmal meinen eigenen Kindern vorlesen«, sagte Emma geistesabwesend. Sofort stockte sie. Wie hatte ihr das nur rausrutschen können? Fabienne betrachtete sie, und Emma war sich sicher, sie hatte ihren erschrockenen Gesichtsausdruck bemerkt.

Sie nahm einen Schluck Kaffee.

Nach einer Weile sagte Fabienne: »Es sind wirklich tolle Bücher geworden.«

»Danke. Und wie bist du zu deiner eigenen Buchhandlung gekommen?«, wechselte Emma das Thema.

Ein Lächeln breitete sich auf Fabiennes Gesicht aus.

»Es war eine ziemlich verrückte Kurzschlussreaktion. Nach dem Studium hatte ich einen tollen Job in einer großen Werbefirma. Aber es war eben … immer das Gleiche, verstehst du? Dort die Biobutter von glücklichen Kühen, da der urbane, aber trotzdem umweltfreundliche Sportwagen und hier noch ein hautverfeinerndes Make-up, das keine Flecken auf der Kleidung hinterlässt.« Es klang witzig, Fabienne sprach wie in Slogans. »Ich habe richtig gut verdient, aber ich habe nicht dafür gebrannt. Es war mehr ein kleines Flämmchen. Das immer winziger wurde. Und winziger. Jeden Morgen auf dem Weg in die Agentur bin ich an dem Buchladen vorbeigegangen, und eines Tages stand da, dass er wegen Pensionierung Ende des Monats geschlossen wird. Und da wusste ich plötzlich, was mir gefehlt hat. Glaubst du an Zeichen, Emma?«

»Nein, nicht wirklich.«

»Siehst du, ich auch nicht. Dafür bin ich zu sehr Realistin. Aber in diesem Moment, ich schwöre dir, da war es so, als hätte der Laden nur auf mich gewartet. Entweder das, oder ich habe einen ziemlichen Knall, in diesen Zeiten meinen lukrativen Job an den Nagel zu hängen, um eine Buchhandlung zu übernehmen. Wobei, auch mit dem Knall könnte ich leben.« Sie grinste. »Also bin ich rein, habe am nächsten Tag den Kaufvertrag unterschrieben und meinen Job gekündigt.«

Emma nickte anerkennend.

»Das ist fantastisch. Und mutig.«

»Ich weiß es nicht. Rückblickend war es sicher das Unvernünftigste, was ich je gemacht habe.« Sie lachte auf und schlug die Hände über dem Kopf zusammen. »Aber selbst, wenn es schiefgegangen wäre, was es zum Glück ja nicht ist – wir haben doch nur dieses eine Leben, und was hat es für einen Sinn, wenn wir es nicht mit ganzem Herzen auskosten?«

Emma musste lächeln. Fabiennes Enthusiasmus, das war etwas, wonach sie suchte. Sie wollte sich wieder gut fühlen, an etwas glauben, das größer war als ihr Kummer. Wie früher. Und nicht mehr diese emotionale Achterbahn erleben. Plötzlich tat es ihr leid, dass sie Fabienne nicht die Wahrheit gesagt hatte.

Sie räusperte sich.

»Der Tumult vorhin im Garten … das war, weil meine Mutter dachte, sie würde in einem Gast meinen Vater erkennen. Aber, na ja, er ist vor einer Ewigkeit verschwunden und kurze Zeit später gestorben. Ich weiß nicht, wieso sie angenommen hat, er wäre es.«

Fabienne sah besorgt aus.

»Ist alles okay mit ihr?«

Emma sog hörbar Luft ein und zuckte mit den Achseln. »Stefan meint, sie hatte zu viel Cognac, bevor sie hergekommen sind. Es ist schon komisch. Obwohl mein Vater schon länger tot ist, als ich ihn überhaupt gekannt habe, spielt er in der Familie noch immer so eine große Rolle. Als wären wir alle ein Haus, in dem das halbe untere Stockwerk fehlt.«

»Was ist denn passiert?«

»Er war eines Tages einfach weg. Keiner hat verstanden, warum. Man denkt, es gibt doch Anzeichen, so klein waren wir schließlich auch nicht mehr. Aber da war nichts. Gar nichts. Im Gegenteil.«

Obwohl so viele Jahre vergangen waren, begann ihr Herz auch jetzt noch unregelmäßig gegen den Brustkorb zu schlagen, wenn sie davon sprach.

»Als ich angefangen habe zu schreiben, habe ich mir immer überlegt, was ich tun würde, wenn ich noch einmal die Chance hätte, ihn zu sehen.«

»Und?«

»Na ja, es war mir gar nicht bewusst, aber ich war unglaublich wütend auf ihn. Also gab es erst mal die Wut-Varianten. Meine Hauptfiguren schrien ihre Väter an, egal, ob es Bären, Fische oder Kätzchen waren. Der Vater flehte um Verzeihung, weil er seine Familie im Stich gelassen hatte. Irgendwann konnte ich das dann nicht mehr. Es war einfach genug. Er war tot, und ich wollte meinen Frieden mit ihm machen. Man kann nicht an der Wut festhalten und erwarten, dass man dabei ein halbwegs glückliches Leben lebt.«

Das hatte sie schon damals erkannt. Diese Emma wollte sie wieder sein. Aber immer, wenn sie dachte, sie hätte sie gefunden, entglitt sie ihr erneut. Wie heute. Vielleicht musste sie woanders nach ihr suchen? Nur wo?

»Jedenfalls, danach kamen die Märtyrer-Varianten. Der Vater hatte flüchten müssen, um die Familie zu retten, weil ein sehr böses Tier oder ein gemeiner Mensch hinter ihm her war.«

Fabienne beugte sich vor.

»Reden wir hier von den Büchern, die in mehrere Sprachen übersetzt und verfilmt wurden?«

Emma nickte. Ihrer Vorstellungskraft waren damals keine Grenzen gesetzt, es gab ganze Bände, in denen sich die Vaterfigur opferte, um die Familie vor Monstern, der Mafia oder irgendwelchen Katastrophen zu retten.

»Das ist merkwürdig, wir kennen uns jetzt schon …« Emma überlegte.

»Ein bisschen mehr als ein Jahr«, sagte Fabienne.

»Richtig.«

Emma setzte sich auf die Tischplatte und ließ ihre Beine baumeln. Es war eine gute Idee gewesen, Fabienne einzuladen. Sie hatte ihren kleinen Buchladen entdeckt, als sie von der ersten Sitzung bei ihrer Therapeutin gekommen war. In der Auslage hatten Bücher zwischen bunten Papierblumen und einem riesigen selbst gemachten Heißluftballon aus Pappmaschee gehangen. Eines davon war ihres, obwohl es schon vor einem Jahr erschienen war. Sie fand die Dekoration so zauberhaft, dass sie hineingegangen war. Eigentlich wollte sie nicht sagen, wer sie war, aber die Besitzerin – Fabienne – hatte sie erkannt und angesprochen. Sie waren sich sofort sympathisch. Seither kam Emma mindestens einmal im Monat vorbei, um Bücher zu signieren oder sich eine der Neuerscheinungen zu kaufen.

»Also, was gibt es sonst noch alles über dich zu wissen, Fabienne? Verliebt, verlobt, verheiratet?«

Fabienne strich sich die Haare hinters Ohr. Kam es Emma nur so vor, oder wirkte sie verlegen?

»Oh, also wenn wir jetzt so persönlich werden, brauche ich Alkohol. Sag mal, gibt es hier irgendwo noch Wein?«

»Ganz sicher.«

Emma sprang vom Tisch und öffnete den Kühlschrank. Wie üblich standen dort zwei Flaschen Chardonnay in der Tür.

»Also, ich bin weder verlobt noch verheiratet«, sagte Fabienne, während Emma den Wein öffnete. »Aber es gibt jemanden, den ich sehr gerne mag. Eigentlich ist mögen schrecklich untertrieben.«

Sie seufzte, und Emma drehte sich erwartungsvoll zu ihr.

»So wie du dreinsiehst, gibt es ein Aber«, stellte Emma fest.

Fabienne senkte den Blick, als wäre ihr das Thema unangenehm.

»Es ist einfach zu kompliziert.«

»Ja, das ist es wahrscheinlich immer. Darauf sollten wir gleich mal anstoßen«, sagte Emma. »Auf alles Komplizierte.« Sie lachten, und das Klirren der Weingläser hallte durch die Küche wie ein Echo.

»Und was ist mit dir?«, fragte Fabienne.

»Mein Ex-Mann ist hier. Auf der Party.«

Emma bemühte sich, fröhlich zu klingen, als wäre das ein Witz. Aber es gelang ihr nicht. Es war so anstrengend, vor allen diese Fassade aufrechtzuerhalten. Sie setzte sich wieder auf den Tisch und kam sich plötzlich sehr klein vor in dieser großen Küche. Ein bisschen wie Alice im Wunderland. Wo war nur das Loch im Boden, in das sie verschwinden könnte?

»Die Wahrheit ist, ich dachte, ich komme damit klar. Oder besser gesagt, ich wollte damit klarkommen. Aber da habe ich mich anscheinend geirrt. Sonst würde ich mich nicht schon den ganzen Abend vor ihm verstecken.«

Und vor seiner Frau. Und vor seiner Tochter.

Emma nahm einen großen Schluck Wein. Fabienne sah sie erstaunt an.

»Wieso wurde er dann eingeladen?«

»Weil Georg nach der Scheidung nicht nur meiner, sondern auch der Steuerberater der Hausverwaltung meiner Mutter geblieben ist. Wir hatten weiterhin freundschaftlichen Kontakt.«

»Hatten?«

»Bis vor fünfzehn Monaten. Doch davon weiß meine Familie nichts.«

»Was ist passiert?«

Bei dem Gedanken daran wurde Emma wieder übel. Es war ein Montag, als sie das letzte Mal Georgs Kanzlei besucht hatte, um ihre Unterlagen für die Steuererklärung abzugeben. Das ganze Wochenende hatte sie Belege, Rechnungen und Honorarnoten geordnet. Sie war froh, alles loszuwerden. Schließlich musste sie weiter an ihrem neuen Buch schreiben, um den Abgabetermin einzuhalten. Ganz nebenbei versuchte sie, sich nicht einzugestehen, wie sehr sie sich darauf freute, Georg wiederzusehen. Er bat sie in sein Büro, bot ihr einen Kaffee an. Sie fingen an zu plaudern, es war ein nettes Gespräch. Das war es mit Georg immer. Er erkundigte sich nach ihren neuesten Projekten und erzählte von schwerreichen Klienten, die Yachten oder ihr Penthouse von der Steuer absetzen wollten und nicht verstanden, dass es nicht ging. Von seiner Freundin sprach er kaum, und Emma war noch nicht bereit nachzufragen. Erst im Nachhinein war ihr aufgefallen, dass er sie an diesem Montag manchmal ein bisschen zu lange angeschaut hatte. Vielleicht wollte er es ihr da sogar sagen. Wie auch immer, seine Freundin war ihm zuvorgekommen. Sie betrat, ohne anzuklopfen, Georgs Büro und wirkte gefasst, Emma zu sehen. Ihr Bauch war gerundet, ihre Wangen glänzten rosig, und ihre Augen leuchteten voller Vorfreude, wie aus einem Ratgeber über glückliche werdende Mütter. Sie sei im fünften Monat schwanger, berichtete sie freudestrahlend. Georg und sie wollten noch vor der Geburt heiraten. Ob Emma zur Hochzeit kommen wolle?

Seit dem Moment hatte Emma kein einziges Wort mehr geschrieben.

Sie hatte keine Ahnung, ob Georgs Freundin grausam oder unsensibel war oder ob Georg ihr den Grund der Scheidung verschwiegen hatte. Zur Hochzeit war Emma natürlich nicht gegangen. Und auch das Baby hatte sie nie gesehen. Sie kannte nur den dunkelblauen Kinderwagen mit dem roten Streifen und den großen weißen Rädern von den Fotos auf der Facebook-Seite von Georgs Frau. Es tat ihr nicht gut, diese Bilder aufzurufen, das wusste Emma. Aber irgendetwas in ihr musste es tun, immer wieder. Als könnte sie es sonst nicht glauben. Georg machte einfach weiter mit der Familie, die sie immer hatten gründen wollen. Sie betrachtete ihn ungläubig auf den Fotos, wie er glücklich vor dem Kinderwagen stand, und noch während sie weinte, schwor sie sich, die Bilder nie wieder anzusehen.

Es war derselbe Kinderwagen, den Emma an diesem Abend unter dem Kastanienbaum gesehen hatte. Er stand gleich hinter dem Mann, den ihre Mutter »John« genannt hatte. Einen Augenblick war Emma versucht, Fabienne alles zu erzählen. Sie würde es wahrscheinlich sogar verstehen. Doch dann hörte Emma diese vertraute Stimme, die »Hallo, Emma« sagte.

Emma drehte sich zum Eingang der Küche. Dort stand ihr Ex-Mann mit einem Baby-Trinkfläschchen in der Hand. Das Blut rauschte aus ihrem Kopf in die Beine, sie war froh, dass sie gerade saß. Einen Augenblick wurde ihr schwindlig.

»Entschuldigung, ich wollte nicht stören.« Er trat zu Fabienne und schüttelte ihr die Hand. »Hallo, ich bin Georg.«

Dann blieb er unbeholfen vor Emma stehen, als wüsste er nicht, wie er sie begrüßen sollte. Sie gab sich einen Ruck, rutschte vom Tisch und küsste ihn auf die Wangen. Er roch nach einer Mischung aus seinem Aftershave und dem süßen Duft von Babypuder.

»Wir haben uns lange nicht mehr gesehen. Wie geht es dir, Emma?«

»Alles gut«, log Emma. Wie leicht ihr der ehrliche Tonfall fiel.

Er fuhr sich über das Kinn, als wäre dort irgendetwas, das er wegwischen wollte.

»Ich war mir nicht sicher, ob es dir recht ist, wenn … wenn wir kommen.«

»Natürlich.«

»Gut. Danke.«

Georg lächelte sie an, und sie bemühte sich zurückzulächeln. Er wirkte so erleichtert, dass es wehtat. Natürlich hatte sie kein Recht, ihm vorzuwerfen, dass er sein Leben weiterlebte. Die Scheidung vor etwas mehr als zwei Jahren war ihr Wunsch gewesen. Er war nie rücksichtslos oder egoistisch gewesen, sondern mitfühlend, freundlich und aufmerksam. Deshalb hatte sie sich in Georg verliebt.

»Kann ich das Fläschchen irgendwo warm machen?«, fragte er. Als sie ihm einen kleinen Topf reichte, zwang sie sich, ihr Lächeln nicht zu verlieren. Ihre Wangen waren ein einziger Krampf. Georg sah sie skeptisch an, wie es nur Menschen können, die einen gut genug kennen, um Fassaden zu durchschauen. Vielleicht war es ein Reflex. Vielleicht tat er es aber auch absichtlich. Ganz kurz streichelte er ihr über den Rücken und sah ihr tief in die Augen. Sie kannte seinen Blick. Eine stumme Frage, wie es ihr wirklich ging, jenseits der Floskel. Da war sie wieder, diese Vertrautheit, die alles nur noch schlimmer machte.

»Möchtest du Nina vielleicht mal sehen?«, fragte Georg vorsichtig.

Sie schluckte. Nina, seine kleine süße Tochter.

»Sehr gerne.«

Ihre Stimme klang kieksig und hohl und erinnerte sie tatsächlich ein bisschen an ihre Mutter vorhin im Garten.

»Aber Emma«, sagte Fabienne hinter ihr und stand auf. »Kannst du mich zuerst im Haus herumführen, wie du es mir vorhin versprochen hast? Ich muss dann bald aufbrechen.«

Emma war so erleichtert, dass ihre Schultern sich senkten, als würden Gewichte an ihnen hängen.

»Natürlich, sehr gerne.«

Sie entschuldigte sich bei Georg und versprach, gleich in den Garten zu kommen.

»Also fangen wir oben an«, sagte sie zu Fabienne und brachte sie in ihr altes Zimmer. Erst nachdem sie die Tür geschlossen hatte, sagte sie: »Danke für die Rettung.«

»Sehr gerne.«

Fabienne lächelte unbeholfen. Sie sah Emma an, als wollte sie etwas sagen. Vielleicht dass es erbärmlich war, wie Emma mit der ganzen Situation umging. Nein, dazu war Fabienne zu nett.

Emma trat zum Fenster und sah hinunter in den Garten. Georg stand wieder bei dem Kinderwagen, in dem seine Tochter lag. Georgs Frau sah ständig übertrieben auf ihre Armbanduhr, während er das Haus beobachtete. Er wartete auf sie. Emma wusste nicht, warum, aber es machte sie tatsächlich ein bisschen glücklich. Diese Wärme, die sie plötzlich durchströmte, war das … Hoffnung? Sie drehte sich wieder zu Fabienne, die sie unverändert ansah.

»Hm?«, fragte Emma.

»Nichts, ich habe mich nur gerade etwas gefragt.«

»Was denn? Oh, warte, du hast es dir anders überlegt und willst doch die Nummer meines Bruders?«, lachte Emma auf. Sie war es gewohnt, dass Stefan diese Wirkung auf Frauen hatte. Er war so hübsch, man konnte ihn einfach nicht vergessen.

»Nein. Ich habe mich gefragt, ob du deinen Ex-Mann immer noch liebst?«

6.

John, vor 23 Jahren

Hannah und die Kinder schliefen. Sie würden in zwei Stunden aufwachen. Hannah wie immer als Erste, dann würde sie Emma wecken, die am schwersten aus dem Bett kam, anschließend Fred und zum Schluss Stefan. Ob es heute anders wäre?

Zu dem Zeitpunkt, wenn Hannah seine Nachricht fände, wäre er bereits im Zug und hätte gerade die Stadtgrenze passiert. John saß mit einem Stift zwischen seinen zitternden Händen an dem riesigen Tisch in dieser viel zu großen Küche im Erdgeschoss. Vor ihm ein weißes Blatt Papier, das auf seine Worte wartete. Er war sonst nie hier, aber Hannahs Eltern würden erst in zwei Tagen von ihrem Kuraufenthalt zurückkommen.

Vor ein paar Minuten hatte er leise die vorbereiteten Taschen aus der Abstellkammer geholt, sich hastig angezogen und die Nachricht auf dem Kopfkissen hinterlassen. *I'm sorry. Bitte verzeiht mir. John*

Nichts weiter als ein eilig hingekritzelter Abschied. Er beeilte sich, um das Haus zu verlassen. Doch als er aus der Tür wollte, schien dieses ausladende Gebäude ihn nicht gehen zu lassen. Als würde es ihn festhalten. Hannah und die Kinder hatten eine Erklärung verdient. Sie sollten wissen, warum er fortmusste.

Er saß im Halbdunkel, die Morgendämmerung vor dem Fenster war die einzige Lichtquelle. Der Kristalllüster leuchtete sonst zu hell, er hatte Angst, im ersten Stock würden alle geweckt werden. War das ein absurder Gedanke? Konnte Licht durch die Ritzen des Hauses strömen? Er wusste es nicht mehr.

Genauso wenig, wie er wusste, was er ihnen sagen sollte.

Er dachte an gestern. Ein fröhlicher Familienausflug an die Donau. Ihm wurde vor Scham schwindlig. Was wäre geschehen, wenn Hannah nicht bemerkt hätte, dass Stefan fort war? Wenn er allein mit den Kindern gewesen wäre? Und niemand da, der den jüngsten Sohn aus dem Wasser ziehen würde? Rasch stand er auf, knüllte das Papier zusammen und stopfte es in die Jackentasche. Er würde ihnen schreiben. Aber nicht jetzt. Er sah nicht zurück, als er das Haus verließ.

7.

Stefan stürmte in seine Wohnung. Er hatte sich so beeilt, dass er erst mal zu Atem kommen musste. Anja zuckte zusammen und stieß einen Schrei aus.

»Scheiße, Stefan! Hast du mich erschreckt! Was machst du hier?«

Sie hielt zwei ihrer T-Shirts in der Hand, vor sich am Boden die braune Louis-Vuitton-Reisetasche, und starrte ihn an. Stefan war selbst ein bisschen überrascht. Sein Wunsch, hierher – besser gesagt, zu ihr – zu fahren, war zuerst nur eine bedeutungslose Überlegung gewesen, die sich schlagartig in eine dringende und notwendige Angelegenheit verwandelt hatte.

So wie einem plötzlich beim ersten Kaffee im Büro einfällt, dass man am Morgen vergessen hat, zu Hause die Kaffeemaschine auszuschalten. Während Emma mit dem Doppelgänger seines toten Vaters sprach, war ihm eingefallen, dass er vergessen hatte, Anja zu sagen, dass er nicht von ihr verlassen werden wollte.

Sie stopfte die T-Shirts in die Reisetasche. »Ich dachte, du bist auf dem Geburtstagsfest deiner Mutter?«

»War ich auch«, keuchte Stefan.

Anja sah ihn mit einem Blick an, den er nicht deuten konnte. War sie wütend, dass er hier war? Oder nur überrascht?

So überrascht wie er, als sie ihm am Telefon das Ende ihrer dreimonatigen Beziehung mitgeteilt hatte? Drei Monate. Das war doch schon was – zumindest mehr, als er sonst seit Caroline vorweisen konnte.

»Ich war davon sechs Wochen auf Geschäftsreisen«, hatte Anja auf seinen kläglichen Einwand erwidert. Aber sie hatten sich regelmäßig gesehen. Ihr Entschluss zur Trennung kam für ihn völlig unerwartet, und er war so überrumpelt, dass es ihm die Luft nahm und er am liebsten losbrüllen wollte, dass sie das nicht machen konnte. Stattdessen hatte er geschwiegen.

War er wütender auf sie oder auf sich, weil er wieder einmal an diesem Punkt angelangt war?

Sie hatte gefragt, wann er fort wäre, damit sie ihre Sachen holen konnte. Als wäre er etwas, wovor sie sich schützen musste, wie bei einer Allergie.

Es war ihre Idee gewesen, ein paar Kleidungsstücke und Alltägliches wie Kosmetika und Ersatzkontaktlinsen bei ihm zu deponieren, falls sie spontan über Nacht bleiben wollte. Was nie passiert war, denn in ihrer beider Leben schien es keinen Raum für Spontanität zu geben. Nicht nur in dieser Hinsicht waren sie sich ähnlich. Vielleicht zu sehr? Sie wollte, dass er auch etwas von sich in ihre Wohnung brachte. Alibihalber gab er ein altes T-Shirt, auf dem H2O stand, in die Lade, die sie für ihn in ihrer Kommode freigeräumt hatte. Er fühlte sich nicht wohl in ihrer Wohnung voller Designermöbel. Es war ihm lieber, wenn sie bei ihm übernachtete. Die Schlüssel des jeweils anderen hatten sie erst vor zwei Wochen getauscht. Anja hatte dabei gelacht und gesagt, sie täte das sonst wirklich nie, aber es wäre ein Versuch, Stefan aus seiner emotionalen Distanz zu locken. Als läge die Beziehung nur in seiner Verantwortung. Doch er hatte es runtergeschluckt. Mit dem Ergebnis, dass sie jetzt nicht mehr lachte.

»Und? Wie war das Fest?«

Sie stopfte ihre Sportschuhe in die Tasche und zog energisch den Reißverschluss zu. Stefan überlegte einen Moment, ihr die Wahrheit zu sagen. Doch dann sagte er nur: »Nett.«

»Nett?«

»Ja, nett.«

Sie lächelte. Es war diese Art von Lächeln, die so unpersönlich ist wie ein vorgedrucktes Glückwunschschreiben. Sie deutete auf ihre Tasche.

»Gut. Ich bin jetzt fertig.«

»Meine Mutter wusste, dass Martin eine Party für sie gibt«, sagte er, weil er irgendwas sagen wollte, um der Situation die Dramatik zu nehmen.

»Aha?«

Anja fragte so, dass Stefan klar war, sie wollte ihm zu verstehen geben, wie wenig sie sich für die Antwort interessierte.

»Ja.«

»Okay, also dann. Mach's gut, Stefan.«

Er fing an zu schwitzen und zog sich das Sakko aus. Das Hawaiihemd klebte an ihm wie ein Umschlag. Er sollte nicht über diese blöde Party reden. Er sollte etwas sagen. Dass er gerne mit ihr zusammen gewesen war. Ihr ungeschminktes Gesicht am Morgen mochte. Es ihm gefiel, wenn sie ihre Tränen bei einem traurigen Film heimlich wegwischte, obwohl er nicht verstand, warum. Wie sie ein Croissant aß, indem sie es sezierte, Schicht für Schicht. Und dass er ihr alles das und noch viel mehr schon so oft hatte sagen wollen. Plötzlich hatte er das Gefühl, ein Bulldozer würde auf ihn zurollen.

»Sag es«, brüllte er sich im Stillen an, »sag es, sag es, sag es.«

»Ciao.«

Anja bückte sich nach ihrer Tasche.

»Willst du das wirklich?«

Sie sah zu ihm hoch, als wäre er verrückt geworden, und er wandte den Blick ab. Es war doch gut gelaufen. Zumindest war es nicht schlecht gelaufen. Das war zwar eigentlich eine idiotische Überlegung, aber so war es eben.

»Hör mal, ich habe sogar jetzt eher das Gefühl, von einem gelegentlichen Mitbewohner auszuziehen, den ich nicht gut kenne, als einen Mann zu verlassen, mit dem ich geschlafen habe.«

Sie hatte gesagt »mit dem ich geschlafen habe«. Nicht »in den ich verliebt« oder »mit dem ich zusammen war«. Er wusste nicht, ob sie das sagte, um ihn zu verletzen, oder ob sie es so meinte. Ja, der Sex war schön gewesen. Das hatte sie auch gesagt. Sex war etwas, was er verstand. Es fiel ihm leicht, wahrscheinlich weil dabei keine Worte notwendig waren. Als müsste er sich den Wellen nur hingeben, wie beim Schwimmen.

Sie ging Richtung Tür. Plötzlich blieb sie stehen, als würde sie auf etwas warten. Vielleicht doch darauf, dass er sie bat zu bleiben? War sie deshalb noch hier?

»Möchtest du ein Glas Wein?«, fragte er.

Anja verzog das Gesicht. Sie lachte auf, aber es war die Art von Lachen, als hätte er etwas komplett Absurdes gefragt. »Nein«, sagte sie, doch es klang für ihn wie: »Spinnst du?« Sie kniff die Augen zusammen. Plötzlich kam sie auf ihn zu und streckte ihre Hand aus. Sie streichelte ihm über die Wange und seufzte.

»Dieses Gesicht«, sagte sie, und ihr Finger zeichnete seine Lippen nach. »Was für eine Verschwendung.«

»Hör auf, Anja.«

»Ja, ich höre auf. Darum bin ich hier.« Sie klang wieder wütend. »Du bist mir ein Rätsel. Anfangs dachte ich, wir sind uns sehr ähnlich. Wir beide brauchen unsere Freiheit und genießen die Zeit, die wir zusammen verbringen. Aber mittlerweile glaube ich nicht mehr, dass du so bist wie ich. Das war meine Vorstellung von dir.« Sie verzog den Mund. »Eigentlich weiß ich gar nicht, wer du bist. Und darum interessiert mich das hier nicht.«

Mit Schwung knallte sie den Schlüssel auf den Parkettboden. Ihren hatte er auf dem kleinen Tisch unter der Garderobe gelassen. Er lag nicht mehr da.

Anja schulterte ihre Tasche. Am liebsten wollte er sie ihr runterreißen und ihr ins Gesicht sagen, dass sie genauso war wie er. Dass sie sein Verhalten so wütend machte, weil sie ihres darin erkannte. Sie war vielleicht die bessere Schauspielerin und konnte über ihre Unfähigkeit, mit Gefühlen wie Liebe und Vertrauen umzugehen, hinwegtäuschen. Aber sie war nicht anders.

»Nein, das ist es nicht«, sagte sie und fixierte ihn. »Ich war mit Männern zusammen, die sich als echte Arschlöcher herausgestellt haben. Aber zumindest das kann ich sagen, du gehörst nicht dazu. Du bist mehr wie ein wunderschönes Päckchen, das sich nicht öffnen lässt. Vielleicht ist das ja auch ganz gut so.« Sie gab einen zischenden Laut von sich. »Vielleicht ist es ja vollkommen leer.«

Er hatte sich geirrt, sie war doch nicht wie er. Denn im Gegensatz zu ihm fand sie Worte, die ins Schwarze trafen. Als er achtzehn war und seine erste Freundin ihn gerade stehen gelassen hatte, brachte es Emma einmal an Weihnachten, nach zu vielen Gläsern Punsch, auf den Punkt. Sie hatte gerade eine Phase, in der sie nur schwarze Kleidung trug und ständig ein Notizbuch dabeihatte, in dem sie Ideen festhielt. Während sie sehr lässig an einer Zigarette zog, legte sie einen Arm um ihn und sagte: »Es ist absurd, wie gut du aussiehst, Stef. Das wird sich mal als dein Fluch herausstellen. Weil dadurch die Ansprüche an dich viel höher sind. Dein Aussehen verspricht den Frauen etwas. Du kannst echt nur hoffen, dass du hässlicher wirst. Aber wahrscheinlich wäre dir das genauso wurscht. Weil du gar nicht erkennst, wie attraktiv du bist. Und genau darin liegt der Charme deiner Schönheit. Was für eine Tragik!«

War es das? Wurde von ihm mehr erwartet? Oder suchte er nur die typischen Ausreden, die ihn leichter ertragen ließen, verlassen zu werden? Nach Caroline war er in einen Abgrund gestürzt. Er hatte sie so sehr geliebt, dass der Gedanke an das Ende der Beziehung sogar jetzt, nach zwei Jahren, noch unerträglich für ihn war.

»Weißt du eigentlich, wie sich das anfühlt, neben jemandem im

Bett zu liegen, der kilometerweit entfernt ist?«, hatte Caroline gefragt. Und dann war sie gegangen. Er hatte sich geschworen, es bei der nächsten Beziehung nicht wieder zu vermasseln.

Daran dachte er jetzt, und die Wut auf Anja verpuffte so plötzlich, wie sie gekommen war.

Anja nahm ihr Handy und wählte eine Nummer.

»Ja, hallo, ich brauche ein Taxi in die …«

»Anja.« Er streckte seine Hände nach ihr aus, ohne sie zu berühren. Seine Kehle schnürte sich zu. »Bleib. Bitte.« Sie sah ihn einen Moment an, ihre Augen wirkten doppelt so groß.

»Ich rufe wieder an«, sagte sie und legte auf. Langsam glitt die Tasche von ihrer Schulter. Sie tat einen Schritt auf ihn zu. Plötzlich küsste sie ihn. Zuerst zart, dann immer stürmischer. Sie presste ihr Becken an ihn, nahm seine Hand und führte sie an ihre Brüste. Es war nicht, was er gemeint hatte, aber das spielte keine Rolle. Sie würde nicht gehen. Sie würde bleiben. Und das war alles, was er im Moment wollte. Er fühlte sich, als wäre er gefallen und ein Netz hätte ihn aufgefangen. Ein Glück, dass sie sein erleichtertes Gesicht nicht sehen konnte.

Ohne voneinander zu lassen, gingen sie ins Schlafzimmer. Anja legte ihr Handy auf den Nachttisch. Er küsste und streichelte ihren Körper, der ihm so vertraut geworden war, und suchte immer wieder ihren Blick. Sie nahm ein Kondom aus der Lade, streifte es ihm über, setzte sich auf ihn, und sie fingen an, sich gemeinsam zu bewegen. Er war so erregt, dass seine Hände zitterten. Er strich ihr über die Oberschenkel, über den Bauch, ließ seine Finger zwischen ihre Beine gleiten. Dabei sah er sie die ganze Zeit an, bis sie sich mit einem lauten letzten Aufstöhnen nach hinten beugte. Er brauchte nur noch loszulassen, und als sie gemeinsam zum Höhepunkt kamen, war für einen Moment alles absolut vollkommen.

Er wollte sie erschöpft an sich ziehen, doch Anja stieg sofort von ihm herunter.

Sie nahm ihr Handy vom Nachttisch, und während sie sich anzog, rief sie erneut das Taxi. Und da begriff er, wie sehr er sich wieder geirrt hatte. Sie hatte nie vorgehabt zu bleiben.

Sie lächelte kurz und unverbindlich, wie man einen Hotelgast anlächelt, nachdem er die Rechnung beglichen hat. Dann verließ sie das Schlafzimmer.

Im Flur drehte sie sich noch einmal um.

»Hast du überhaupt irgendeine Beziehung in deinem Leben, die funktioniert? Ich meine nicht mit einer Frau, sondern mit irgendwem?«

Am liebsten hätte er ihr diese Frage zurückgegeben, aber das ohrenbetäubende »Nein« rauschte zu laut in seinem Kopf.

»Klär dein Leben, Stefan. Finde raus, was nicht stimmt. Es wäre schade um dich.«

Im selben Moment, als die Wohnungstür hinter ihr zufiel, läutete sein Handy. Er holte es aus der Jeans, die am Boden lag. Es war seine Mutter. Er zögerte, drückte den Anruf weg und ließ sich zurück in die Kissen fallen. In der Decke hingen noch Anjas blumiges Parfüm und der Geruch von Sex. Genervt strampelte er sie vom Bett und rutschte hoch, bis er sich am Kopfteil anlehnen konnte.

Er sah aus dem Fenster. Hinaus in eine dunkle Welt, die nur vom Licht der gegenüberliegenden Wohnungen erhellt wurde. Was war denn nur so falsch an ihm? Wieso konnte er nicht das haben, was alle da draußen hatten? Freunde, Familie, Liebe, Verbundenheit?

Die Augen fielen ihm zu, plötzlich schreckte er hoch. Dieser Moment, als seine Mutter den Doppelgänger so panisch »John« genannt hatte. Völlig irrational.

Es erinnerte ihn an die Zeit nach Johns Verschwinden. Er versuchte, an etwas anderes zu denken. Doch diese Bilder seiner Mutter waren wie lästige alte Bekannte, die unaufhörlich an die Tür klopften. Bis er nicht anders konnte und sie hereinlassen musste, weil sie sonst keine Ruhe gaben.

Er war wieder acht Jahre alt, sein Vater war bereits seit ein paar Wochen fort. Das Holz des Parkettbodens knackte unter seinen Füßen, als er vor dem Schlafzimmer seiner Mutter auf Zehenspitzen herumschlich. Sofort blickte er zur Tür, ob er zu laut gewesen war. Sie hatte vergessen, ihn an diesem Morgen zu wecken, und schließlich hatte Fred an ihm gerüttelt, und sie waren in die Schule gerannt, weil sie viel zu spät dran waren. Als er nach Hause kam, suchte er sie in der ganzen Wohnung. Sie lag im Bett, eingerollt unter der Decke, wie in einer Höhle.

»Mama, bist du krank?« Der Deckenberg bebte. »RAUS.« Den schrillen Klang ihrer Stimme hatte er noch nie gehört. Er erschrak so sehr, dass er zu weinen anfing.

»Mama? Mama, was ist los?«

Er wusste nicht, was er falsch gemacht hatte.

»RAUS. VERSCHWINDE.«

»Mama?«

Wer war das? Das konnte nicht sie sein. Er weinte so sehr, dass er zu japsen begann.

Ein gequälter Aufschrei drang aus dem Bett, als würde sie durchdrehen. Da rannte er los, warf die Tür hinter sich zu, stürmte in sein Zimmer, hockte sich in die Ecke und presste die Hände auf die Ohren.

Sie war böse auf ihn. Er musste irgendetwas angestellt haben, sonst würde sie nicht so schreien.

Gestern hatte sie ihn noch ins Bett gebracht, ihm seine Lieblingsgeschichte *Was drei kleine Bären im Walde erlebten* vorgelesen. Als sie das Licht gelöscht hatte, hatte er sie gefragt.

»Mama. Kommt John zurück?«

Sie hatte nichts gesagt, ihm nur über den Kopf gestreichelt und die Stirn geküsst. Es war seine Schuld. Er hatte sie mit der Frage traurig gemacht.

Stefan blieb in seinem Zimmer, er wagte nicht mal, aufs Klo zu gehen, obwohl er so dringend musste, dass er nicht mehr still sitzen konnte.

Er brauchte nur zu warten, bis Emma und Fred endlich aus der Schule nach Hause kamen. Dann würde er ihnen sagen, dass es ihm leidtat, und sie würden es Mama sagen. Und alles wäre wieder gut.

Doch seine Mutter ließ nicht mal Fred zu sich. Als er es versuchte und die Tür einen Spalt öffnete, donnerte ihm nur ihr hysterisches »LASST MICH IN RUHE« entgegen. Sie wussten nicht, was sie tun sollten.

»Vielleicht ist es ein Virus? Wie eine Grippe?«, meinte Fred und holte Großmutter. Als sie das Schlafzimmer betreten wollte, warf ihre Mutter Gegenstände an die Tür. Zuerst klang es dumpf. Nach Büchern. Emma fasste nach Stefans Hand und hielt sie fest.

»Hannah, reiß dich zusammen«, befahl Großmutter. Als Antwort klirrte Glas gegen die Tür.

Großmutter schickte Emma und Fred, um Dr. Kral aus dem Nachbarhaus zu holen. Er war Arzt im Ruhestand und ein Freund ihres Großvaters. Stefan sollte oben in der Wohnung der Großeltern warten. Doch sogar dort hörte er das Schreien seiner Mutter. Damals hatte er das Gefühl gehabt, als würde er fallen. Er fiel und fiel, und er wusste, dass da kein Netz war, das ihn auffangen würde.

8.

»Guten Morgen, Herr Dr. Schneider?«

Beim Singsang der Frauenstimme wusste Stefan, ohne vom Computerbildschirm aufzusehen, wer in der Tür seines Büros stand. Frau Dr. Renner, die Leiterin der Forschungsabteilung, zog das Ende jedes Satzes in die Höhe, als wäre es eine Frage. Einige Kollegen nannten sie deswegen »The Riddler«, wie die Comicfigur aus *Batman*, deren Sätze nur aus Rätseln bestehen. Stefan tat das nicht. Im Gegenteil, er fragte sich oft, wieso sie so sprach. War es ein Tick? Hatte es eine neurologische Ursache? Genetisch vererbt? Eine Stressreaktion? Irgendwann einmal, nahm er sich vor, würde er es rausfinden. Er mochte Frau Dr. Renner. Sie war dreimal so breit und doppelt so alt wie er. Mindestens. Ihre weißen Kittel waren immer perfekt gebügelt, aber an den Krägen abgewetzt und ihr auch viel zu eng – als wären sie uralt und hätten ihr vor Jahren mal gepasst. Wahrscheinlich hätten die Kittel, wie Frau Dr. Renner, schon längst in Pension gehen können. Das war nur einer der Gründe, warum manche Kollegen sich leicht abschätzige Blicke zuwarfen. Stefan tat dann immer so, als würde er es nicht bemerken, und schämte sich dafür. Wenn es hier jemanden gab, dem er ähnlich war, dann war es Frau Dr. Renner. Bei ihr waren es eben die Kittel, bei ihm die Hawaiihemden.

Außerdem gab es nur wenige Kollegen, mit denen er sich vier Stunden ohne Unterbrechung über Themen wie Anodenwasser und die Idee einer Wasserbatterie unterhalten konnte, ohne das

Privatleben des jeweils anderen auch nur zu streifen. Es schien, als würde es in diesem Punkt ein stummes Einverständnis zwischen Frau Dr. Renner und ihm geben. Doch heute war ihm nicht nach einer Unterhaltung. Er war müde, und sein Kopf tat weh. Um fünf Uhr früh war er aufgewacht und hatte beschlossen zu arbeiten. Zur Not stand im Büro eine kleine Couch, auf die er sich legen konnte. Die war ihm lieber als sein Bett, auf dem Anja ihn liegen gelassen hatte. Als wäre er ein abgetragenes Kleidungsstück.

Was hatte er sich gestern nur gedacht? Wieso hatte er dieser bescheuerten Idee, nach Hause zu fahren und Anja aufzuhalten, überhaupt nachgegeben?

»Herr Dr. Schneider?«, wiederholte Frau Dr. Renner.

»Guten Morgen, Frau Dr. Re …«

Er kam nicht dazu, ihren Namen ganz auszusprechen. Da stand Marie. Neben Frau Dr. Renner, die ihn ein wenig amüsiert betrachtete.

Marie sah ganz anders aus als gestern. Wie eine Hochglanzversion von sich selbst. Roter Lippenstift, geschminkte Augen, schwarze Bluse. Sie strahlte Selbstvertrauen und Coolness aus. In einem kurzen Moment der Überforderung hörte er gar nicht hin, als Frau Dr. Renner mit ihm sprach. Erst als Marie Frau Dr. Renner zunickte und »Guten Morgen, Stefan« sagte, begriff er, dass die beiden Frauen gemeinsam und nicht zufällig zur selben Zeit aufgetaucht waren.

Er versuchte, seine Gesichtszüge mit einem Lächeln wieder unter Kontrolle zu bringen.

»Guten Morgen.«

Frau Dr. Renner verschränkte ihre Finger ineinander, als würde sie auf etwas warten. Sie wippte auf die Fersen und wieder auf die Ballen. Ein kurzer peinlicher Moment entstand, als würden die beiden erwarten, dass Stefan etwas sagte. Aber was? Er wusste ja nicht mal, was das hier sollte.

»Herr Dr. Schneider, zeigen Sie am besten Frau Kronsteiner gleich die Wasserbrücke?«, erlöste ihn Frau Dr. Renner, und er warf ihr einen dankbaren Blick zu. »Frau Kronsteiner wird Sie wie angekündigt unterstützen?«

Stefan hatte keine Ahnung, wovon sie sprach. Wieso angekündigt? Und was meinte sie mit »unterstützen«? Wobei?

Frau Dr. Renner wandte sich Marie zu.

»Wie Sie ja bereits wissen, handelt es sich bei der Arbeit des von mir sehr geschätzten Herrn Dr. Schneider um die Effekte des Wassers bei elektrischer Spannung? Also, dann lasse ich Sie beide jetzt mal allein?«

Frau Dr. Renner ging zwei Schritte, tippte sich an die Stirn und drehte sich noch einmal zu Stefan.

»Ach ja, Herr Dr. Schneider, Evelyn vom Sekretariat geht morgen in Karenz? Sie wird um 15 Uhr im Aufenthaltsraum verabschiedet? Werden Sie kommen? Durch die Semesterferien sind nicht viele Kollegen im Haus?«

»Wenn es sich ausgeht.« Das war seine Metapher für »Nein«.

»Verstehe? Dann vielleicht bis später?«

Das Quietschen ihrer Schuhsohlen auf dem Linoleumboden hallte durch den Gang, bis es schließlich verstummte.

Marie lehnte am Türrahmen.

»Also, Herr Dr. Schneider, deinem Blick nach zu urteilen, hast du keine Ahnung, warum ich hier bin. Die Ankündigung?«

Stefan deutete auf die drei Papierstapel auf seinem Schreibtisch und zuckte entschuldigend mit den Achseln. Sie nickte mit einem leichten Grinsen.

»Ich dachte mir das schon gestern. Aber ich war mir nicht ganz sicher.«

Sie breitete die Arme aus, als wäre sie ein Zirkusdirektor, der die nächste Nummer ankündigt.

»Herzlichen Glückwunsch, ich bin deine neue Assistentin.«

Mehr als ein »Oh« bekam er nicht heraus. Er war tatsächlich verblüfft. Und das hatte nicht nur mit Marie zu tun, sondern mit dem Umstand, dass ihm überhaupt jemand zur Seite gestellt wurde. Einige Kollegen scharten Assistenten nur so um sich, als wären sie Trophäen. Er gehörte nicht dazu, obwohl es ihm wirklich schwerfiel, die Anfragen abzulehnen. Doch der Gedanke, mit jemandem sein ohnehin schon kleines Büro zu teilen, machte ihn nervös. Sein Blick hatte ihn anscheinend verraten, denn Marie lachte auf.

»Keine Sorge, nicht lange. Ich bleibe eine, maximal zwei Wochen hier. Es ist nur der Einstieg in ein gefördertes Projekt für Frauen wie mich.«

»Wie dich?«

»Die ihr Studium abgebrochen haben und nun überlegen, den Abschluss nachzuholen. Quasi im zweiten Anlauf. Damit ich für das Stipendium infrage komme, brauche ich … ach, egal.«

Sie hatte also gar nicht das Fach gewechselt.

Die Frage nach dem Grund ihres Studienabbruchs lag in der Luft. Er hatte immer den Eindruck gehabt, sie liebte das Studium. Irgendwas musste passiert sein. Aber wenn sie es ihn wissen lassen wollte, würde sie es sicher sagen.

»Also, Herr Dr. Stefan, zeigst du mir jetzt deine Wasserbrücke?«, fragte sie stattdessen. Ihr flapsiger Ton gefiel ihm. Das war schon immer so gewesen.

Stefan stand auf, mit einem Seitenblick auf die Uhr über der Tür sah er, dass es bereits nach neun war und er drei Stunden ohne Unterbrechung gearbeitet hatte. Er verkniff sich ein Ächzen. Wenn er so weitermachte, würde er irgendwann als Quasimodo enden.

»War das dein Stuhl, oder bist das du, der da so knackt?«, fragte Marie.

Sie lachte laut auf, als er auf sich deutete.

Sein Versuchsraum lag gleich neben dem Büro und war winzig. In Wahrheit war es früher eine Abstellkammer gewesen. Normalerweise war er immer allein hier, denn das eigentliche Labor befand sich ein Stockwerk tiefer hinter hohen Sicherheitstüren.

»Was ist das?«, fragte Marie und betrachtete den quadratischen schwarzen Kasten in der Mitte des Tischs. Stefan schaltete den Strom an, ein leises Surren erfüllte den Raum.

»Der Motor, er bewegt diese beiden Platten.«

Er deutete auf die silbernen runden Abstellflächen, nicht größer als zwei Bierdeckel, die auf einer Schiene angebracht waren.

»Außerdem drosselt er die elektrische Spannung und leitet sie in das Wasser.«

Sie schob die Ärmel ihrer Bluse hoch, ihr Duft nach Lavendel wehte zu ihm. Was hätte er vor zwölf Jahren gegeben, mit ihr in diesem kleinen Raum allein zu sein. Aber wahrscheinlich hätte er kein Wort rausgebracht und wäre wie versteinert gewesen.

Er füllte zwei Gläser und stellte sie auf die Platten. Dann schob er den Regler vor, der die Gläser zueinander gleiten ließ. Einen Millimeter, bevor sie einander berührten, stoppte er sie.

»Das geht jetzt sehr schnell.«

Marie nickte ihm zu und beugte sich vor wie ein Skispringer.

»Ich bin bereit.«

Ein hohes Summen erfüllte den Raum. Er beobachtete Marie aus den Augenwinkeln, als er den Schalter umlegte. Der Funke sprühte, sie zuckte leicht zurück.

Wassertropfen hüpften aus den Gläsern hoch und schossen aufeinander zu. Blitzschnell bildeten sie ein dickes flüssiges Seil, das waagerecht zwischen den Gläsern schwebte. »Das ist sie?«, fragte Marie und sah zu ihm.

»Das ist der Anfang.«

Er schob den Regler wieder zurück. Die Platten bewegten sich langsam auseinander. Zwei Zentimeter. Drei. Vier.

Marie beobachtete das Seil aus Wasser, das jetzt vibrierte wie eine schwingende Brücke, ihr Mund war leicht geöffnet, die Hände hatte sie zwischen die Knie geklemmt. Stefan musste lächeln, er selbst war auch noch immer davon begeistert, obwohl er den Versuch schon Hunderte Male gemacht hatte. Doch der Zaubertrick war noch nicht vorbei, er nahm einen schmalen Glaskolben und glitt mit ihm durch das schwebende Wasser.

»Sie reißt nicht ab?«, stellte Marie erstaunt fest.

»Nein, obwohl die Spannung geringer ist als bei einem Weidezaun. Die Zellmembran im menschlichen Körper hat mehr davon als die Feldmembran in der Wasserbrücke.«

»Und in dieser Brücke sind die Protonen, von denen du gesprochen hast? Die du und ich und jeder Mensch in sich trägt?«

Stefan nickte. »Aber es passiert noch etwas anderes. Durch die Verbindung ändert sich die Oberflächenspannung des Wassers in den Gläsern selbst. Im einen wird sie positiv, im anderen negativ geladen.«

»Hexenwerk«, sagte Marie mit verstellter Stimme. »Und das alles nur durch diese Verbindung.«

Stefan wollte ihr gerade sagen, dass er plante, die genaue Wirkung der Brücke auf das verbleibende Wasser in den Gläsern mittels Magnetresonanztomografie zu untersuchen, als er die eiligen Schritte auf dem Gang hörte.

»Stefan? Stefan, wo bist du?«

Stefan spürte noch Maries fragenden Blick, im nächsten Moment rief etwas in ihm ganz automatisch: »Fred?«

Die Tür des Versuchsraums wurde aufgerissen. Und sein Bruder Fred stand im selben Anzug, den er gestern Abend getragen hatte, völlig aufgelöst im Türrahmen.

9.

Emma saß vor ihrem Laptop an dem großen Eichenschreibtisch in ihrem Schlafzimmer. Sie war noch nicht lange wach. Es war ein unliebsamer Reflex geworden, dass sie als Erstes am Morgen die E-Mails abrief.

Eigentlich tat sie immer so, als würde sie den Computer nur hochfahren, um sich endlich an ihr neues Buch zu setzen. Was sie nie machte. Nun las sie zum zweiten Mal die E-Mail, die Fabienne ihr noch in der Nacht geschrieben hatte.

Liebe Emma,
ich bin ja eindeutig in ein Fettnäpfchen getreten – es war nicht meine Absicht, dich mit der Frage, ob du deinen Ex-Mann noch liebst, zu verletzen. Oder aufzuwühlen.
Falls ich das getan habe und du deshalb so rasch fort warst, tut es mir sehr leid. Und ich frage mich, wie es dir geht, während ich hier mit Stephen King im Bett liege. (Kein Buch von ihm, so heißt mein Hund, ein Mischling, semmelblondes Fell, sieben Jahre alt. Sehr begeisterungsfähig, darum lasse ich ihn in der Buchhandlung meistens hinten im Büro.)
Gerade sieht er mich mit seinen großen Augen besorgt an. (Ich schwöre, das tut er wirklich. Vielleicht ist es aber auch nur sein Vorwurf, weil ich vergessen habe, sein geliebtes Luxushundefutter zu kaufen, und er mit einer günstigen Dose vorliebnehmen musste. Er ist ein verfressener Gourmethund.)

Auf jeden Fall wollte ich dir für den Abend danken, es war sehr schön, und unsere Unterhaltung in der Küche hat mir gefallen. Und ich würde mich endlich gerne revanchieren für deine Unterstützung in der Buchhandlung und dich zu mir zum Essen einladen. Mein Spargelrisotto hat schon Preise gewonnen – interne zwar, aber immerhin.
Gute Nacht sagt Fabienne

PS: Wenn du wen zum Reden brauchst, jederzeit. Und das meine ich nicht als Floskel.

Emma atmete tief durch. Sie ging in die Küche, machte sich einen Kaffee, und während sie ihn trank, starrte sie vor sich hin. Mit der zweiten Tasse kehrte sie zu ihrem Laptop zurück. Sie schüttelte ihre Hände, um sie aufzulockern. So, wie sie das früher immer getan hatte, wenn sie sich auf das Schreiben vorbereiten wollte. Ihre Finger flogen über die Tasten, als würde sie auf einem Klavier spielen.

Liebe Fabienne,
ich bin so froh über deine Nachricht. Danke für die Einladung zum Essen, das ist lieb, aber du brauchst dich wirklich nicht zu revanchieren, geschweige denn zu entschuldigen. Und es tut mir leid, dass ich gestern so reagiert habe, das war völlig hirnrissig. Wenn sich hier jemand entschuldigen muss, dann bin ich das. Wirklich, alles ist gut.

Emma hielt inne, ein leises Lachen brach aus ihr heraus. Sie sagte so oft »Alles ist gut«. Normalerweise war es ihr nur recht, dass niemand außer ihrer Therapeutin wusste, wie es ihr wirklich ging. Das machte es leichter. Die Wahrheit erforderte Mut, und das war nur eine der Eigenschaften, die sie in den letzten beiden Jahren vergeblich bei sich gesucht hatte.

Sie entfernte »alles ist gut« und schrieb »es liegt an mir«. Ha, war das nicht der berühmte Satz, mit dem Beziehungen beendet wurden? Wie passend, denn im selben Moment war ihr völlig klar, dass sie schreiben konnte, was sie wollte – diese E-Mail würde sie nie abschicken.

Ich hätte dir nicht antworten können, ob ich meinen Ex-Mann noch liebe. Ich weiß es nicht. Irgendwie weiß ich gar nichts mehr. Außer dass ich vergessen habe, wie sich Glücklichsein anfühlt. Als wäre die Emma, die ich mal war, nicht mehr da. Sie fehlt mir, aber ich habe nicht den blassesten Schimmer, wo ich nach ihr suchen soll. Es ist ein bisschen so, als würde ich neben mir stehen und dieser fremden Person beim Leben zusehen. Deswegen mache ich eine Psychotherapie, aber Fortschritte sehe ich ehrlich gesagt keine. Entweder ich bin ein so schwerer Fall, oder ich habe die schlechteste Therapeutin der Welt. Und noch etwas: Als ich gesagt habe, ich würde gerade an einem neuen Buch arbeiten, war das gelogen. Seit mehr als einem Jahr habe ich nicht einen Satz geschrieben. Und ich dachte immer, Schreibblockaden passieren nur anderen. Irgendwie sind mir die Worte, die Sinn ergeben, abhandengekommen.

Emma lehnte sich in ihrem Sessel zurück und betrachtete ihre Zeilen. Es fühlte sich an, als wäre ein viel zu enger Gürtel auf einmal ein bisschen gelockert worden.

Das ist nicht über Nacht passiert. Es hat laut Therapeutin mit meinem Vater und dem Zusammenbruch meiner Mutter begonnen. Nachdem er fort war, ist sie durchgedreht (und ich meine hier kein romantisch verklärtes Leiden, ich meine wirklich DURCHGEDREHT). Ich weiß nicht, ob das stimmt und das der Ursprung ist. Was ich weiß, ist, dass wir nie eine Familie wa-

ren, die sich die Dinge schönreden konnte. Solche Menschen habe ich beneidet, weil man wahrscheinlich immer das gut findet, was man selbst nicht hat.
Auf jeden Fall war ich naiv genug zu glauben, dass ich alles anders machen würde.
Während meine Freundinnen planten, welches Studium sie nach der Schule beginnen wollten, hatte ich Tagträume von Weihnachtsfesten mit singenden Kindern unter dem Tannenbaum, Fernsehabenden auf der Couch, bei denen sich alle unter einer Decke zusammenkuscheln, und vom gemeinsamen sonntäglichen Frühstück im Pyjama. Es waren Bilder wie aus dem Katalog für ein Möbelhaus. Aber es waren meine Bilder. Versteh mich nicht falsch, ich wollte natürlich mehr vom Leben als nur einen Haufen Kinder. Ich wollte studieren und eine Karriere, aber da war immer diese Sehnsucht. Wahrscheinlich nach etwas, das ich mal hatte und das dann vorbei war. Vielleicht habe ich aber auch einfach nur zu viele Folgen von den Waltons *gesehen, ich weiß es nicht. Doch ich habe mir immer die falschen Männer ausgesucht. Machos wechselten sich mit ewig gestrigen oder so uninteressanten Exemplaren ab, dass ich die Hoffnung aufgegeben hatte.*
Und dann kam Georg, der neue Steuerberater meiner Mutter. Und er – so kitschig das klingt – war es. Alles hat gepasst. Es war so, wie ich es mir immer vorgestellt hatte. Wer hätte das gedacht – ich meine, bei einem Steuerberater? Als wir geheiratet haben, hatte ich wirklich das Gefühl, angekommen zu sein. Die erste Zeit war schön, nein, mehr als das. Irgendwann kam dann ganz von selbst der Punkt, an dem wir wussten, jetzt ist es Zeit für Kinder. Wir wollten das beide. Aber, um es kurz zu machen, ich wurde nicht schwanger. Obwohl ich genau das tat, was in den Kinderwunschratgebern vorgeschlagen wird. Die Hormontests waren unauffällig, alles war, wie es sein sollte. Und auch an Georg lag es nicht.

Mein Arzt hat die typischen Anweisungen gegeben, es wäre der Stress und Druck, blablabla.
Also habe ich zu meditieren begonnen, Yoga, Akupunktur, gesundes Essen, kein Alkohol, das ganze Programm. Doch nichts hat sich geregelt. Schließlich haben wir erfahren, dass ich so entspannt hätte sein können, wie ich wollte, und trotzdem nicht schwanger geworden wäre. Bei einem postkoitalen Test (auf den dann endlich ein neuer Arzt kam) stellte sich heraus, dass ich Antikörper bilde, sobald eine meiner Eizellen befruchtet ist. Ein seltener genetischer Defekt. Angeboren. Und es gibt nichts, was man dagegen tun kann. Meine Zwischenblutungen waren keine Zwischenblutungen. Ich war jedes Mal schwanger. Und mein Körper hat all die möglichen Kinder abgestoßen. Anfangs dachte ich, es ist okay, ich komme damit klar.

Emma zuckte zusammen. Jemand klopfte so laut an die Wohnungstür, als wollte er sie einschlagen. Reflexartig klappte sie den Laptop zu, als müsse sie das Geheimnis, das sie eben aufgeschrieben hatte, verbergen.

Sie öffnete, und ein genervter Postbote hielt ihr ein schweres Paket entgegen. Nachdem er gegangen war, machte sie es auf. Darin befanden sich zwanzig Exemplare der italienischen Ausgabe ihres letzten Titels, die sie für die Kinderbuchmesse in Bologna signieren sollte. Auf der Rückseite des Covers lächelte ihr eine zurechtgemachte, augenbrauengezupfte, lippenstifttragende Emma mit honigblonden Locken entgegen, die keinerlei Ähnlichkeit mit der blassen, leicht aufgedunsenen Emma mit mausbraunen Haaren im abgetragenen Schlafmantel hatte. Und dann sah sie es – auf dem Foto trug sie ihren Ehering.

Obwohl sie schon seit acht Jahren nicht mehr rauchte, verlangte plötzlich jede Faser, jede Zelle ihres Körpers nach einer Zigarette. Sie durchwühlte alle Schubladen nach dem Päckchen, das Georgs

Schwester mal bei einem Abendessen hier vergessen hatte. Ganz sicher hatte sie es aufgehoben. Es war eine teure Marke, diese knallbunten, schlanken Zigaretten, die man nur beim Duty Free am Flughafen bekam. Aber sie fand sie nicht. Dann musste sie sich eben anziehen und welche kaufen.

Während sie in dem Wäscheberg nach einer halbwegs sauberen Jeans suchte, sehnte sie sich so schmerzhaft nach Rauch in ihrer Lunge, als brauchte sie ihn zum Atmen. Gerade, als sie eine annehmbare Hose gefunden hatte, läutete ihr Handy. Es war Fred, wahrscheinlich wollte er sich erkundigen, warum sie gestern einfach gegangen war. Und dann käme ein passiv-aggressiver Vorwurf, bei dem er sich besorgt gab, aber in Wahrheit beleidigt war, weil sie sich nicht von ihm und Lydia und den Kindern verabschiedet hatte. Das Telefon verstummte, läutete wieder. Doch jetzt war es ihr Agent, und sofort bekam Emma ein schlechtes Gewissen, weil er ihr vor drei Tagen gemailt und sie noch immer nicht geantwortet hatte. Das musste sie zuerst tun, dann konnte sie sich um Zigaretten kümmern. Sie legte die Jeans auf den Wäscheberg, kehrte zurück zum Schreibtisch und klappte den Laptop wieder auf. Da war eine neue Mail von Fabienne, hatte sie noch mal geschrieben?

Liebe Emma,
ich bin mir nicht sicher, ob ich deine vollständige E-Mail erhalten habe, denn der Text …

Emma stockte. Welche vollständige E-Mail? Sie scrollte die Nachricht runter. So ein Mist! Sie hatte ihre E-Mail an Fabienne aus Versehen abgeschickt.

… endet mitten im Satz. Es tut mir so leid, ich habe das nicht erwartet, und es muss verwirrend und herzzerreißend sein, deinen

Ex-Mann unter diesen Umständen zu sehen. Ich verstehe, wieso es dir so wehtut. Ich finde dich erstaunlich couragiert (und sehr beherrscht, wenn ich daran denke, wie freundlich du zu ihm in der Küche warst). Aber vielleicht ist das auch schrecklich oberflächlich von mir. Eine Geschichte hat schließlich immer mehr als eine Seite.

Ich bin sicher, es war keine Lüge, dass du dein nächstes Buch in Arbeit hast. Auch wenn es nicht auf dem Papier ist, dann hast du es einfach noch in dir, so wie du alle Bücher schon vorher in dir hattest. Vielleicht ist jetzt schlichtweg nicht der richtige Zeitpunkt.

Falls du jemanden zum Reden brauchst: Bei mir steht immer eine Flasche Weißwein im Kühlschrank. Oder komm einfach auf einen Kaffee in der Buchhandlung vorbei. Jederzeit.

Deine Fabienne

Emma las die Nachricht dreimal. Vor Dankbarkeit war sie den Tränen nahe. Das war es also. So fühlte sich Verständnis an. Sie hatte diese Erleichterung vollkommen vergessen, nein, sie hatte sie gelöscht. Sich davor versperrt.

Weder ihrer Familie noch ihren Freundinnen hatte sie erzählt, was in ihr vorging. Offiziell war ihre Ehe geschieden, da sie sich ganz einfach auseinandergelebt hatten. Dafür hatte anscheinend jeder Verständnis. Als käme das eben vor.

Es klopfte erneut so donnernd an die Tür, dass sie zusammenzuckte. Hatte der Paketbote etwas vergessen, oder bekam sie noch eine Lieferung?

Als Emma die Tür öffnete, war sie so perplex über den Anblick ihrer Brüder, dass sie kein Wort herausbrachte. Fred hielt ihr sein Handy entgegen.

»Wieso geht eigentlich keiner von euch ran, wenn ich anrufe?«, fragte er vorwurfsvoll.

Er schob sich energisch an Emma vorbei in die Wohnung, dann stoppte er, drehte sich um und umarmte sie. Emma blieb regungslos. Von Fred berührt zu werden hatte immer etwas seltsam Verbindliches und Fremdes zugleich. Als würde man mit jemandem, den man gerade erst kennengelernt hat, aus derselben Bierflasche trinken.

Emma sah über Freds Schulter zu Stefan und versuchte sein bekümmertes Gesicht mit dem fröhlichen blitzblauen Hawaiihemd voller Hulatänzerinnen in roten Baströckchen in Einklang zu bringen.

»Was ist los?«, fragte sie.

Fred drückte ihre Oberarme, eine Geste, die sie sofort in Panik versetzte. Als würde er ihr damit zu verstehen geben, sie müsse jetzt sehr stark sein.

»Mama ist verschwunden.«

10.

Hannah Schneider lag im Bett. Alles tat ihr weh. Die Matratze unter ihrem Körper war zu hart. Die Decke auf ihrem Körper zu schwer. Jeder Muskel und jede Sehne schmerzte, wie beim schlimmsten Muskelkater. Sie öffnete die Augen. Der Lichtschein der Nachttischlampe war so grell, sie musste ein paarmal blinzeln. Langsam hob sie den Kopf, er fühlte sich zentnerschwer an. Ihr Blick fiel auf einen Fernseher, der ohne Ton lief. Der Kater Tom jagte gerade die Maus Jerry.

Wo war sie? Da waren eine Couch mit Tisch, ein Kleiderschrank, ein Schreibtisch und eine kleine Kommode. Die Möbel waren in Dunkelblau und Weiß gehalten, der dunkelblaue Vorhang zugezogen. Dieses Zimmer war ihr völlig fremd.

Wie war sie hierhergekommen? Wo war Martin?

Sie versuchte sich zu erinnern. Da war die Party. Martin mit einem Strauß Rosen. Es wurde gesungen. Aber dann hatte sie einen Filmriss.

O Gott, war sie so betrunken gewesen?

Sie brauchte dringend ein Glas Wasser. Ihr Mund war ausgetrocknet, als hätte sie Sand gegessen. Sie gähnte, ihr Gesicht fühlte sich geschwollen an, die Augen hörten nicht auf zu tränen. Sie ließ sich wieder in die Kissen zurückfallen.

Poch-Poch-Poch.

Jemand klopfte an der Tür. Im nächsten Moment hörte sie: »Housekeeping«, gleichzeitig ein Klicken. Die Tür ging auf, und eine Frau mit kaffeebrauner Haut und zu einem Pferdeschwanz gebundenen Haaren stand im Flur. Sie trug ein beigefarbenes Hemdkleid mit kurzen Ärmeln. Unter dem Arm klemmten eine Klopapierrolle und zusammengelegte weiße Handtücher.

»Entschuldigung. Wusste ich nicht, dass jemand ist im Zimmer. Komme ich später wieder.«

Das war ein Hotelzimmer. Natürlich war es das. Wie dumm, das nicht gleich zu erkennen.

»Nein. Bitte bleiben Sie.«

Rasch stand Hannah auf. Sie merkte zu spät, dass sie nur Unterhemd und Slip trug, und musste sich abstützen, weil ihr so schwindlig war.

»Soll ich anfangen im Bad?«, fragte die Frau vom Housekeeping und deutete auf eine Tür, die Hannah bis jetzt nicht bemerkt hatte.

»Nein, danke. Lieber hier.«

Sie schlüpfte in einen weißen Frotteebademantel des Hotels. Wo war ihre Kleidung? Sie hatte ja wohl nicht im Unterhemd und Slip eingecheckt.

Im Bad wollte sie reflexartig ihren Ehering vom Finger ziehen, wie sie das immer tat, bevor sie sich die Hände wusch. Aber er war nicht da. Sie versuchte sich zu erinnern. Wann hatte sie ihn das letzte Mal gehabt? In der Hausverwaltung, genau. Wahrscheinlich hatte sie sich zu Hause die Hände gewaschen und einfach vergessen, ihn wieder anzulegen, das passierte ihr manchmal.

Sie trank aus dem Wasserhahn, bis sich ihr Mund eiskalt anfühlte. Ihrem Spiegelbild nach zu urteilen, hatte sie ordentlich gefeiert. Mascara und Lidschatten hatten sich in den Falten abgelegt, als hätte sie Astgabeln im Gesicht. Die Augenringe waren fast schwarz. Im Gegensatz dazu war ihre Haut weiß mit einem grünlichen Schimmer. Sie atmete in ihre Hand, ihr Atem roch sauer, aber nicht nach Alkohol.

Die Frau vom Housekeeping richtete die Kissen auf dem Bett und sah mit einem Lächeln hoch.

»Geht gut?«

Hannah nickte, ihr Blick glitt zu dem Fenster, der Vorhang war weggezogen. Der Himmel war strahlend blau, die Sonne schien. Gegenüber stand ein Gebäude, das nur aus dunkel verspiegelten Fenstern bestand, die wie Kacheln aneinandergereiht waren. Das Sonnenlicht brach sich an der Glasfront. Ein Flugzeug zog darüber weg. Es sah aus, als würde es gleich das Dach berühren. Dabei war es so leise, dass sie nicht mehr als ein flüsterndes Rauschen wahrnahm. Auf dem Schreibtisch lag eine in Leder gebundene Mappe: Hotel NH Vienna Airport.

Sie deutete zum Fenster.

»Das ist der Flughafen?«

»Flughafen Schwechat. Wien. Haben Sie Jetlag?«

Hannah nickte und hoffte, dass ihr die Ratlosigkeit nicht anzusehen war. Sie bedankte sich und wartete, bis die Frau das Zimmer verließ. Sie musste Martin anrufen.

Wo war ihr Handy? In ihrer Handtasche fand sie es nicht, also fing sie an, im Zimmer danach zu suchen. Da war nur eine halb volle Wodkaflasche unter dem Bett. So ein Mist, sie hatte es hoffentlich nicht verloren – oder schlimmer noch, wenn es gestohlen war? Am Schreibtisch stand ein Telefon. Als das Freizeichen ertönte und sie ihre zitternden Finger auf den Tasten sah, fiel es ihr wieder ein. Martin im Garten neben der Torte mit den brennenden Kerzen. Die vielen Gäste. Stefan, Emma und Fred. Der Mann unter dem Kastanienbaum, der John so ähnlich sah, dass sie im ersten Moment dachte – oh Gott. Es fiel ihr wieder ein. Langsam ließ sie den Hörer sinken.

Die größte Lüge ihres Lebens hatte sie eingeholt. Deshalb war sie hier. Eilig hatte sie alles eingepackt, was sie brauchte, aber ihr Handy hatte sie auf der Vorzimmerkommode vergessen. Das war ihr erst im Taxi eingefallen. Doch sie konnte nicht mehr zurück, um es zu holen. Im Hotel hatte sie sich den Wodka beim Zimmerservice bestellt.

Der Raum begann sich zu drehen, sie hatte das Gefühl, keine Luft zu bekommen.

Poch-Poch-Poch. Hannah rührte sich nicht. Wer das auch war, sie wollte niemanden sehen.

»Housekeeping.«

Die Frau, die eben das Zimmer aufgeräumt hatte, sah sie mit einer Mischung aus Besorgnis und Unsicherheit an.

»Alles in Ordnung? Habe Schrei gehört.«

»Das war keine Absicht.«

»Haben Sie schlimme Nachricht?«

Sie sah Hannah in die Augen. Es war ein Blick, der Hannah mit voller Wucht traf. Als würde es diese fremde Frau wirklich kümmern. Hannah senkte den Kopf.

»Ich bin die schlimme Nachricht«, murmelte sie. Sie erwartete, dass die Frau vom Housekeeping jetzt gehen würde, aber die braunen Schnürschuhe, auf die sie hinuntersah, bewegten sich nicht.

»Wenn Sie wollen, bleibe ich kurz?«

Hannah schlug die Hände vor die Augen, sie konnte die Tränen nicht zurückhalten.

»Tut mir leid.«

Im nächsten Moment spürte Hannah die Hände der Frau auf ihrem Unterarm. Sie wurde zur Couch geführt und fühlte sich, als wäre sie ein Kind, das gerade erst laufen lernt. Sie weinte noch mehr. Die Freundlichkeit dieser Fremden, die ihr ein Taschentuch reichte und beruhigend auf sie einredete, brachte sie völlig aus der Fassung.

»Geht gleich wieder«, schluchzte Hannah.

»Wegen Mann, Geld oder Kinder?«, fragte die Frau.

»Wie bitte?«

»Meistens, wenn ich weinen, ist es wegen Mann, Geld oder Kinder.« Die Frau lächelte und nickte Hannah aufmunternd zu. »Sie haben Kinder?«

»Drei. Zwei Jungen und ein Mädchen.« Hannah verzog das Gesicht zu einem halben Lachen und einem halben Weinen. »Nein, zwei Männer und eine Frau. Sie sind schon lange erwachsen.«

Sie war gerade mal zwanzig Jahre alt gewesen, und das Leben hatte mit allen Möglichkeiten vor ihr gelegen. Doch als sie John bei einer seiner Ausstellungen kennengelernt hatte, waren alle Möglichkeiten zu einer einzigen zusammengeschrumpft. Als würde ihr ganzes unaufregendes Dasein durch ihre Liebe und Leidenschaft plötzlich einen Sinn bekommen.

»Wie heißen Sie?«, fragte Hannah und wischte sich über die Wangen.

»Amari.«

Hannah lächelte. »Ich bin Hannah.«

Amari nickte. »Was ist passiert, Hannah?«

Hannah biss sich auf die Lippen. »Ich habe meine Kinder belogen. Vor sehr, sehr langer Zeit. Und es war eine schlimme, eine grausame Lüge.«

Die Lüge war der Preis gewesen, um die »verrückte« Hannah verschwinden zu lassen und eine bessere Version zwischen dem alltäglichen Auf und Ab einer alleinerziehenden Mutter von drei Kindern zu erschaffen. Pubertät, erster Liebeskummer, Schule, das tägliche Üben, die Sorge, ob Stefan sein Stottern wieder loswerden würde, und die Erleichterung, als er es tat. Dann der Umzug von allen in das obere Stockwerk der Villa, damit ihre Eltern keine Treppen mehr steigen mussten. Die Übernahme der Hausverwaltung, Ausbildungsentscheidungen der Kinder, deren falsche und richtige Freunde, der Tod ihrer Eltern, die so rasch hintereinander starben, als hätten sie es verabredet.

Danach der Auszug der Kinder, ihre neue Beziehung mit Martin, Freds Zwillinge, Emmas überraschender Erfolg als Kinderbuchautorin, Emmas noch überraschendere Scheidung und die Sorgen um Stefan, der sich immer mehr in sich zurückzog. Alles ging seinen Lauf, die Vergangenheit war dort, wo sie hingehörte.

Und wenn sie sich manchmal doch meldete, was seit ihrem fünfzigsten Geburtstag öfter vorgekommen war, dann schluckte Hannah sie mit einer Tablette hinunter.

Bis zu ihrer Überraschungsparty gestern Abend. Als dieser Mann, der Homepagedesigner, mit seiner Ähnlichkeit mit John die letzte Mauer zwischen ihr und ihrer Vergangenheit niedergerissen hatte.

»Was ist das für Lüge?«, fragte Frau Amari.

So schnell sie konnte, checkte Hannah nach dem Gespräch aus dem Hotel aus und nahm den Gehweg hinüber zum Flughafen. Sie suchte ewig, bis sie endlich das Reisebüro fand. Heute und morgen waren ihre gewünschten Flüge – angeblich wegen einer Fachmesse – ausgebucht.

»Aber ich muss heute fliegen«, bat Hannah. Der Angestellte war sehr freundlich, er fand eine Möglichkeit mit zwei Zwischenstopps, bei der sie durch die Wartezeiten mehr als sieben Stunden unterwegs wäre.

»Vielleicht ein Leihwagen?«, schlug er vor. »Laut Karte sind es nur etwas mehr als 500 km.«

Hannah nickte. Das war eine gute Idee, den Leihwagen hätte sie sowieso nach der Landung mieten müssen. Sie bedankte sich und ging hinüber zum Café in der Ankunftshalle, wo sie sich einen doppelten Espresso zum Mitnehmen bestellte.

»Möchten Sie dazu unser Frühstücksangebot?«, fragte die junge Frau mit schwarzen Dreadlocks und deutete hinter sich.

Reflexartig hielt sich Hannah die Hand vor den Mund, als sie »Warmer Grießbrei« auf der Tafel las. Ihr Hals schnürte sich zu –

ein Relikt ihrer Kindheit. Die junge Frau sah sie fragend an, und Hannah lächelte entschuldigend. Sie nahm eine Serviette vom Stapel und bat um einen Stift.

»Könnten Sie mir bitte einen Gefallen tun?«, fragte sie, als ihr Kaffee fertig war.

Die junge Dreadlocks-Frau sah sie skeptisch an. Hannah griff in ihre Handtasche und nahm einen Zehn-Euro-Schein heraus, den sie mit der Serviette über den Tresen reichte.

»Können Sie bitte diese Telefonnummer anrufen und sagen, Hannah geht es gut, es tut ihr leid. Sie sollen sich keine Sorgen machen. Ich werde mich bald melden, aber es gibt etwas, das ich erledigen muss. Und dass ich sie alle liebe.«

Es war feige, dass Hannah diesen Anruf nicht selbst erledigte. Aber die Gefahr war zu groß, dass sie die Reise gar nicht antreten und weiter verschweigen würde, was sie so lange mit sich herumtrug.

Die junge Frau sah von der Serviette hoch.

»Sind Sie Hannah?«

Hannah nickte.

»Und wessen Nummer ist das?«

»Die von meinem Mann. Sein Name ist Martin. Es ist wirklich sehr, sehr wichtig. Bitte.«

Die junge Frau schien zu überlegen. Dann reichte sie den Geldschein zurück.

»Das mache ich auch so. Kein Problem.«

»Danke.« Hannah bemühte sich um ein Lächeln. »Können Sie bitte erst in einer halben Stunde anrufen?«

»Warum?«

»Weil mir sonst nicht genug Zeit bleibt, ein Auto zu mieten.« Hannah stopfte die zehn Euro in die Sparbüchse für Trinkgeld neben der Kassa.

»Brauchen Sie Hilfe?«

»Wenn Sie den Anruf für mich erledigen, helfen Sie mir sehr.«

Hannah wartete, bis die junge Frau ihr noch einmal zunickte. Sie war so dankbar, am liebsten hätte sie ihr die Hand geschüttelt.

Dann durchquerte sie die Abflughalle. Sie ging zum freien Schalter der Autovermietung. Als ihr der Angestellte ein Formular zum Ausfüllen reichte und fragte, ob ihr ein Fiat recht wäre, hielt sie inne. Sie drehte sich um und sah zum Coffeeshop. Die junge Dreadlocks-Frau wusste, dass sie ein Auto mieten wollte. Durch Freds Hilfe konnten sie rasch ermitteln, bei welcher Vermietung. Es wäre nur noch eine Frage von Stunden, bis sie herausfänden, wo das Auto war. Das durfte nicht passieren. Sie war schon einmal hier gewesen, doch damals war es zu spät.

»Danke, ich habe es mir doch anders überlegt«, sagte sie und schob das Formular zurück.

Ohne zurückzublicken, ging sie zu der Rampe, die einen Stock tiefer zu den Zügen führte.

Die junge Frau mit den Dreadlocks spürte das Vibrieren ihres Handys in der hinteren Hosentasche. Sie hatte den Timer gestellt, damit sie den Anruf nicht vergaß, wenn wieder viel los sein sollte. Nachdem sie einen Latte macchiato zubereitet hatte, nahm sie das Handy hervor. Sie griff in die vordere Hosentasche, um die Serviette mit der Telefonnummer rauszuholen. Doch sie war leer, genauso wie die anderen Taschen.

Sie musste ihr rausgefallen sein, also suchte sie den Boden nach der Serviette ab. Nichts. Auf der Toilette zog sie ihre Hose aus. Sie krempelte die Beine um, schüttelte sie aus. Die Serviette mit der Telefonnummer war nicht mehr da.

11.

Stefan saß auf der Couch in Emmas Wohnzimmer und strengte sich an, Fred nicht zuzuhören. Wie bei der Fahrt hierher wiederholte sein Bruder akribisch jede Einzelheit von seiner und Martins nächtlicher Suche nach ihrer Mutter.

Die Reaktionen jedes einzelnen Nachbarn, der stundenlange Streifzug mit dem Auto, die Erkundigungen bei allen Dienststellen und Krankenhäusern. *Sie ist weg, und ihr habt sie nicht gefunden. Okay. Wir haben es verstanden.* Das hätte Stefan liebend gerne gesagt. Emma stand regungslos in der Mitte ihres Wohnzimmers, als hätte jemand sie dort abgestellt, und ließ Freds Detailregen auf sich niederprasseln.

Stefan war beunruhigt. Was, wenn seiner Mutter etwas passiert war? Ihr Weinen, das »John«, und jetzt war sie weg. Irgendeiner der Partygäste hatte sie in ein Taxi steigen sehen. Und wenn sie nur dieses Fest nicht gewollt hatte? Vielleicht hatten Martin und sie sich gestritten? Er würde erst mal Fred zu Ende reden lassen, sonst wäre kein normales Gespräch möglich, das wusste Stefan aus Erfahrung.

Er sah sich beiläufig um, es war lange her, dass er das letzte Mal bei Emma gewesen war. Er erinnerte sich an Krimskrams, wie einen mit Strass besetzten Gartenzwerg, der eine Laterne als Leselampe in der Hand hielt, aufeinandergestapelte Bücher auf Rollen als Sitzhocker oder die Buchstütze einer übergewichtigen Ballerina im Tutu. Jetzt war das alles fort. Kleidung lag verstreut herum, am Boden stapelten sich unleserliche Notizen, es gab eine Galerie benutzter Kaffeetassen und Gläser, die einen zweifelhaften Geruch verströmten, und an den Wänden zeugten leicht gräuliche Ränder von den Bildern, die hier einmal gehangen hatten. Als würde da eine andere Emma leben als die, die er gekannt hatte. Sie war schmal und blass und wirkte in dem zu großen türkisen Bademantel, als wolle sie sich darin verstecken. »Aber ich verstehe nicht«, sagte Emma, ihr Atem ging flach. »Du und Martin, ihr meint, sie ist weggelaufen? Ohne Nachricht?«

Fred nickte und ließ den Kopf hängen, als wäre er eine abgeknickte Blume. Wahrscheinlich fühlte er sich dafür verantwortlich. Dabei hatte seine Mutter vor Stefan geweint, und er hatte einfach nichts gesagt. Das war wieder mal typisch für Fred, dieses übertriebene Verantwortungsbewusstsein hatte Stefan schon immer an seinem Bruder genervt. Im selben Moment spürte er sein schlechtes Gewissen so sehr, dass er es fast nicht aushielt.

»Und ihr Handy?«, fragte Emma.

»Hat sie dagelassen, nachdem sie das Taxi gerufen hat.«

Emma wurde noch blasser. »Woher weißt du, dass ihr nichts passiert ist?«

»Weil sie das Reservegeld und ihren Pass mitgenommen hat.«

»Was für Reservegeld?«

»Martin hat immer ein paar Hundert Euro im Haus versteckt. Wir kennen das Taxiunternehmen. Die Zentrale findet gerade heraus, wer sie wohin gefahren hat.« Fred schluckte. »Außerdem hat sie ihren Ehering zurückgelassen.«

Emma ließ sich erschöpft auf die Couch fallen, als wäre ihr plötzlich der letzte Rest Kraft abhandengekommen. Sie sah ihre Brüder an.

»Und was machen wir jetzt? Das ist doch …« Sie verstummte, und Stefan wusste, dass sie dasselbe dachte wie er und wahrscheinlich auch Fred. Verrückt. So verrückt, wie ihre Mutter nach Johns Verschwinden gewesen war.

»Martin ruft gerade alle ihre Freundinnen durch. Falls euch irgendwas einfällt, wo meine Mutter sein kön–«

»Unsere Mutter«, unterbrachen Emma und Stefan gleichzeitig und sahen sich kurz an.

Es klang, als würde Fred leise stöhnen, aber Stefan war sich nicht sicher.

Eine Weile saßen sie schweigend da. Stefan fielen jetzt erst die eingetrockneten Kaffeeflecken auf Emmas Bademantel auf. Als würde sie ihn schon wochenlang tragen. Er hatte immer gedacht, Emma hätte ihre Scheidung gut verkraftet. Zumindest hatte sie nie etwas gesagt. Andererseits hatte er auch nicht danach gefragt. Er war Stefan, und sie war Emma, und über solche Angelegenheiten hatten sie irgendwann zu sprechen aufgehört. Ganz zu schweigen von Fred.

Manchmal, wenn Stefan seine Geschwister bei irgendwelchen Anlässen wie Geburtstagen oder Familienfeiern sah, fragte er sich, was mit ihnen geschehen war. Er und Fred hatten sich schon lange nicht mehr gut verstanden. Stefan konnte nicht sagen, wann das begonnen hatte, aber ständig wusste Fred alles besser, sprach seltsam gestelzt, und er erinnerte sich auch nicht, wann sie das letzte Mal zusammen gelacht hatten. Aber mit seiner Schwester? Wo war dieser Schnitt passiert von »Emma ist der beste Mensch, den ich kenne« zu »Wir sehen uns dann in vier Monaten zu Weihnachten«?

Ein paarmal hatte er das sogar laut aussprechen wollen. Meistens, nein, eigentlich immer war Alkohol im Spiel. Aber irgendwas hielt ihn davon ab, und als er wieder nüchtern war, blieb nur diese Erleichterung, es nicht getan zu haben.

»Ich brauche einen Kaffee. Wollt ihr auch?«, fragte Emma, stand auf und hielt sich den Bademantel am Hals zu.

»Gerne ein Wasser«, sagte Stefan. »Bitte laufen lassen.«

»Ich brauche nichts, danke.«

Fred sprach mit dieser süßlichen Stimme, wie früher, wenn er eingeschnappt war. Ob es Emma auch aufgefallen war? Als sie allein waren, deutete Fred mit dem Zeigefinger auf eine der Hula-Tänzerinnen.

»Hübsches Hemd, übrigens.«

Der Sarkasmus in Freds Stimme war unüberhörbar, und obwohl er es nicht wollte, fühlte Stefan sich gedemütigt. »Danke«, sagte er zu laut.

Ihre Blicke trafen sich. Fred schaute gleichgültig, aber seine Nasenflügel bebten. Ruckartig stand er auf und räusperte sich.

»Gut, ich gehe dann und kümmere mich um alles. Und heb bitte ab, wenn ich anrufe.«

Damit war er auch schon aus dem Zimmer, und Stefan hörte, wie er sich von Emma verabschiedete. Im nächsten Moment fiel die Wohnungstür ins Schloss. Stefan gab es nicht gerne zu, aber er war erleichtert, dass Fred weg war.

Emma kam zurück, sie blieben noch eine Weile so sitzen. Er nippte an seinem viel zu warmen Wasser, sie hatte es nicht lange genug laufen lassen.

»Wieso tut sie das?«, fragte Emma. »Das sieht ihr überhaupt nicht ähnlich. Oder?«

Nein, das tat es nicht. Emma hatte recht. Hannahs Verhalten war irrational. Außer – nein, das war zu abwegig. Damals waren die Umstände völlig anders gewesen. Aber wenn doch?

»Glaubst du, es kann wieder wie …«

Er erschrak über seine eigene Stimme, die verängstigt und jung klang. Seine Schwester lächelte traurig und schüttelte den Kopf.

»Nein. Das war damals alles ganz anders. Es kann nur ein Missverständnis sein. Ganz sicher gibt es eine plausible Erklärung.«

Stefan fand, Emma hörte sich so an, als würde sie es selbst nicht glauben.

12.

Stefan nahm die U-Bahn zurück zur Universität. Bei der dritten Station sah er plötzlich seine Mutter. Sie war eben eingestiegen, nur ein paar Meter von ihm entfernt, im selben Waggon. Sie setzte sich in Fahrtrichtung auf einen Vierersitz ans Fenster und tippte in ihr Handy. Sein Herzschlag pochte in den Ohren, er schob sich zwischen zwei junge Frauen durch.

»Da bist du ja«, sagte er.

Seine Mutter hob den Kopf und blinzelte ihn an. Stefan hatte das Gefühl zu versteinern. Das war sie nicht. Diese Frau sah ihr nicht einmal besonders ähnlich.

»Pardon«, sagte er.

Rasch ging er weiter und tat so, als würde er den dunklen Schacht, der hinter ihr im Fenster vorbeibrauste, betrachten. Er stellte sich an einen freien Platz an der Tür und versuchte das plötzliche Ziehen in seiner Brust zu ignorieren. Es war ihm so unangenehm, er fühlte sich ausgelaugt. Die fremde Frau drehte sich um und sah zu ihm, und er lächelte mit gespielter Lässigkeit. Hoffentlich dachte sie nicht, das wäre ein Flirtversuch. Rasch nahm er sein Handy heraus, tippte darauf herum und tat so, als würde er die Nachrichten lesen.

Was war nur los mit ihm? Gestern Abend hatte seine Mutter gedacht, John gesehen zu haben, und nun passierte ihm dasselbe mit ihr? War sie wirklich deshalb fort?

Zu den Prinzipien eines guten und gewissenhaften Forschers

gehörte, bei allen Ergebnissen die Möglichkeit der falschen Bewertung zu berücksichtigen. Selbst bei objektiv eindeutigen Fakten blieb immer dieser Spielraum, die Ergebnisse so zu interpretieren, dass sie den Erwartungen entsprachen. »Es liegt einfach in der menschlichen Natur, nach Hinweisen zu suchen, die die eigene Meinung bestätigen«, war einer der ersten Leitsätze, die er während seines Studiums gehört hatte.

So eine Verwechslung wie eben mit dieser Frau zum Beispiel, das war nichts anderes als ein Bestätigungsfehler.

Das kam bei Forschungen ständig vor. Man bewertete nicht neutral, sondern deutete Ereignisse, wie man sie sehen wollte. Er wollte seine Mutter sehen, deshalb die Verwechslung. Genauso wie wahrscheinlich seine Mutter gestern Abend John hatte sehen wollen.

Nein, das ergab keinen Sinn, denn John war tot, aber seine Mutter lebte. Die Frau stand auf, um auszusteigen. Er bemerkte aus den Augenwinkeln ihren Blick im Fenster. Sie schaute ihn an, bis der Zug in die Station einfuhr und die Türen sich öffneten. Plötzlich wurde ihm so schwindlig, dass er dachte, der U-Bahn-Waggon würde schwanken. Er packte den Haltegriff fester. Der Boden hörte nicht auf, sich zu bewegen.

Ein paar Stationen später stieg er aus, und es war, als wäre er auf einem Boot bei starkem Seegang. Wie betrunken wankte er über den Karlsplatz zum Eingang der Universität. In seinen Oberarmen fing es an zu kribbeln.

Die Aula war menschenleer, sogar die Portiersloge war unbesetzt. Er beeilte sich die Treppen hinauf. Die Stufen kippten bei jedem Schritt wie kleine Surfboards, er versuchte noch, sich festzuhalten. Doch er griff daneben, stolperte und donnerte mit der Schläfe gegen den Handlauf. Der Schmerz brannte, alles drehte sich. Er setzte sich auf die Stufen. Seine Stirn war kalt und feucht. Zuerst dachte er, es wäre Schweiß, und wischte ihn weg. Da merkte er, dass es Blut war. Ein Geräusch im Treppenhaus ließ ihn hochfahren. Das Gebäude war alt, und manchmal krachte es wie knackende Gelenke. Da, wieder. Es kam aus dem zweiten Stock, vielleicht noch höher. Marie! Er wollte nicht, dass sie ihn so sah, und versuchte aufzustehen. Aber das Treppenhaus drehte sich weiter, er wollte sich abstützen und rutschte ein paar Stufen hinunter. Sein Herzschlag ruckelte wie ein defekter Motor.

»Hallo?«, hörte er Maries helle Stimme.

»Ich bin es nur, Stefan.«

»Wer ist Stefan?«

Am oberen Treppenabsatz erschien ein dunkelhaariges Mädchen in roter Kapuzenjacke. Sie war groß, aber ihrem kindlichen Gesicht nach konnte sie nicht älter als zwölf oder dreizehn sein. Er drehte sich von ihr weg, damit sie seine verletzte Schläfe nicht sah.

»Sind Sie Stefan Schneider, der Wasserforscher?«

»Ich … ja.«

»Hallo. Ich bin Sophia.«

Das Mädchen war wahrscheinlich vom Ferienprogramm, das die Universität im Sommer für Schüler veranstaltete.

Sie kam ein paar Stufen herunter. Ihr Anblick waberte, als wäre sie hinter einer Wasserwand.

»Dann mach's gut, Sophia«, sagte er und hoffte, sie würde die Aufforderung verstehen.

»He, Sie bluten ja.«

Mehr als ein »Mhm« bekam er nicht heraus. Vielleicht hatte er ja Glück und würde gleich in Ohnmacht fallen.

»Ich hole meine Mutter.«

Ohne auf seine Antwort zu warten, drehte sie sich um und rannte in Richtung der Büros. Er hörte ihr »Mamaaaaa«, die schnellen Schritte, die gleich wieder zurückkamen.

Marie stand am Treppenabsatz.

»Stefan?«

Sie lief zu ihm, kniete sich vor ihn. Er versuchte zu lächeln, aber ihrer Reaktion nach zu urteilen, klappte es nicht.

»Ist alles okay? Komm, gehen wir mal in dein Büro. Kannst du aufstehen?«

Er kam sich vor wie ein Greis, als er von Marie und ihrer Tochter gestützt wurde. Sie setzten ihn auf die Couch. Nach einem Glas Wasser wurde der Schwindel erträglicher, aber er war noch immer zittrig. Vielleicht sollte er sagen, er hätte irgendwelche verbotenen Substanzen ausprobiert, quasi ein missglücktes Selbstexperiment, um nicht so armselig zu wirken.

»Brauchst du einen Arzt?«, fragte Marie.

»Nein. Ist nur eine Platzwunde.«

»Sind Sie sicher?«

Sophia sah ihn mit diesem scharfsinnigen Blick an, den er von Marie kannte. Er nickte schwach.

»Ich seh mal, ob ich einen Verbandskasten finde. Sophia, du bleibst bei ihm, okay?«

Das Mädchen zog seinen Schreibtischstuhl heran und setzte sich vor ihn. Mit ihren dunklen Augen musterte sie ihn eingehend, dann zog sie die Nase hoch, als würde sie schnüffeln.

»Sind Sie betrunken?«

Sie sah ihn sehr ernst an, als er den Kopf schüttelte. Wäre es ihm nicht so dreckig gegangen, hätte er gelacht.

Marie kam mit einer kleinen Flasche Desinfektionsalkohol zurück und reichte sie ihm mit einer Schachtel Kleenex.

»Ich habe nichts anderes gefunden.«

Er versuchte die Wunde zu reinigen, aber er hatte keinen Spiegel und schien sie nicht zu treffen.

»Darf ich? Du reibst es dir sonst noch in dein Auge«, sagte Marie. Sie tupfte in seinem Gesicht herum, und er versuchte, es sehr männlich auszuhalten und nicht zusammenzuzucken.

»Soll ich Sie ablenken?«, fragte ihre Tochter.

Er wackelte mit dem Kopf, was sie als Zustimmung zu deuten schien.

»Mama hat mir Ihre Wasserbrücke gezeigt. Sie sagt, ich habe auch diese Protonen in mir. Stimmt das?«

Er nickte und atmete scharf ein, als Marie das getränkte Kleenex auf seine Schläfe drückte. Das Zeug brannte, als würde es ihm das Hirn auflösen.

»Wissen Sie, was ich mich die ganze Zeit frage? Wenn die Menschen schon magnetisches Wasser in sich haben, was geschieht dann, wenn Liebe dazukommt?«

Stefan war tatsächlich für einen Moment von seinem Schmerz abgelenkt.

»Liebe?«

Sie nickte und deutete auf seine Stirn.

»Oder Blut? Wenn man statt Wasser Blut in die beiden Gläser füllen würde und dann das Experiment …«

»Ich glaube, wir setzen mal mit American Horror Story aus«, sagte Marie lachend. »Sophia, hast du schon den Aufsatz für die Deutsch-Nachhilfe fertig?«

»Aber Mama …«

Das Mädchen verdrehte die Augen und deutete mit beiden Händen auf Stefan, als wäre er ein Preis, den es zu gewinnen galt. Ihre Begeisterungsfähigkeit erinnerte ihn an die Marie von früher. Wahrscheinlich war Sophia der Grund, warum sie nicht weiterstudiert hatte.

»Ich weiß, aber du musst in einer halben Stunde los, Sophia. Das nächste Mal, okay?«

Das Mädchen seufzte so theatralisch und stapfte aus dem Büro, dass Stefan sich ein Lachen verkneifen musste.

»Also«, Marie setzte sich neben ihn und inspizierte seine Schläfe, »es ist nur ein kleiner Schnitt, aber vielleicht sollte er genäht werden. Kopfverletzungen bluten immer heftig. Geht es dir gut?«

»Ja, danke.«

»Was ist denn passiert?«

Er sah sie an und spürte wieder das Ziehen in seiner Brust. Einen winzigen glasklaren Moment war da dieser Wunsch, ihr alles zu erzählen.

»Ich bin g-g-g-gestolpert.«

Verdammt, wieso hatte er gestottert? Das war ihm seit Jahren nicht passiert. Sie sah ihn abwartend an, doch als er nichts mehr sagte, stand sie auf.

»Kann ich mal dein Handy haben?«

Er reichte es ihr, und sie tippte ganz selbstverständlich darauf herum. Das gefiel ihm. Als wären sie noch immer Kommilitonen. Er sollte ihr das von seiner Mutter erzählen. Rein wissenschaftlich natürlich, quasi eine zweite und völlig objektive Meinung einholen. Vielleicht nicht gleich, er wollte sie ja nicht überfallen. Vorher könnte er sie irgendwas fragen. Nach Sophia zum Beispiel. Und was damals passiert war? Aber wahrscheinlich wäre »Warst du schwanger und hast deshalb dein Studium abgebrochen?« nicht gerade ein Eisbrecher.

»Ich habe dir meine Nummer eingespeichert.« Sie reichte ihm das Handy. »Ruf mich an, wenn es dir schlechter gehen sollte.«

Und dann ging sie aus seinem Büro.

Das Foto des Physikers Werner Heisenberg, das er aus einer wissenschaftlichen Zeitschrift ausgeschnitten und an die Wand geklebt hatte, sah ihn vorwurfsvoll an. Im Stillen fragte sich Stefan, was der dazu sagte. Aber Heisenberg antwortete wie üblich nicht.

»Die Erwartungshaltung beeinflusst das Ergebnis« stand unter dem Porträt.

Stefan brauchte zwei Anläufe, um aufzustehen, weil ihm so schwindlig war. Sollte er Martin anrufen? Aber wozu? Fred kümmerte sich um alles, und er konnte doch auch gar nichts machen. Er kochte sich einen starken Kaffee, kippte drei Löffel Zucker hinein und schaute aus dem geöffneten Fenster hinunter auf den Karlsplatz.

Es war immer noch ein wunderschöner Tag mit klarem Himmel. Im Wasser des großen kreisrunden Brunnens spiegelte sich die barocke Fassade der Karlskirche. Ein altes Paar, jeder auf einen Stock gestützt, hielt sich an den Händen und ging daran vorbei. Und da fiel ihm ein, was Maries Tochter gesagt hatte.

Was geschieht, wenn Liebe dazukommt?

Er lachte innerlich auf. Liebe. Gab es die überhaupt? Existierte etwas, das man nicht messen konnte? In der seriösen Forschung hatte sie auf jeden Fall den gleichen Stellenwert wie »das Leben nach dem Tod« und »die Suche nach Außerirdischen«.

Dieses kleine Büro kam ihm plötzlich so erdrückend eng vor, er füllte Kaffee in eine zweite Tasse, um sie Marie zu bringen. Doch in ihrem Zimmer war sie nicht, also stellte er die Tasse auf dem Tisch ab, ging in den Versuchsraum und ließ die Tür offen stehen, damit er sie sah, wenn sie kam. Oder sie ihn.

Er startete die Wasserbrücke und ließ die Gläser langsam auseinandergleiten. Je größer der Abstand, desto stärker vibrierte das schwebende Wasserseil. Nach sieben oder acht Zentimetern riss es ab. Das passierte jedes Mal. Um die Brücke erneut zu starten, musste er nur die Gläser wieder zueinanderführen. Kontakt, Verbindung. Abstand, Trennung. Das waren die Rahmenbedingungen des Experiments. Er dachte an seine Mutter.

Angenommen, das da vor ihm wären keine Wassergläser. Sondern zwei Menschen, die sich liebten. Wie weit könnte man dann den Abstand vergrößern, ohne dass das Seil riss?

Er setzte sich auf den Drehstuhl und strich sich leicht über die Schläfe. Wenigstens hatte die Wunde aufgehört zu bluten.

Wassermoleküle haben die Fähigkeit, so viele verschiedene Arten von Energie zu absorbieren, dass es buchstäblich ein Trick des Auges ist, Wasser als transparentes Material zu sehen.

Konnte Wasser somit auch Liebe absorbieren?

Und wenn ja, was passierte dann damit? Würde es sich verändern? Hatte seine Mutter sich verändert? Vielleicht, weil … nein, das konnte nicht sein. Der Gedanke, es wäre ein anderer Mann für ihr Verhalten verantwortlich, war nur ein Hirngespinst, mit dem er sich abzulenken versuchte.

Je mehr er darüber nachdachte, desto näher kam er an den Punkt, an dem ihm klar wurde, dass er weniger wusste als vorher.

Wieso saß er überhaupt hier?

Sollte er nicht nach seiner Mutter suchen, egal, ob Fred sagte, er kümmere sich darum, oder nicht?

Ganz selbstverständlich war er, ohne darüber nachzudenken, in die Universität zurückgekehrt. Er könnte die Suche auf seine Art unterstützen. Wissenschaftlich. Analytisch. Warum nicht eine Datei anlegen? Wo war seine Mutter zuletzt gewesen, wer hatte etwas gesehen, vielleicht noch mit ihr gesprochen? Schlagartig fiel es ihm ein. Er holte sein Handy hervor. Sie hatte ihn gestern Nacht noch angerufen, gleich nachdem Anja gegangen war. Er hatte nicht abgehoben. Und dann war sie verschwunden.

Er zuckte zusammen, als das Telefon in seiner Hand läutete. Auf dem Display blinkte Freds Name.

13.

Emma lief in ihrer Wohnung umher, als würde sie etwas suchen. Dabei hatte sie die Schachtel mit den bunten Zigaretten längst gefunden. Nach dem ersten Zug hatte sie die Zigarette sofort ausgedämpft – entweder hatte sie den Geschmack besser in Erinnerung, oder der Tabak war zu alt. Die Lust zu rauchen war ihr vergangen. Geblieben war dieses drängende Gefühl, etwas verloren zu haben, das sie jetzt sofort in der Sekunde brauchte. Sie spähte mit zusammengekniffenen Augen durch das Zimmer, als könnte sie irgendwo einen Hinweis auf ihre Mutter finden.

Himmel, wann hatte sie denn das letzte Mal aufgeräumt? Es war ihr gar nicht aufgefallen, wie schlimm es aussah. Ein Wunder, dass Fred nichts gesagt hatte.

Sie öffnete ein Fenster, sammelte die benutzten Gläser und Tassen ein. Wieso fing sie gerade jetzt an, sauber zu machen? Etwas Nützliches sollte sie tun! Dabei helfen, ihre Mutter zu finden. Das alles passte nicht zu der Frau, die Hannah geworden war – die eine Hausverwaltung leitete, Dinnerpartys veranstaltete und eine offenbar mehr als solide Ehe mit einem Zahntechniker führte.

Emma stand auf und ging Richtung Badezimmer, doch auf halbem Weg machte sie kehrt, holte ihren Laptop und setzte sich auf die Couch. Eine E-Mail an ihre Mutter würde nur ein paar Minuten dauern. Nach einer halben Stunde hatte sie noch immer nichts abgeschickt.

Mama, bitte melde dich sofort. Gelöscht.
Wir machen uns solche Sorgen um dich. Gelöscht.
Kannst du dich bitte melden? Sofort! Gelöscht.
Diese Familie verkraftet nicht noch ein verschwundenes Familienmitglied! Gelöscht.

Immer, wenn Emma endlich glaubte, die richtigen Worte geschrieben zu haben, meldeten sich Zweifel. Sie ließ sich nach hinten in die Kissen fallen. Der Cursor blinkte unverändert erwartungsvoll.

Wo bist du?, tippte sie mit dem rechten Zeigefinger ein. Und dann noch mal. *Wo bist du? Wo bist du, Mama?*

Sie drückte auf *Senden*, bevor sie darüber nachdenken konnte. Sofort öffnete sie den Posteingang, als würde sie jeden Moment eine Antwort erwarten. Fünf neue Nachrichten. Von ihrem Verlag, ihrem Agenten, zwei Werbemails.

Bei der Nachricht darunter stockte Emma.

Im Betreff stand *Party*. Der Absender war ihr Ex-Mann.

Liebe Emma,
ich hoffe, es geht dir wirklich gut. Ich hätte gestern gerne allein mit dir gesprochen. Wir haben lange genug zusammengelebt, daher erkenne ich das, was du versteckst. Hast du nächste Woche Zeit, mich zu treffen?
Tut mir leid, dass wir so früh von der Party aufbrechen mussten.
Im Anhang das Foto von Nina.
Alles Liebe,
Georg

Emma fuhr mit der Maus auf *Anhang anzeigen*.

Ihr Zeigefinger tippte zweimal, als wäre es ein Reflex. Im nächsten Moment erfüllte ein pausbäckiges Baby in einem roten Strampelanzug den Bildschirm. Es lag in einem weißen Bettchen, lachte süß in die Kamera, in den Händen hielt es eine blaue Rassel. Wie ein Bild aus dem Katalog für ein Möbelhaus.

Emma starrte auf dieses entzückende Kind, das Georgs mandelförmige Augen und sein leicht schiefes Lächeln hatte, und wartete auf ihre Reaktion.

Nichts stellte sich ein. Kein Gefühl. Kein Gedanke. Noch nicht einmal Trauer. Vielleicht waren alle Emotionen schon mit der Sorge um ihre Mutter aufgebraucht, und jetzt war nichts mehr übrig.

Sie war nur unglaublich müde, als wäre sie einen Marathon gelaufen. Emma hatte den Eindruck, sie müsste sofort aufstehen, sonst würde sie sich nie wieder von dieser Couch wegbewegen können. Ihre Beine fühlten sich an, als wären sie aus Blei.

Ihr Handy läutete, es war Fred. Im Hintergrund war lautes Dröhnen zu hören, als stünde er mitten auf einer Autobahn.

»Fred, ich verstehe kein Wort.«

»Moment«, brüllte er ins Telefon. Dann war das Zuschlagen einer Autotür zu hören, und augenblicklich wurde es leiser.

»Ich bin am Flughafen und habe ihr Hotel gefunden«, sagte er atemlos.

Emma ließ sich zurück in die Kissen sinken. Sie fühlte sich so befreit, ihr war ganz flau. Gott sei Dank!

»Geht es ihr gut?«

»Wahrscheinlich.«

»Was heißt wahrscheinlich?«

»Sie ist nicht mehr da. Sie hat nur dort übernachtet. Der Concierge, bei dem sie vor ein paar Stunden ausgecheckt hat, sagt, sie wäre sehr freundlich gewesen.«

»Aber wo ist sie denn jetzt?«

»Das versuche ich gerade herauszufinden.«

Fred sprach weiter, irgendwas über Genehmigungen, ganz sachlich, als würde er von einer Fremden reden. Emma konnte ihm nicht richtig folgen.

So erleichtert sie eben noch gewesen war, so sehr fühlte es sich jetzt an, als hätte ihr jemand auf den Kopf geschlagen. Ein Hotel am Flughafen? Was hatte das zu bedeuten? Auf jeden Fall klang es nicht nach einem Nervenzusammenbruch. Sondern … nach einem Plan?

Wie würde Martin das verkraften? Seine Frau, die von ihrer eigenen Überraschungsparty abgehauen war, um die Nacht in einem Hotel am Flughafen zu verbringen?

»Hallo? Emma? Bist du noch dran?«

»Was? Ja, entschuldige. Ich habe nur an was gedacht.«

Sie wollte ihn gerade fragen, ob ihre Mutter denn die Nacht allein verbracht hatte, doch sie hörte nur noch Freds Murren, mit dem er das Gespräch beendete.

Ob ihre Mutter eine Affäre hatte?

Das würde Martin zuerst das Herz brechen und ihn dann wahrscheinlich umbringen. Der Gedanke schnürte Emma die Kehle zu.

Dabei waren damals weder sie noch ihre Brüder sonderlich von diesem Mann mit dem adrett gezogenen Scheitel in ausgewaschenen beigefarbenen Cordhosen begeistert gewesen. Emma konnte sich gut daran erinnern, wie Hannah aus heiterem Himmel ankündigte, ihr »Bekannter« Martin Grimmstein komme zum Essen, um sie alle kennenzulernen.

Obwohl es schon so viele Jahre her war, tat es Emma noch immer leid, was sie nach diesem Abend zu Stefan am Heimweg gesagt hatte. Nämlich dass das Spektakulärste an Martin der Blick war, mit dem er ihre Mutter ansah. Als wäre er eine Maus, die gar nicht fassen konnte, dass dieses köstliche Käsestück für sie sein sollte.

Stefan war damals Anfang zwanzig gewesen und als Letzter von ihnen aus der Villa in eine eigene Wohnung gezogen. Hannah lebte seit ein paar Monaten allein in dem großen Haus.

Emma war erleichtert, dass es seit einiger Zeit einen Mann gab, mit dem sich ihre Mutter traf. Hannah machte keine große Sache daraus. Dabei war es etwas ganz Neues. Entweder hatte sie in den vergangenen zehn Jahren, seit John tot war, wirklich keinen Mann in ihr Leben gelassen. Oder sie hatte ihnen einfach nichts davon erzählt.

So oder so, die Erwartungshaltung gegenüber Martin war riesengroß. Sie alle hatten mit einer zumindest ähnlichen John-Wilkinson-Ausgabe gerechnet, auch wenn das fast nicht möglich war. Charismatisch, gut aussehend, groß, mit diesem leichten Lächeln in den Augen und der tiefen Stimme.

Stattdessen hatte Martin vor der Tür gestanden.

Stefan, der geöffnet hatte, dachte, der dünne Mann mit dem schüchternen Blick, der sich für seine Anwesenheit schon zu entschuldigen schien, bevor er überhaupt nur ein Wort gesagt hatte, wäre von den Zeugen Jehovas.

Emma kam zur Tür und bemerkte, dass er statt Ausgaben des *Wachtturms* drei Schachteln Ildefonso-Nougatpralinen und einen Blumenstrauß hinter seinem Rücken versteckte.

Während des ganzen Abends sahen Stefan und sie sich ratlos an. Sogar Fred, der sich sonst immer unter Kontrolle hatte, konnte seine Verwunderung nicht überspielen.

»Sie sind Martin Grimmstein? Wirklich?«, fragte er zweimal, als ihre Mutter in der Küche war.

Martin hatte nur schüchtern gelächelt und genickt.

Er war fünf Jahre älter als ihre Mutter, sah aber aus, als wären es fünfzehn. Ein Zahntechniker. Dessen Vorstellung von einem aufregenden Abend bedeutete vermutlich, ein neues Rezept auszuprobieren oder sich den *Tatort* im Fernsehen anzusehen. Aber er war nett. Das merkten sie allerdings erst mit der Zeit. Er war mitfühlend und freundlich, und er betete ihre Mutter an. An irgendeinem Abend, Emma wusste nicht mal warum, hatte sie das Gefühl,

Martin wäre wie ein geliebter Onkel, der endlich den Weg in die Familie zurückgefunden hatte. Vielleicht auch, weil er jedes Mal Ildefonso mitbrachte, da sie die so gerne mochten. Als wäre es für ihn immer etwas Besonderes, sie zu sehen.

Er brachte sie mit seiner leicht verschrobenen Art zum Lachen. Und obwohl Emma es erst rückblickend begriff, gab Martin ihnen die Freiheit, ihre Mutter loszulassen. Fast so, als wäre sie bei ihm in sicheren Händen.

Er zog ein und bat ihre Mutter, ihn zu heiraten.

Seinen Nachnamen nahm sie nicht an. Da John und sie nie geheiratet hatten, war sie immer Hannah Schneider gewesen und es, vielleicht aus Gewohnheit, auch nach der Trauung mit Martin geblieben.

Mit beiden Händen hielt Emma ihr Handy und starrte stirnrunzelnd auf die Notizen am Boden.

Vor ihr lagen verstreut neue Geschichten, die sie nie weiter gesponnen hatte als ein paar Szenen, höchstens zwei Kapitel. Dann war ihr innerer Film abgerissen. Doch jetzt lief er.

Sie sah ihre Mutter bei der Hochzeit mit Martin, wie sie ihm mit fast schon stoischer Gelassenheit das Ja-Wort gegeben hatte. Aber was, wenn sie sich alle getäuscht hatten? Und sie Martin gar nicht so sehr liebte?

Ihr Aufbruch ohne Ehering. Die Nacht im Hotel am Flughafen. Das sagte so deutlich »Affäre«, als wäre es eine Werbetafel. Konnte das wirklich sein? Nein, das war zu verrückt. So etwas würde ihre Mutter Martin doch nie antun.

Andererseits – was, wenn es genau das war, was Hannah aus der Fassung brachte? Weil sie es nicht ertrug, Martin wehtun zu müssen?

Vielleicht hatte es etwas mit Georgs Mail zu tun, dass Emma so dachte. Er hatte geschrieben, er kenne sie lange genug, um zu wissen, was sie verstecke. Bei der Party hatte er gefragt, ob sie seine

Tochter sehen wollte, und jetzt das Foto mitgeschickt. Als wüsste er, wie viel Angst sie davor hatte, das Kind zu sehen.

Vielleicht war auch ihrer Mutter klar, wie schwierig die Wahrheit für Martin wäre. Aber was konnte diese Wahrheit sein?

Emma zog die Knie an und schlang ihre Arme darum.

Der Doppelgänger bei der Party. Die Reaktion ihrer Mutter auf ihn. Emma zuckte zusammen. Oh mein Gott. Konnte das möglich sein? Sie musste mit jemandem darüber reden. Sofort.

»Ja, Emma?«, meldete sich Stefan am Telefon.

»Was, wenn Mama wirklich dachte, dieser Mann ist John?«, platzte es aus ihr heraus.

Sie merkte sein Zögern, bevor er sagte: »Du meinst, dass sie wieder einen Zusammenbruch …«

»Nein«, unterbrach Emma. Sie schluckte.

»Was, wenn sie sich deshalb so verhält, weil sie erfahren hat, dass John damals gar nicht gestorben ist? Sondern noch lebt?«

14.

John, vor 21 Jahren

John erwachte, weil irgendjemand seinen Namen gerufen hatte.

Die Stimme war hell und klar, und noch im Halbschlaf dachte er, es wäre Hannah. Dann öffnete er die Augen und sah den Lattenrost des Stockbetts über ihm. Ein paar Meter entfernt im Nebenbett grunzte ein Glatzkopf im Schlaf.

John drehte sich weg und rollte sich zusammen. An den Gestank in den Schlafstellen würde er sich nie gewöhnen.

Vor dem Fenster blitzte ein Stück blauer Himmel, jemand rief: »What´s the time?«

Keine Antwort. John schloss die Augen. Wie er hatten die meisten hier aufgehört, in Uhrzeiten zu denken. Für ihn gab es nur noch Tage. Er hatte es immer nur bis Tag zwölf geschafft. Dann kam es ihm so vor, als rebellierte sein Körper, und in seinem Kopf tobte eine Feuersbrunst, die er nicht ertragen konnte. Er war schon so unzählige Male bis zu diesem Tag zwölf gekommen, dass er zu zählen aufgehört hatte. Das war nicht sein Plan gewesen. Nichts von alldem hier. Es wurde ihm immer klarer, dass es die falsche Entscheidung gewesen war, herzukommen. Weit weg von seiner Familie, in die Stadt, in der er geboren war. Als könnte er hier seine Ängste in den Griff bekommen – an der Stätte ihres Ursprungs. Das Gegenteil war eingetreten.

Doch dann – es war für ihn selbst wie ein Wunder – war er eines Morgens aufgewacht und hatte festgestellt, dass es Tag dreizehn war. Er war seit dreizehn Tagen trocken. Da passierte die Verwandlung. Als würde etwas Stärkeres in ihm die Führung übernehmen und ihn durchhalten lassen.

Und heute war Tag zweihundertsiebenundachtzig. Nach zwei Jahren hatte er endlich das Gefühl, es geschafft zu haben. Zum zweiten – und hoffentlich letzten – Mal in seinem Leben hatte er bewiesen, dass er stärker war als seine Sucht. Das erste Mal hatte er sie besiegt, kurz bevor Hannah in sein Leben getreten war. War es nicht endlich Zeit, nach Hause zurückzukehren?

»John«, wurde er wieder gerufen. Er erkannte die Stimme, es klang wie »Tschun«.

John öffnete die Augen, auf dem Bett neben dem Fenster winkte ihm der alte Anton. Sein kahler Kopf ähnelte einem Totenschädel, er lächelte verkrampft, weil er wahrscheinlich wieder Schmerzen hatte, und deutete auf seine knochigen Beine. Erst vor ein paar Wochen hatten sie sich in einem anderen Nachtasyl kennengelernt. Anton hatte ihn eines Morgens angesprochen, da John im Schlaf Deutsch geredet hatte.

Anton stammte aus Bayern, und obwohl er bereits mit fünf Jahren nach England gekommen war, beherrschte er seine Muttersprache bis auf ein paar fehlende Vokabeln noch überraschend gut. John mochte Anton. Er war freundlicher als die meisten hier. Und es stillte Johns Heimweh zumindest ein bisschen, wenn sie deutsch miteinander sprachen.

»Gut geschlafen?«, fragte Anton, während John ihm vom Bett hochhalf.

»Fantastisch.«

Anton stieß ein heiseres Lachen aus, das in ein heftiges Husten überging.

»Du solltest dich untersuchen lassen«, sagte John.

»Und du solltest gar nicht an so einem Ort sein«, röchelte Anton. Als er wieder Luft bekam, drückte er Johns Hand. »Aber so sind wir beide eben. Wir tun, was wir tun, und nicht, was wir sollen.«

John führte Anton in den kleinen Gemeinschaftsraum. Es war früh, und er war noch leer, das würde sich in einer Stunde ändern. John machte ihnen Tee und bestrich vier Scheiben Toast mit weicher Margarine. Das Frühstück war in den zwei Pfund für die Nacht inbegriffen. Sie aßen schweigend, ein junger Mann mit vernarbtem Kinn betrat den Raum. John hatte ihn schon ein paarmal hier gesehen.

»Hey, pretty one«, sagte er zu John, schwenkte ein Säckchen mit weißem Pulver vor sich her und grinste. »You look like you want some dreammakers. Special price today.«

John schüttelte den Kopf, der junge Mann murmelte etwas, das John nicht verstand, und zog ab.

Anton sah ihn fragend an. »Wie lange bist du davon weg?«

Es war Johns Geheimnis, für das er sich sein Leben lang geschämt hatte. Aber Scham war etwas, das an diesem Ort keine Bedeutung mehr hatte.

»Sehr lange. Ich war damals fast noch ein Kind.« Das war übertrieben. Er war einundzwanzig gewesen.

»Also bist du nicht deshalb hier? Warum dann?«

John lehnte sich zurück, er legte den Toast auf den Teller.

»Weil ich zu betrunken war, um zu merken, dass mein Sohn fast gestorben wäre.«

Es schnürte ihm die Kehle zu, das zu sagen. Das hatte er vorher noch nie ausgesprochen.

»Dein Sohn? Wo ist er?«, fragte Anton.

»Bei seiner Mutter in Wien. Wir haben drei Kinder. Emma, Stefan und Fred.«

Anton hob drei Finger, als wäre das so unglaublich, dass er sich erst vergewissern müsse. »Drei Kinder?«

John nickte.

»Warst du so reich, um dir drei Kinder leisten zu können?«, lachte Anton.

»Nein, die Eltern meiner Frau waren das. Wir haben in ihrem Haus gewohnt. Ich habe gemalt. Bilder«, sagte John. »So habe ich damals Hannah kennengelernt. Bei einer Vernissage.«

Anton grinste und klatschte in die Hände.

»Du warst sicher berühmt, das dachte ich mir.«

John hob eine Augenbraue.

»Hast du etwa meinen Namen schon mal gehört?«

Anton zuckte mit den Achseln, und John lachte trocken. Er sah aus dem Fenster, eine Taube hatte davor Platz genommen und plusterte sich auf. »Nein. Ich wollte so vieles für sie sein. Aber irgendwann habe ich erkannt, dass ich gar nichts bin.«

Der Alkohol war seine Zuflucht gewesen. Das Zaubermittel, das ihm diese beschissene Angst genommen hatte. Angst, nicht zu genügen. Angst, seine starke und sichere Fassade nicht länger aufrechterhalten zu können. Er war schwach. Er war schon immer jämmerlich und schwach gewesen. Das hatte er oft genug von seinem Vater gehört. Sein Leben lang kämpfte er dagegen an. Er hatte es doch schon vor langer Zeit in den Griff bekommen. Seine Drogenvergangenheit war dort, wo sie hingehörte. Und dann plötzlich, es gab keinen erkennbaren Anlass, war da auf einmal wieder dieser Gedanke daran. Er versuchte, ihn zu unterdrücken. Das war nicht mehr er, das war ein anderer John. Er hatte jetzt Verantwortung. Und so machte er weiter und weiter. Bis ihm nach ein paar fast schlaflosen Nächten die Kraft dafür ausgegangen war und er sie sich aus einer Flasche Wodka holte.

Er hatte es heimlich gemacht. Hie und da ein Schluck. Nie so viel, dass es Hannah oder die Kinder merkten. Aber irgendwann genügten diese kleinen Dosen nicht mehr.

John sah wieder zu Anton. Der alte Mann war im Sitzen eingenickt. John stand auf und griff sich unter dem T-Shirt auf den Bauch.

Mit Verbandszeug hatte er das Geld für die Karikaturen, die er von Passanten und Touristen auf der Straße gezeichnet hatte, festgeklebt. Es sah aus wie eine verarztete Wunde. Zu oft waren ihm schon die Geldscheine gestohlen worden, aber so ahnte niemand etwas von der Summe, die er bei sich trug.

Für ein Flugticket war es zu wenig, aber er hatte genug, um sich die Fahrt und die Fähre zurück aufs Festland nach Calais zu leisten. Es fehlte nur noch der Betrag für den Zug nach Wien. Den könnte er unterwegs verdienen.

Oder er blieb noch hier und sparte, bis er sich ein Flugticket kaufen konnte.

Er öffnete den Verband ein Stückchen, zog zwei Zehnpfundscheine heraus und stopfte sie in Antons Brusttasche. Der alte Mann schrak hoch und sah John verwirrt an. In einer Stunde musste die Schlafstelle geräumt sein, und sie würde erst am Abend wieder öffnen.

»Wo gehst du heute hin?«, fragte John besorgt.

Anton zuckte mit den Schultern. »In den Park. Die Kirche. Keine Sorge. Unkraut vergeht nicht.«

Jemand betrat den Raum, John stellte sich vor Anton und deutete auf seine Brust.

»Lass es dir nicht wegnehmen.«

Als Anton in die Hemdtasche griff, lächelte er.

»Danke. Du bist ein guter Mann. Kehr zu deiner Familie zurück, John.«

John packte seine paar Habseligkeiten – zwei T-Shirts, eine Jacke, den Block und die Schachtel mit Stiften – und brach auf. Er lief durch die Straßen, versuchte einen Platz zum Arbeiten zu finden. Die ganze Zeit musste er an Antons Worte denken.

Als die rote Telefonzelle vor ihm auftauchte, wusste er, dass es Zeit war. Er öffnete die Tür, der Gestank von verschüttetem Bier und Urin schlug ihm entgegen. Mit einem Fuß hielt er sie offen, während er wählte. Bis jetzt hatte er sich verboten, zu Hause anzurufen. Er durfte keine Versprechen geben, die er dann nicht halten konnte.

Aber Tag zweihundertsiebenundachtzig. Anton hatte recht.

Die Sehnsucht explodierte in seiner Brust, als er das »Hallo« am anderen Ende der Leitung hörte.

Diese Kinderstimme. War das Emma? Stefan? Er musste die Lippen zusammenpressen, damit nicht sein Schluchzen das Erste war, was er von sich gab.

»Wer ist dran?«, fragte eine knarzende Jungenstimme im Hintergrund. Das war Fred. Er musste in den Stimmbruch gekommen sein.

»Hallo? H-h-hallo?«, wiederholte die Kinderstimme. Jetzt erkannte er, dass es Stefan war. Er klang verängstigt.

»John?«, rief Emma im Hintergrund. »Ist es John?«

Sie nannte ihn beim Vornamen. Das hatte sie noch nie getan. Er war Papa, manchmal Daddy oder auch Paps. Aber nie John.

»Hör auf, Emma«, sagte Fred. »Wie soll das John sein? Stefan, gib mir den Hörer. Hallo, wer spricht da?«

John musste etwas sagen. Er öffnete den Mund. Ich bin's, Papa, formte er die Worte im Kopf. Aber kein Laut kam aus seiner Kehle.

»Hallo? Ist da wer dran?«, fragte Fred nach.

»Es ist doch John. Das ist er ganz sicher. John?«

Emma quietschte. John musste sich am Fenster der Telefonzelle abstützen.

»Emma«, ging Fred sie an. »Wie soll das John sein? John ist tot. Er ist tot. Okay?«

Und dann war da nur noch ein »Klick«. Fred hatte aufgelegt. Minutenlang presste John den Hörer an sein Ohr. Langsam ließ er ihn auf die Gabel gleiten und trat aus der Telefonzelle. Einen Moment blieb er einfach nur stehen.

John ist tot.

In ihm brach ein Feuer aus. An der Tankstelle, ein paar Meter entfernt, kaufte John sich eine Flasche Wodka, um es zu löschen.

15.

Stefan hielt in der Ankunftshalle des Flughafens nach Emma Ausschau. Um ihn herum suchten Touristen den Weg zu den Taxis, fielen sich Liebespaare in die Arme, nahmen Chauffeure ihre Fahrgäste in Empfang. Ab und zu klangen Jubelrufe durch die Halle von Familien, die ihre weit gereisten Sprösslinge begrüßten.

Er war sich nicht sicher, was er hier tat.

Emmas Verdacht war zu absurd. Ihre Mutter wäre auf und davon, weil John noch lebte? Das klang ganz nach Emma, die doch schon als Kind ständig überzeugt gewesen war, John auf der Straße, im Bus oder in einem vorbeifahrenden Auto gesehen zu haben. Dann hatten sie immer losrennen müssen, nur um zu erkennen, dass es jedes Mal jemand ganz anderes war.

Und was, wenn sie dieses Mal recht hatte? Nein, natürlich hatte sie das nicht. Andererseits konnte er nicht abstreiten, dass es das Verhalten seiner Mutter mit einem Schlag erklären würde. Plötzlich bekam er vor Ratlosigkeit kaum Luft. Und im nächsten Moment fand er das alles wieder völlig irre. Oder doch nicht?

Die Gefühle wechselten einander ab. So schnell wie die blinkenden Lämpchen auf der Tafel mit den gelandeten Flugzeugen. Und wo blieb Emma?

Wie aufs Stichwort schickte sie eine SMS, sie wäre in fünf Minuten da. Was in Emma-Zeit fünfzehn Minuten bedeutete, sie war die unpünktlichste Person, die er kannte. Na großartig.

Bei einer jungen Frau mit Dreadlocks bestellte Stefan am Tresen eines Coffeeshops einen doppelten Espresso.

»Wollen Sie auch etwas essen?« Sie deutete zu der schwarzen Menütafel, und Stefan las gleich in der ersten Zeile »Warmer Grießbrei mit Heumilch und Waldbeeren«.

Reflexartig verzog er den Mund – ihm wurde schon beim Gedanken daran übel –, und sie schaute ihn amüsiert an.

»Nein, danke, nur Kaffee.«

Stefan nahm den Pappbecher in Empfang und suchte nach dem Zucker, da fasste ihn jemand an der Schulter. Er rechnete mit Emma. Doch als er sich umdrehte, stand ein sehr überraschter Fred vor ihm.

»Was machst du hier?«

»Ich warte auf Emma.«

»Warum?«

»Sie hat da so eine Idee«, sagte Stefan, und Fred rümpfte die Nase.

Erst jetzt sah Stefan, dass eine dunkelhaarige Frau in leicht gebeugter Haltung neben Fred stand. Ihre Haut hatte die Farbe von Milchkaffee. Er trat zur Seite, um sie zum Tresen zu lassen. Sie schüttelte den Kopf und sah zu Boden.

»Warte hier auf mich. Ich bin in ein paar Minuten zurück.«

Fred sagte es, als wäre das ein Befehl. Er wandte sich zu der Frau.

»Sie kommen bitte mit mir, Frau Amari, damit die Kollegen Ihre Personalien aufnehmen. Nur für den Fall, dass eine Vermisstenanzeige gemacht wird.«

Stefan sah den beiden nach, während er Zucker in den Kaffee rührte. Ob diese Frau etwas mit Hannah zu tun hatte? Auf keinen Fall wollte er mit seinem Bruder auf Emma warten, ihm hatte ihre letzte Unterhaltung gereicht.

Stefan schickte Emma eine SMS, dass sie ihn in der Flughafenbuchhandlung bei Eingang zwei finden würde. Er tat so, als würde er sich für die Zeitschriften interessieren, dann ging er weiter zur Bücherwand. Auf Augenhöhe standen zwei von Emmas Romanen im Regal.

Alles, was er über ihre Geschichten wusste, war das, was seine Mutter ihm erzählt hatte. Er nahm *Hexenwunder* heraus und las den Klappentext. Eine kleine Hexe, die Menschen in Tiere verzaubert, um sie vor Gefahren zu schützen. Hübsche Bilder waren darin, besonders die bunten Fische gefielen ihm. Das zweite Buch hatte den Titel *Das Funkeln von Geheimnissen*. Darauf war ein Aufkleber *Buch zum Film*.

Stefan las nur den ersten Satz am Buchrücken, »Ein Vater, der verschwindet«, und wollte das Buch sofort wieder ins Regal zurückstellen. Da hörte er Emma seinen Namen rufen und drehte sich um. Sie bemerkte die Bücher in seiner Hand, und einen Augenblick fühlte er sich ertappt, weil er noch nie eins gelesen hatte. Nicht, weil es ihn nicht interessiert hätte. Aber es war ihm zu nah. Zu persönlich. Die Wahrheit war, er fühlte sich unbehaglich, wenn er nur daran dachte.

Um es zu verbergen, ging er ganz selbstverständlich zur Kasse und zahlte.

»Was soll das?«, fragte Emma, als er vor ihr stand.

»Geschenke.«

»Du verschenkst meine Bücher?«

»Fred ist da, ich habe ihn gerade vorhin getroffen. Wir sollen auf ihn warten«, wich er aus.

Ihr Lächeln erstarb.

»Also, wieso sollten wir uns am Flughafen treffen?«, fragte Stefan rasch. Was auch immer Emma meinte, es wäre keine gute Idee, das vor Fred zu besprechen, so viel war sicher.

»Mama muss von hier weggeflogen sein. Wieso sonst hätte sie in dem Hotel übernachtet?« Sie deutete auf seine Schläfe. »Oje, hast du dir wehgetan?«

Rasch strich er die Haare in die Stirn, um die Wunde zu verdecken.

»Das ist nichts.«

Emma kramte einen Computerausdruck aus ihrer Handtasche.

»Es gab zwei Flüge nach Bangkok. Einer um 9 Uhr früh und der andere vor zwei Stunden, kurz vor 13 Uhr. Damit fangen wir an.«

Ihm wurde mulmig. Weil seine Mutter ihnen damals gesagt hatte, John sei in Thailand verunglückt, nahm Emma jetzt also an, er lebe noch dort. Es war irrational, aber unter Anbetracht der Umstände gleichzeitig auch eine fast schon logische Schlussfolgerung. Und es klang ein bisschen nach einer von Emmas erfundenen Geschichten über John, die sie ihm als Kind erzählt hatte.

»Es sind die einzigen Direktflüge, und du weißt, wie ungern sie umsteigt. Es ist ein Anfang, okay? Mehr haben wir eben nicht.«

Stefan wollte etwas entgegnen, da sah er Fred, der sie vor dem Coffeeshop suchte. Als er sie entdeckte, kam er zielstrebig zu ihnen herüber, und es machte den Eindruck, als wichen die Leute aus, um ihm Platz machen.

»Was tut ihr hier?« Fred fragte so, als wäre ihre Anwesenheit eine persönliche Beleidigung.

»Dasselbe wie du, wir suchen unsere Mutter«, sagte Emma.

Fred verschränkte die Arme.

»Und wie?«

Stefan fühlte sich um Jahre zurückversetzt. Weder er noch Emma antworteten. Als wären sie schlagartig wieder zwölf, vierzehn und sechzehn und Fred hätte sie beim Rauchen erwischt. Er hatte sich damals geschämt, während Emma sich gleich eine zweite Zigarette angezündet hatte.

»Fragen«, sagte Emma, als wäre es das Normalste der Welt. Stefan hoffte inständig, dass sie nicht weitersprach. Er konnte Freds Reaktion auf ihre Überlegung voraussagen – ein Streit zwischen den beiden war vorprogrammiert.

»Hast du schon etwas rausgefunden, Fred?«, fragte er.

»Ja, habe ich.« Da war sie wieder, seine zuckersüße Stimme, die vor Überlegenheit nur so triefte. Das war auch nicht besser. Ach, hätte er Emma doch einfach reden lassen.

»Und was?«, fragte Emma aufgeregt.

»Nicht hier. Gehen wir zu meinem Wagen«, antwortete Fred bedeutungsschwanger.

Als sie zu dritt zum Parkplatz gingen, wurde dieses leise Unbehagen in Stefan zu einem dröhnenden Rauschen. Was hatte Fred erfahren, das er ihnen in der geschützten Umgebung eines geschlossenen Autos sagen musste?

»Sie ist nicht weggeflogen«, sagte Fred, als sie eingestiegen waren. »Man sieht sie auf den Überwachungskameras. Sie ist zu den Zügen gegangen. Und hat einen in Richtung Wien genommen.«

Stefan atmete erleichtert aus. Wieso hatte er ihnen das nicht auch in der Ankunftshalle sagen können?

Emmas Schultern sackten herab. Sie schien wirklich enttäuscht, und das tat Stefan leid, aber im selben Moment war er so froh über diese Neuigkeit, dass er sogar vergaß, von Fred genervt zu sein.

»Wann?«

»Vor ein paar Stunden. Ich versuche rauszufinden, wo sie hingefahren ist. In der Hausverwaltung ist sie nicht, und Martin hat auch noch keine Nachricht. Aber ich denke, das wird sich in den nächsten Stunden klären.«

»Hat sie eine Affäre?«, fragte Emma geradeheraus.

»Laut Zimmermädchen, das sie geweckt hat, war sie allein. Da geht wieder deine Fantasie mit dir durch, Emma. Wahrscheinlich war das alles eher eine Schockreaktion auf diesen Mann. Stress, der Geburtstag, die Party.«

Freds Stimme blieb unerbittlich süß, und er nickte verständnisvoll.

»Das vermutet die Polizeipsychologin, nachdem ich ihr erzählt habe, wie schlecht es unserer Mutter damals ging, nachdem John weg war. Eine Retraumatisierung.«

»Aha, jetzt ist sie *unsere* Mutter?«, fragte Emma.

»Bitte?«

»Du machst das immer. Wenn du sonst von ihr sprichst, ist sie deine. Aber wenn es ein Problem mit ihr gibt, weil sie sich nicht so verhält, wie sie sollte, dann ist sie unsere. Ist dir das noch nie aufgefallen, Fred?«

»Emma«, sagte Stefan. Er wusste nicht, ob das eine Retourkutsche von ihr war. Emma drehte ihren Kopf nach hinten mit einem trotzigen Blick, der »stimmt doch« sagte. Fred reagierte mit einem leisen Seufzen.

»Wer war diese Frau bei dir in der Ankunftshalle, Fred?«, fragte Stefan.

»Das Zimmermädchen.«

»Und was hat sie gesagt?«, fragte Emma.

»Dass sie sich im Hotelzimmer kurz unterhalten haben. Und dass *meine* Mutter sehr freundlich war.« Emma schüttelte den Kopf und verdrehte die Augen. »Außerdem hat sie ein großzügiges Trinkgeld bei der Rezeption für diese Frau hinterlassen«, fuhr Fred unbeirrt fort.

»Warum?«

Er zuckte mit den Schultern. »Das weiß sie auch nicht, es hat sie selbst überrascht. So, ich schaue jetzt in der Hausverwaltung vorbei. Und ihr?«

Stefan wollte automatisch antworten, er würde in die Universität zurückfahren. Aber Emma war schneller.

»Wir warten bei Martin auf sie.«

»Gut, ich komme dann auch«, sagte Fred, als wäre nichts gewesen.

Emma und er nahmen ein Taxi zurück nach Wien. Sie wirkte irgendwie verloren, schaute nur aus dem Fenster, obwohl nichts außer der Lärmschutzwand zu sehen war. Stefan hatte das Bedürfnis, sie anzufassen. Ihre Hand zu nehmen, irgendwas. So wie früher, als es noch ganz selbstverständlich gewesen war.

Aus dem Autoradio sang eine Frau über ihren Liebhaber, der sie betrogen hatte und dem sie trotzdem Glück wünschte.

»Wenn du mich jetzt verlässt, wirst du den größten Teil von mir wegnehmen«, sagte Emma plötzlich.

»Wie bitte?«

Sie sah Stefan an.

»Erinnerst du dich? Wir haben das früher oft gespielt. Die Lieder? Ich habe euch den Text auf Deutsch gesagt, und ihr habt erraten, welches Lied es im Original ist?«

Stefan lächelte. Er hatte schon Jahre nicht mehr daran gedacht. Dieses Spiel hatte er immer gemocht. Manchmal hatten sie sich vor Lachen gar nicht eingekriegt, weil die Texte auf Deutsch so albern waren.

»Wie war die Zeile noch mal?«, fragte er, und sie wiederholte sie.

Er dachte kurz nach.

»If you leave me now? Chicago?«

Sie nickte mit einem leichten Lächeln und sah wieder aus dem Fenster.

»Ich habe wirklich gedacht, ich habe recht mit John. Verrückt, oder?«

»Nein, gar nicht.«

Emma lachte und klang dabei für einen kurzen Moment wie früher. Sie boxte ihm sanft auf den Oberarm.

»Zuerst die Sache mit meinen Büchern und jetzt das. Du konntest wirklich noch nie gut lügen, Stef.«

Stef. So hatte sie ihn schon lange nicht mehr genannt.

16.

Emma starrte aus dem geöffneten Fenster ihres alten Kinderzimmers. Es war später Nachmittag, die Sonne leuchtete golden, das Vogelgezwitscher plätscherte idyllisch aus dem Garten.

Mittlerweile waren mehr als zwei Stunden vergangen, seit sie vom Flughafen in die Villa gekommen waren, und es gab noch immer keine Neuigkeiten von ihrer Mutter.

Sie konnten nichts anderes tun, als zu warten. Und das machte Emma wahnsinnig.

Sie hatte Martin und Stefan gesagt, sie würde sich kurz hinlegen, aber in Wahrheit hatte sie es da unten im Wohnzimmer einfach nicht mehr ausgehalten. Das Zusammenzucken bei jedem kleinsten Geräusch, als würde im nächsten Moment Hannah in der Tür stehen.

Emma checkte die E-Mails auf ihrem Smartphone zum sicher hundertsten Mal. Kein Lebenszeichen von ihrer Mutter. Wie lange sollten sie denn noch warten? Das hier lief überhaupt nicht gut. Vielleicht hatte Fred sich geirrt, und diese Frau auf dem Überwachsungsvideo war gar nicht Hannah.

Natürlich war ihre John-Theorie verrückt, das wusste sie selbst. Aber es war immer noch die beste Option, die ihr einfiel. Oder war das nur eine Flucht in ihre Fantasie, so wie sie das als Kind getan hatte?

Emma musste mit jemandem reden, irgendwem, sonst würde sie noch durchdrehen. Sie scrollte durch ihre Kontakte, bei Fabienne blieb sie hängen. Nein, das war zu aufdringlich. Sie scrollte weiter und dann doch wieder zurück.

Der einzige Mensch, mit dem sie jetzt wirklich gerne sprechen wollte, war tatsächlich Fabienne. Doch die Mobilbox ging sofort an, und Emma legte noch vor dem Piepton auf.

Ein »Pling« kündigte eine WhatsApp-Nachricht an.

Von Georg. Einen Moment zögerte sie. Das Foto seiner Tochter fiel ihr wieder ein. Sie fühlte sich gerade nicht in der Lage, ein weiteres Foto anzusehen. War es sehr kindisch, seine Nachricht einfach zu löschen, ohne sie zu lesen?

Dieser beschämende Anflug von Neid auf seine perfekte kleine Familie, in der alle glücklich waren und auch niemand verschwand, flammte kurz auf. Und im nächsten Moment folgte die Sehnsucht nach Georg.

Das war eines der schlimmsten Dinge an einer Trennung – der Wunsch, ihn als Ersten anzurufen und ihm alles zu erzählen, was an dem Tag passiert war. Das Gute, das Schlechte.

Und dann gab es noch die tausend anderen kleinen Dinge, die ihr fehlten. Die Begrüßungs- und Abschiedsküsse, seine Hand, die im Kino bei einer Liebesszene nach ihrer griff. Das gemeinsame Lachen ohne Grund, ihr Lieblingsjoghurt im Kühlschrank, den er auf Vorrat gekauft hatte. Die Decke, die er über ihr ausbreitete, wenn sie vor dem Fernseher eingeschlafen war, oder sein müdes Lächeln, wenn sie ihm in der Früh einen Kaffee ans Bett brachte. So gern würde sie mit ihm reden und sagen, he, meine Mutter ist weg, wir warten darauf, dass sie sich meldet oder einfach nach Hause kommt.

Wo blieb Hannah denn? Sie sollte längst wieder da sein.

Und warum konnte Georg jetzt nicht neben ihr sitzen und mit seinem unerschütterlichen Optimismus sagen: »Alles wird gut.« Wie er das früher getan hatte. Bevor sie ihm sagte, er solle damit aufhören. Mein Gott, sie wünschte sich so sehr, diese Worte von ihm zu hören.

Emma verkniff sich das Heulen. Sie schloss die Augen und presste die Tränen zurück, bevor sie die Nachricht öffnete.

Martin hat mich gerade angerufen. Du kannst dich jederzeit bei mir melden.

Sofort wählte sie seine Nummer.

»Was wollte Martin?«, fragte sie grußlos.

»Einen Moment«, sagte Georg, dann hörte sie ein paar Schritte und das Schließen einer Tür.

»Martin hat mich gefragt, ob ich etwas von Hannah gehört habe.«

Der zwar besorgte, aber gleichzeitig auch beiläufige Tonfall, mit dem Georg sprach, gab Emma einen heftigen Stich, weil er ihr deutlich machte, dass ihr Ex-Mann nicht mehr in ihre Familie und dieses Drama involviert war.

»Es tut mir leid, ich hatte keine Ahnung, dass Hannah verschwunden ist. Kann ich etwas für dich tun? Soll ich vorbeikommen?«

Emma sagte zu schnell: »Nein danke«, während ihre innere Stimme gleichzeitig »Ja, bitte« rief. Im Hintergrund fing ein Baby an zu weinen.

»Ich muss auflegen, Martin braucht mich«, sagte sie rasch.

Noch bevor sie darüber nachdenken konnte, ging sie runter ins Wohnzimmer. Martin saß auf der Couch, das Handy in der Hand, als würde er auf einen Anruf warten. Emma setzte sich neben ihn und schaute Stefan durch die geöffnete Terrassentür zu, wie er im Garten auf und ab lief.

»Ich weiß nicht, warum, aber es gibt eine Sache, an die muss ich seit gestern immer wieder denken«, sagte Martin plötzlich. »Es ist mir auf einmal eingefallen.«

»Was ist es denn?«, fragte Emma.

»Hannah hat immer allen erzählt, wir hätten uns kennengelernt, weil sie zu mir in die Praxis kam. Aber das ist nur die halbe Wahrheit.«

»Und was ist die ganze Wahrheit?«

Emma registrierte, dass Stefan draußen stehen geblieben war. Wahrscheinlich um zuzuhören. »Hannah kam an einem Freitagnachmittag mit einer abgebrochenen Krone. Ihr Zahnarzt war schon weg. Damals habe ich ausschließlich Kinder behandelt, mein Fachgebiet waren Zahnspangen. Ich habe ihr angeboten, dass sich das ein Kollege gleich Montagmorgen ansieht. Doch sie wollte unbedingt bleiben. Sie hat sich einfach in diesen Behandlungsstuhl für Kinder gesetzt, der viel zu klein für sie war. Also habe ich alles vorbereitet für einen neuen Abdruck. Und als ich mich ihr wieder zugewandt habe, hat sie geweint.«

»Warum?«, fragte Emma.

Martin fasste sich in den Nacken, und sein Blick verlor sich.

»Ich weiß es nicht. Sie hat es mir nie gesagt. Ich habe mich neben sie gesetzt. Weil sie nicht zu weinen aufgehört hat, habe ich ihren Arm gestreichelt. Es war merkwürdig, so ein Mensch bin ich eigentlich nicht. Nachdem sie sich wieder beruhigt hatte, habe ich den neuen Abdruck gemacht und ihr ein Provisorium eingesetzt. Sie hat kein Wort mehr gesagt, hat sich nur bedankt, bevor sie ging. Dabei hat sie meine Hand gedrückt. Lange. Ich habe die neue Krone an ihren Zahnarzt geschickt und dachte, ich sehe sie nie mehr. Doch nach einer Woche kam sie plötzlich wieder ins Labor. Angeblich weil die Krone nicht saß. Sie hat aber gesessen.«

»Und ihr habt nie darüber geredet?«

Martin seufzte sehr tief und schüttelte den Kopf.

»Willst du wissen, warum Hannah mich geheiratet hat?«

Emma nickte.

»Weil sie bei mir nie Angst haben muss, dass ich sie verlasse.«

Emma wollte ihm widersprechen, als plötzlich der Schlüssel ins Türschloss gesteckt wurde. Stefan hatte es auch gehört.

Sie liefen in den Flur, starrten zu dritt auf die Tür, die langsam aufging. Die Enttäuschung war maßlos, als Fred eintrat und den Kopf schüttelte.

17.

Hannah saß auf der harten Holzbank und wartete auf den Bus. Sie konnte nicht sagen, wie lange sie schon hier hockte, immer wieder waren ihr die Füße eingeschlafen.

Wie im Büro, wenn sie nicht alle vierzig Minuten aufstand. Die Zeit glitt dahin, als wäre sie Sand zwischen ihren Fingern. Fast den ganzen Tag war sie schon unterwegs. Zweimal hatte sie umsteigen müssen, einmal hatte sie einen falschen Zug erwischt. Doch der Schaffner hatte ihr gesagt, sie solle sitzen bleiben, es wäre zwar ein Umweg, aber weniger kompliziert, als wieder zurückzufahren.

Der dunkelgrüne Nadelwald gegenüber der Busstation, die hohen Bergspitzen hinter dem mittlerweile menschenleeren Bahnhof und diese Ruhe, die nur vom Gesang der Vögel durchbrochen wurde, hatten etwas völlig Unwirkliches. Hannah sehnte sich nach dem Lärm der Stadt. Es wäre ihr sogar lieber gewesen, sie würde an einer Autobahn sitzen. Dann müsste sie ihre Gedanken nicht so laut hören. Die ständigen Fragen ratterten durch ihren Kopf. Tust du das Richtige? Ist das wirklich notwendig?

Sie senkte den Blick auf ihren Ringfinger. Es geschah ihr ganz recht, dass sie den Ehering zu Hause nach dem Händewaschen vergessen hatte. Sie liebte diesen Ring, sie liebte, was er bedeutete, und sie liebte Martin.

Sie seufzte und fragte sich, was er wohl zu dem Anruf der Dreadlocks-Frau aus dem Coffeeshop gesagt hatte. Wahrscheinlich dachte er, sie wäre verrückt. Vielleicht hatte er damit sogar recht.

Wie er darauf reagierte, nicht nach ihr suchen zu sollen? Martin fehlte ihr, sie strich über die Kerbe auf ihrem Finger, als könnte sie ihn dort spüren.

Ihre Eheringe waren von einem Juwelier in der Innenstadt, weil Martin das unbedingt so gewollt hatte.

»Man heiratet schließlich nur einmal im Leben«, hatte er gesagt und ihre Hand gedrückt. Hannah musste bei seinen Worten an ihre Mutter denken. Zum Glück erlebte sie das nicht mehr, denn Hannah war davon überzeugt, sie hätte Martin genauso wenig gemocht wie John. Wahrscheinlich hätte kein Mann je ihren Ansprüchen genügt, das hatte Hannah ja auch nie geschafft. Vielleicht wäre ihre Mutter aber auch ganz froh gewesen, dass ihre Tochter doch noch geheiratet hatte.

Neben Hannah waren Schritte zu hören. Eine alte Frau am Stock kam zu der Haltestelle. Hannah nahm ihre Tasche von der Sitzbank und stellte sie sich auf die Knie. Sie hatte den Einkauf bar bezahlt, genau wie die Zugfahrkarte.

Jetzt trug sie statt des Kostüms Jeans, ein blaues T-Shirt und darüber eine leichte Baumwolljacke. Außerdem hatte sie sich Sneaker gekauft.

Wo sie übernachten würde, wusste sie noch nicht. Dazu musste sie erst einmal ankommen. In der Tasche befanden sich neben ihrer alten Kleidung auch noch eine Zahnbürste, Zahnpasta, Deo und eine Bürste. Sie hatte Shampoo und Duschgel vergessen. Zur Not würde es auch Seife tun. Amari fiel ihr wieder ein. Hannah hatte in dem Hotelzimmer nicht die ganze Wahrheit erzählt. Es war nicht absichtlich geschehen. Sie war einfach noch nicht bereit gewesen, alles auszusprechen. Die ganze Wahrheit hatte sich gut versteckt, tief, tief unten in Hannahs Erinnerungen. Nur in Bruchstücken kam sie zum Vorschein.

Ein bisschen, als Hannah am Flughafen in den Zug Richtung Wien gestiegen war und aus dem Fenster die vorbeirauschenden

Häuser mit ihren Vorgärten beobachtete. Noch ein bisschen, als sie bei der Station Rennweg beschloss auszusteigen.

Wie Blaupausen tauchten die Bilder von damals in ihrem Kopf auf. Sie legten sich über die Rolltreppe nach oben, die Straße zu dem kleinen Einkaufscenter, die Regale des Schuhgeschäfts, die Artikel des Drogeriemarkts, die Stapel von T-Shirts und Pullovern in der Filiale der Modekette. Als brauchten ihre Erinnerungen Zeit, um sich zu zeigen. Zuerst waren sie nur ganz schwache und schemenhafte Kopien der Vergangenheit. Dann bekamen sie Farben. Formen. Fügten sich zusammen mit Gerüchen, Gefühlen, Gesagtem und Verschwiegenem.

Als die Erinnerungen ganz und vollkommen da waren, musste Hannah auf die Toilette im Untergeschoss des Einkaufscenters eilen. Sie hatte den Kabinenriegel hinter sich umgedreht und war in Tränen ausgebrochen. Mit der Faust im Mund unterdrückte sie ihr Schluchzen. So viele Jahre hatte sie dieses Geheimnis mit sich herumgetragen, ohne jemals etwas preiszugeben. Noch nicht einmal Martin wusste davon.

Endlich fuhr der Bus in die Station ein. Hannah ließ die alte Frau vor, dann zeigte sie dem Fahrer ihr Ticket.

»Wie kommen Sie denn hierher?«, fragte er im bayrischen Dialekt.

»Falschen Zug erwischt.«

»Schöne Frau, da fahren's wirklich mit der Kirche ums Kreuz. In ungefähr einer Stunde müssen's umsteigen«, sagte er und zeigte auf die Uhr am Armaturenbrett. »Aber das wird heute nix mehr. Der Anschlussbus ist schon lang weg, wenn wir ankommen.«

»Das wusste ich nicht.«

»Jo, wo wollen Sie denn genau hin?«

Hannah nannte ihm den Ort und die Adresse. Es war merkwürdig, wie viel man vergessen zu haben glaubt und es dann doch plötzlich weiß. Sie hatte die Stimme am Telefon noch im Ohr. Der

Anruf war in der Hausverwaltung von ihrer Sekretärin durchgestellt worden.

»Spreche ich mit Hannah Schneider persönlich?«, hatte die Frau gefragt.

»Höchstpersönlich«, hatte Hannah gelacht.

»Gut. Mein Name ist Regina. Es geht um John.«

»Das ist ja ganz in der Pampa«, sagte der Busfahrer jetzt und riss Hannah aus ihren Gedanken. »Da haben Sie aber einen weiten Weg vor sich. Ich an Ihrer Stelle würde hier übernachten und morgen früh erst losfahren. Sonst bleiben Sie nur auf der Strecke.«

»Gibt es unterwegs nicht irgendeine Unterkunft?«

Er lachte auf.

»Dramatisch wenige. Und wenn, dann sind es Bauernhöfe, die erst recht weit vom Schuss liegen.« Er deutete die Straße entlang. »In fünf Minuten kommt da ein Gasthaus mit Pension. Wenn Sie wollen, lass ich Sie dort aussteigen und hol Sie morgen um 8 Uhr wieder ab. Liegt auf der Route.«

Hannah bedankte sich und nahm in der zweiten Reihe Platz. Noch eine Nacht. Das hatte sie nicht vorgehabt. Sie dachte, sie würde heute ankommen, alles regeln und ihrer Familie dann endlich die Wahrheit sagen.

Der Bus fuhr an einer öffentlichen Telefonzelle vorbei, die es in Wien schon fast gar nicht mehr gab.

Siedend heiß fielen Hannah plötzlich die kleinen Explosionen der Hoffnung in den Gesichtern ihrer Kinder ein, jedes Mal, wenn das Telefon nach Johns Verschwinden geläutet hatte. Und die Enttäuschung, die sie vor ihr zu verbergen versuchten, weil er nie der Anrufer war.

Mein Gott, wie hatte sie nur so dumm sein können?

18.

»Ach, verdammte Scheiße«, hörte Stefan, als er aufwachte. Er hatte sich im Garten auf die Liege gelegt und musste eingeschlafen sein. Mittlerweile war es dunkel.

»Martin?«, fragte er im Halbschlaf.

Statt einer Antwort kam ein Grummeln aus der offenen Tür zum Wohnzimmer. Es war kühl geworden, im ersten Stock brannte Licht in Emmas Zimmer.

Stefan stand auf und ging ins Haus. Er hatte rasende Kopfschmerzen. Ob die von seinem Sturz kamen? Er fasste sich an die Schläfe, die Wunde tat kaum noch weh.

Vor Martin am Boden lagen kreuz und quer eine Unmenge an Holzbrettern, Trennwänden, eine Bohrmaschine, Schraubenzieher, ein Hammer und Nägel. Daneben standen noch ein paar unausgepackte Kartons von Ikea.

Martin hatte sich Hose und Hemd ausgezogen. In seinen rot karierten Boxershorts und dem weißen T-Shirt wirkten seine Arme und Beine sehr dünn und sehr weiß.

»Was machst du da?«, fragte Stefan und sog Luft ein, weil sein Kopf beim Sprechen so dröhnte.

»Mich ablenken. Tut mir leid, wenn ich dich geweckt habe«, brummte Martin. »Wir haben diese blöden Dinger vor einem Jahr gekauft. Das sollen Bücherregale sein.« Er kratzte sich am Kopf. »Ich möchte sehen, wer das zusammenbauen kann.«

»Wozu noch welche? Was ist mit diesen hier?«

Stefan deutete auf die gegenüberliegende Bücherwand, die bereits dort gestanden hatte, als er geboren worden war. Und wahrscheinlich noch länger.

»Deine Mutter wollte sie ersetzen.«

»Durch Ikea-Regale?«

»Ja. Das war ihr egal. Hauptsache weg.«

Stefan war erstaunt. Er hatte immer gedacht, seiner Mutter gefielen die antiken Möbel.

»Brauchst du Hilfe?«

Martin schüttelte den Kopf und schloss die Augen.

»Mir ist es lieber, wenn ich wegen dieser Dinger durchdrehe als wegen deiner Mutter. Ich sollte Ikea dafür ein Dankschreiben schicken.« Erst aus der Nähe sah Stefan, wie blutunterlaufen Martins Augen waren. Er hatte sicher seit der Party nicht mehr geschlafen. Am liebsten hätte Stefan ihm das Stanleymesser aus der Hand genommen. Aber seine Kopfschmerzen wurden immer schlimmer. Er rieb sich über die Stirn, hinter der es pochte, als wäre ein Presslufthammer an der Arbeit. Ihm war ein wenig übel.

»Wo sind Emma und Fred?«

»Emma ist oben, und Fred musste nach Hause zu Lydia und den Zwillingen. Aber er kommt wieder. Geht es dir nicht gut?«

»Kopfschmerzen.«

Martin ging aus dem Zimmer und kam mit einem Glas Wasser und einem Tablettenblister zurück.

»Nimm nur eine. Die sind stark. Aber helfen rasch.«

Stefan nahm sie dankbar entgegen und verkniff sich zu fragen, ob es irgendwelche Neuigkeiten gab.

Martin sah ihm wehmütig zu, wie er die Tablette schluckte, dann setzte er sich auf die Couch und legte das Stanleymesser zur Seite.

»Sie kommt nicht zurück. Und ich frage mich die ganze Zeit, ob ich etwas hätte merken müssen. Es ging deiner Mutter in den letzten beiden Jahren nicht besonders gut.«

Davon hatte Stefan nichts bemerkt. Er setzte sich neben Martin und lehnte den Kopf an. Das war besser.

»Wirklich? Wieso?«

»Sie war niedergeschlagen. Manchmal, wenn sie dachte, ich sehe sie nicht, hatte sie diesen starren Blick.«

»Hat sie gesagt, warum?«

Martin zuckte mit den Achseln und lachte bitter auf. »Bitte. Sie ist eine Schneider.«

»Was meinst du?«

Martin sah zu Stefan, dann stand er auf und holte sich ein Glas, das auf der Kommode stand, und goss sich aus der Cognacflasche ein.

»Als würde jemals einer von euch über seine Gefühle reden.«

Er sagte das als Feststellung, nicht als Vorwurf und kippte den Cognac runter. Martin trank sonst nie, zumindest konnte sich Stefan nicht daran erinnern.

»Irgendwas hat sie bedrückt. Sie wollte nicht mit mir darüber reden. Stattdessen hat sie sich Antidepressiva verschreiben lassen. Ich habe ihr vorgeschlagen, eine Therapie zu machen, aber das wollte sie nicht. Sie hat gemeint, das wären einfach die Wechseljahre. Wahrscheinlich hätte ich nicht lockerlassen sollen. Ich Trottel habe wirklich gedacht, eine Überraschungsparty würde sie auf andere Gedanken bringen.«

Martin schlug sich an die Stirn. Und Stefan wusste nicht, was er dazu sagen sollte. Wie sehr sich Martin um seine Mutter kümmerte. Ihm war nie in den Sinn gekommen, dass es notwendig war.

Martin goss sich Cognac nach, er schien zu überlegen.

»Willst du wissen, warum ich dich gebeten habe, sie zur Party zu bringen?«

Stefan nickte, sein Kopf fühlte sich schwer an. War das schon die Wirkung des Medikaments?

»Weil sie sich um dich die meisten Sorgen gemacht hat«, sagte Martin.

»Um mich? Warum?«

Martin sah ihn mit einem Ausdruck an, als wäre das eine überflüssige Frage.

»Du bist einunddreißig. Kommst immer ohne Begleitung. Redest nicht viel. Und wenn, dann über deine Forschung. Wie auch immer«, winkte Martin ab. »Ich dachte, wenn du mit Hannah allein bist, würde ihr das helfen. Da habe ich mich wohl geirrt.« Er griff wieder nach dem Stanleymesser, nahm einen der unverpackten Kartons vom Boden hoch und fing an, ihn aufzuschneiden. Vielleicht sollte Stefan ihm sagen, dass es weniger verwirrend wäre, wenn er die Regale einzeln aufbaute und nicht alle durcheinander? Aber vielleicht war es gerade das, was Martin jetzt genau brauchte.

Ohne Stefan anzusehen, sagte Martin: »Entschuldige, wenn ich dich das so unverblümt frage. Es spielt auch keine Rolle.« Er hielt kurz inne. »Aber bist du schwul? Wenn das nämlich der Grund wäre, warum du dich so abschottest, dann kann ich dir sagen, dass deine Mutter auch sehr glücklich wäre, wenn du Männer liebst statt Frauen.«

Stefan musste lächeln.

»Hat sie das gesagt?«

»Ja, mehrmals.« Martin hickste. »Pardon. Ich vertrage keinen Alkohol. Also, bist du schwul?«

»Nein. Das ist es nicht.«

Martin sah ihn an, als hätte er gar nicht mit einer Antwort gerechnet.

»Was ist es dann?«

Stefan atmete hörbar aus, ein Laut voller Zweifel. Was sollte er sagen? Dass er immer wieder verlassen wurde? Anscheinend beziehungsunfähig war und befürchtete, er würde, was das betraf, ganz nach seinem Vater kommen?

»Ich weiß es nicht«, sagte er stattdessen.

Martin nickte. »Ich weiß auch nichts mehr. Ich dachte immer, ich kenne deine Mutter. Mittlerweile bin ich mir nicht mehr sicher. Einfach so zu verschwinden. Ohne Nachricht. Wenn sie wenigstens anrufen würde.« Das Messer in seiner Hand zitterte. »Ich mach mal mit diesen blöden Regalen weiter.«

»Lass mich das machen.«

»Nein. Danke.« Martin drehte sich zu ihm. »Deine Mutter ist irgendwo da draußen, und aus welchem Grund auch immer hat sie sich entschieden, einfach unterzutauchen. Weißt du, was mich dabei am wütendsten macht? Außer der Sorge um sie, meine ich? Sie nimmt mir die Möglichkeit, sie zu lieben. Und das tue ich. Ich liebe deine Mutter. Ich habe euch alle lieb.«

Offenbar konnte Stefan seinen Schock über diese Gefühlsoffenbarungen nicht verbergen, denn Martin lachte auf. Am liebsten wäre Stefan sofort aus dem Wohnzimmer geflohen. Ihm wurde heiß, die Müdigkeit war verflogen. Er stand von der Couch auf und tat so, als wäre in ihm ein großes Interesse für die Ikea-Regale ausgebrochen.

»Gibt es eine Bauanleitung?«, fragte er.

»Da.« Martin drückte ihm ein paar Zettel in die Hand, die ihn an Diagramme von Experimenten erinnerten.

»Du warst der Jüngste, als euer Vater damals verschwunden ist«, sprach Martin weiter. »Sie hatte immer das Gefühl, es hätte dich am schwersten von euch Kindern getroffen. Aber irgendwie … ich glaube, sie dachte, du hättest es mit dem Stottern überwunden.«

Stefans Handflächen wurden feucht. Dieses Gespräch war definitiv das Letzte, was er wollte. Er sah hoch.

»Wo sind die Schrauben und der Inbusschlüssel?«

»Meine Güte, du bist ihr so ähnlich. Komisch, man denkt immer, die Tochter kommt nach der Mutter. Aber bei euch scheint das anders zu sein.«

Stefan hätte nicht erleichterter sein können, als er Emma die Treppe herunterkommen hörte.

»Emma, wir sind im Wohnzimmer«, rief er.

Sie hielt ihr Handy hoch, als wäre es eine Fackel.

»So, es ist fast zweiundzwanzig Uhr. Können wir jetzt endlich aufhören, auf sie zu warten, und wieder mit der Suche beginnen?«

Und dann sprach sie so leise weiter, dass Stefan kein Wort verstand. Aber es klang nicht freundlich, und er bildete sich ein, den Namen »Fred« dabei zu hören.

»Wenn ich nur wüsste wo«, sagte Martin. »Ich habe alle ihre Geschäftspartner, Bekannte, einfach jeden, mit dem sie zu tun hatte, angerufen. Niemand weiß irgendwas.«

»Hat Mama eine besonders gute Freundin? Ich meine eine, der sie mehr erzählt als allen anderen?«, fragte Emma.

»Natürlich.«

»Wen?«

Martin sah sie an, als läge die Antwort auf der Hand.

»Mich.«

»Dann fangen wir mit dir an. Was weißt du?«

»Was meinst du damit?«

»Wenn du an sie denkst, was fällt dir dann ein? Ich meine, gab es vielleicht in letzter Zeit irgendetwas Ungewöhnliches?«

Martin sah Stefan an, als sollte der für ihn antworten. Rasch suchte Stefan die zwei längsten Bretter für das neue Regal und stellte sie auf. Mit zwei kleineren Brettern bildete er einen Rahmen.

»Ungewöhnlich, inwieweit?«, hörte er Martin.

Emma räusperte sich. »Ich weiß, das ist eine furchtbare Frage, aber ich habe darüber nachgedacht, und …«

Stefan hielt in der Bewegung inne.

»… kann es ein gesundheitliches Problem sein, weswegen sie so reagiert hat? Irgendeine … Diagnose, die sie erhalten hat?«

Stefans Knie wurden weich, er stützte sich ab und tat so, als würde er die Bauanleitung vor sich am Boden studieren.

»Wir haben uns beide vor einem halben Jahr komplett durchchecken lassen. Hannah wollte nicht, aber ich habe darauf bestanden. Es war alles okay. Ich habe trotzdem heute Morgen mit ihrer Ärztin telefoniert und noch mal nachgefragt. Bis auf die verschriebenen Antidepressiva ist sie völlig gesund, alle Befunde sind in Ordnung.«

»Gott sei Dank«, sagte Emma, und ihre Stimme hatte dabei einen quietschenden Klang.

Stefan war so erleichtert, dass er die Bretter vergaß und Martin und Emma ansah.

»Und Martin, da gibt es noch etwas anderes …«, begann Emma. Oh, nein, bitte nicht, flehte Stefan. Sie würde doch jetzt nicht Martin ihre ›John lebt‹-Theorie erzählen? Er trat absichtlich gegen das Brettergebilde, das Martin aufgestellt hatte. Mit einem Krachen fiel es um. Das Handy am Couchtisch fing an zu läuten.

Martin hob ab, und als sich dieser Ausdruck zwischen Staunen und Erlösung auf sein Gesicht legte, wusste Stefan, dass seine Mutter am anderen Ende sein musste.

19.

Stefan spürte einen verstörenden Ärger, den er sich gar nicht erklären konnte, während Martin mit seiner Mutter telefonierte. Eigentlich sollte er doch glücklich und erleichtert sein. Martin auf jeden Fall war es, und auch Emma strahlte und griff sich ans Herz.

Soweit Stefan verstanden hatte, hätte es bereits heute Morgen einen Anruf geben sollen, um den sie jemanden gebeten hatte. Martin lief mit dem Handy am Ohr im Zimmer umher und stieg dabei so spielend über die Bauteile am Boden, als würden sie schon immer da liegen. Er blieb stehen und nickte aufgeregt.

»Ja, ja, es geht mir gut! Emma und Stefan sind hier, ich gebe sie dir, Hannah. Natürlich.«

Stefan war froh, dass Martin zuerst Emma das Handy entgegenstreckte.

»Mama, was ist denn los?«

Dann hörte sie nur zu. Sie blickte kurz zu Martin, sah aber sofort wieder weg, als wäre sie beschämt. Hatte ihre Mutter doch eine Affäre? Erzählte sie Emma gerade davon?

»Ja, wir haben uns Sorgen gemacht. Aber … nein, ja, in Ordnung. Ich verstehe. Ist gut. Ja, er steht neben mir. Moment.«

Emma reichte ihm das Handy. Als er es nicht gleich nahm, warf sie ihm einen auffordernden Blick zu.

Stefan hatte das Gefühl, er hätte eine Schlange um seinen Hals, die ihn gerade würgte.

»Mama.«

Seine Stimme klang in seinen eigenen Ohren erschreckend hilflos.

Reiß dich zusammen.

»Stefan, es tut mir so leid. Bitte verzeih mir. Ich wollte euch keine Angst machen oder euch erschrecken. Wirklich.«

Stefan versuchte vergeblich zu ignorieren, dass Martin und Emma ihn beobachteten.

»Es tut mir so unsagbar leid. Alles.«

Seine Mutter fühlte sich also schuldig wegen des Schreckens, den sie ihnen eingejagt hatte. Und das fiel ihr erst jetzt ein?

»Ich komme bald wieder, aber es gibt etwas, was ich klären muss.« Wie normal sie klang. »Geht es dir gut?«

Stefan wurde durch jedes ihrer Worte angespannter und hielt das Handy so fest, als wollte er es zerbrechen. Sie machte sich Sorgen um ihn. Aber er war nicht derjenige, der von seiner eigenen Party abgehauen war.

»Ja. Danke. Ich gebe dir wieder Martin.« Er streckte das Handy von sich, als wäre es ein Zündholz mit der Flamme kurz vor seinen Fingern.

»Wo bist du, Hannah?«, fragte Martin. »Und was heißt, du musst etwas klären? Was denn? Nein. Nein, ich verstehe es nicht. Ja, ich richte es Fred aus. Aber warum sagst du mir nicht, was los ist?«

Aus den Augenwinkeln sah Stefan, wie Emma auf der Couch in sich zusammensank.

»Ja, ich liebe dich auch, aber Hannah … Hannah, bist du noch dran?«

Martin ließ das Telefon sinken.

»Sie hat aufgelegt.«

Die Stille, die folgte, war wie eine Welle, die sich über alles zu legen schien.

»Was sollst du Fred ausrichten?«, fragte Emma. Ihre Stimme

klang, als würde sie gerade sehr schwere Gewichte stemmen. Martin ließ den Kopf ein Stückchen weiter sinken.

Ein gepresster Laut stieg aus seiner Kehle, von dem Stefan nicht sagen konnte, ob es ein Lachen oder Seufzen war.

»Dass er sich keine Sorgen um sie machen soll. Wir alle sollen das nicht.«

Emma schnappte sich ein Kissen und drückte es an sich. Sie hörten das Aufsperren der Haustür, aber diesmal lief niemand hin.

Eigentlich hätte es Stefan nicht überraschen sollen, dass Fred natürlich gleich so tat, als hätte er mit diesem Anruf gerechnet. Sein Bruder faselte auch sofort etwas von einer landesweiten Vermisstenanzeige, Aufruf in den sozialen Netzwerken, er brauchte eine Genehmigung und dann bestünde die Möglichkeit, den Anruf zurückzuverfolgen.

Dazu müssten sie aber angeben, es sei Gefahr im Verzug wegen Verdachts auf Suizid. In dem Fall hätten sie zwar morgen den Ort des Anrufs, allerdings mit rechtlichen Konsequenzen für Hannah. Er zählte alles so sachlich auf, als hätte er eine Liste in seinem Kopf, die er in diesem Moment gedanklich abhakte.

Emma lachte heiser.

»Und? Wenn sie dann gefunden und gleich eingeliefert wird, sollen wir sie in der Psychiatrie besuchen?«

Martin presste die Finger auf seine Augen, als wollte er Tränen zurückdrängen.

»Na gut, bitte. Dann schlag du etwas vor, wenn du dich so gut auskennst«, sagte Fred und stemmte die Hände in die Hüften, worauf ihn Emma mit einem Blick ansah, als wollte sie ihm eine reinhauen. Da schluchzte Martin auf und hob den Kopf, er weinte tatsächlich.

Emma sprang von der Couch auf, streichelte ihm über den Rücken und flüsterte ihm etwas zu, was Stefan nicht verstand. Fred war schlagartig wie ausgewechselt. Er fragte, ob Martin sich nicht kurz hinlegen wolle, das seien jetzt sicher die Nerven, er hatte ja seit mehr als 36 Stunden nicht geschlafen.

»Und sicher auch nichts gegessen«, sagte Emma, und Fred nickte ihr zu, während sie Martin ins Schlafzimmer führte. Fred verschwand Richtung Küche.

Stefan blieb allein im Wohnzimmer zurück. Es war, als wäre er in einer Zeitmaschine, die ihn mindestens fünfzehn Jahre in die Vergangenheit transportiert hatte.

Obwohl Emma sich schon immer und im Gegensatz zu ihm anscheinend sogar gerne mit Fred stritt – wenn es darum ging, jemanden zu umsorgen, schienen die beiden wie auf Kommando auf wundersame Weise verbunden. Das war schon immer so gewesen. Auch früher, als sich die beiden um ihre Mutter gekümmert hatten. Und später, als die Großeltern gebrechlich wurden, war es Stefan sogar vorgekommen, als verschmolzen Emma und Fred für kurze Zeitspannen zu einer Person. Ganz selbstverständlich und ohne ein Wort darüber verlieren zu müssen, hatte Fred Großmutter die Gehstöcke gereicht, während Emma Großvater beim Binden der Schuhe half, Fred hatte das Essen für die beiden gebracht und Emma die Medikamente bereitgelegt.

Stefan hatte dann immer das Gefühl, seine Hilfe wäre eher störend und würde Chaos in diesen perfekten Ablauf bringen. Er hatte das komplett vergessen bis gerade eben. Er wartete. Als niemand zurückkam, versuchte er das Bücherregal zusammenzubauen. Seine Kopfschmerzen waren zwar deutlich besser, aber die Luft schien ihm immer dicker, und plötzlich hielt er es in diesem Zimmer und in diesem Haus nicht mehr aus. Er trat hinaus in den Garten. Der Himmel war mittlerweile tiefschwarz, die Wolken verdeckten die Sterne. Es war angenehm lau, trotzdem fröstelte er und rieb sich die Arme.

Vielleicht wurde er krank? Grassierte nicht gerade eine Sommergrippe?

Er ging tiefer in den Garten. Und dann stand er auf einmal vor dem kleinen fensterlosen Gartenhäuschen, das John versteckt hinter den hohen Rhododendronbüschen für den Rasenmäher, Gartengeräte, Fahrräder und eine Tischtennisplatte gebaut hatte. Nachdem John verschwunden war, hatte sich Stefan dort oft mit seinen Büchern verkrochen.

Mit einer Taschenlampe hatte er auf dem Boden gehockt und sich bemüht, nicht auf die Spinnen in den Winkeln zu achten.

Während seine Mutter für ihn unerreichbar in ihrer eigenen Welt war, las er über Wasser und wie es sich durch die ganze Welt bewegte wie ein Kreis. Und darüber, dass es in dem Moment, in dem es eine Oberfläche berührt, beginnt, das Material zu absorbieren. Stefan konnte sich daran erinnern, wie aufgeregt er damals jemandem erzählen wollte, dass Wasser lebt und nichts auf der Welt ohne Wasser existieren kann. Als hätte er ein Geheimnis entdeckt.

Er drückte die Türklinke hinunter, aber es war abgesperrt.

Ein bisschen blieb er noch dort stehen und fragte sich, was das alles sollte. Was tat seine Mutter da bloß? Was musste sie klären?

Aus dem Haus klangen gedämpfte Stimmen. Es war sinnlos, sich hier den Kopf zu zerbrechen.

20.

»Oh, du bist noch da«, sagte Fred überrascht, als Stefan ins Wohnzimmer zurückkam.

»Martin ist gleich eingeschlafen. Der Arme«, sagte Emma, goss Cognac in Martins Glas, stürzte es runter, füllte es wieder. »Wer noch?«

Stefan nickte, der Alkohol brannte in seiner Kehle, und dann war da diese herrliche Schwere, die im nächsten Moment durch seine Adern kroch. Er trank selten und wenn, dann nur Bier oder Wein, aber jetzt hatte er das Gefühl, es war genau das Richtige, und er goss sich nach.

»Das Wichtigste ist zuallererst die Vermisstenanzeige«, sagte Fred.

»Warum?«, fragte Emma.

»Warum?«

Fred lachte auf. Spätestens jetzt schien die Verbindung zwischen ihm und Emma sich wieder in Luft aufgelöst zu haben. »Was meinst du mit warum?«

Da war sie wieder, diese Stimme voller Zuckerguss, und Stefan sah, wie Emmas Hals sich anspannte. Er schenkte sich zum dritten Mal nach. Es war keine Überraschung, aber ein Streit der beiden war das Letzte, was ihm jetzt noch fehlte.

»Hat sie denn sonst irgendwas gesagt?«, versuchte er abzulenken.

»Ja, wir sollen uns keine Sorgen machen«, sagte Emma scharf und sah dabei Fred an.

Als Teenager, wenn seine Schwester richtig betrunken gewesen war, wurde sie eine Art Mary Poppins, die allen sagte, wie lieb sie sie hatte. Dann fiel sie einem in die Arme, nahm das Gesicht in die Hände und heulte fast, während sie ihre Liebeserklärungen lallte. Das hatte Stefan immer auf angenehme Art unangenehm gefunden. Er goss viel Cognac nach und streckte das Glas Emma entgegen, aber sie winkte ab.

»Und das reicht dir?«, fragte Fred.

»Wenn sie in Ruhe gelassen werden will, dann lassen wir sie in Ruhe«, entgegnete Emma. Sie verschränkte die Arme. Stefan hatte den Eindruck, sie wollte noch etwas sagen. Wusste sie mehr? Hatte seine Mutter ihr etwas verraten, das sie weder ihm noch Martin gesagt hatte? Also vielleicht doch eine Affäre? Stefan nippte am Glas, dann noch mal und wieder, und auf einmal war es leer. Er stellte es ab, setzte sich und sah zu Fred, der zwar milde lächelte, aber sein Kinn zuckte dabei so verdächtig, als würde er lieber losbrüllen.

»Ach, Emma«, seufzte Fred und faltete die Hände im Schoß. Stefan wurde so warm, am liebsten hätte er sich das Hemd ausgezogen. Sein Gesicht, irgendwas passierte damit. Als würde es … zerfließen?

»Komm mal von deinem hohen Ross runter, Fred«, sagte Emma.

Fred lachte ein so schrecklich gekünsteltes Lachen, dass sich Stefan ein bisschen zusammenkrümmte. Da stimmte irgendwas mit der Couch nicht, die Kissen gaben nach. Er versuchte, sich mehr aufzurichten.

»Emma, glaub mir, die Vermisstenanzeige ist unumgänglich«, sagte Fred sanft, als würde er mit einem seiner Kinder reden, wenn es nicht begreifen wollte, dass jetzt Schlafenszeit oder ein zweites Eis ungesund war.

Emma ahmte seinen Tonfall nach.

»Nein, Fred, ist sie nicht.«

»Aha, du bist da also die Expertin?«, fragte Fred unverändert milde.

»Was meinst denn du, Stefan?«

Emma sah ihn mit funkelnden Augen an und diesem Blick, der sagte: »Fred ist der größte Idiot.«

Fred lächelte ihm zu mit diesem Blick, der sagte: »Emma hat keine Ahnung, aber wir dürfen ihr das nicht vorwerfen, sie ist eben ein bisschen anders.«

Es war eine Taktik. Wie früher. Wenn jeder versucht hatte, ihn auf seine Seite zu ziehen. Natürlich hatte Emma immer gewonnen. Immer. Sogar dann, wenn Fred im Recht war. Hatte das begonnen, bevor John fort war? Oder erst danach? Stefan wusste es nicht, aber ihm kam das alles auf einmal so komisch vor. Er fing an, tief aus dem Bauch heraus zu lachen, und dann hörte er sich etwas sagen, als wäre das gar nicht er, sondern irgendjemand anders.

»Wann habt ihr angefangen, euch zu hassen?«

Fred sah ihn leicht entsetzt an. »Bitte?«

Emma lachte auf, es klang wenig überzeugend.

»Was soll das jetzt?«

Stefan fuhr sich durch die Haare, er war so überrascht von sich selbst und ihn schwindelte immer mehr. Aber nicht wie am Nachmittag, sondern auf eine gute »Mein Körper ist ganz leicht, ich bin ein Luftballon«-Art.

Es wurde immer heißer, hatte jemand die Heizung aufgedreht? Jetzt musste er sich aber wirklich das Hemd ausziehen. Worum ging es noch mal? Ach ja, Fred und Emma, die sich hassten.

Er sah beide an, am liebsten wollte er seine Geschwister umarmen, aber im nächsten Moment fand er das albern.

»Ach, ichweißauchnicht.«

Irgendwie ergab es doch keinen Sinn. Natürlich hassten sie sich nicht. Oder? Vielleicht hassten sie ja ihn? Er sah von Emma zu

Fred und wieder zu Emma und wollte sie jetzt doch wieder zu sich ziehen und an sich drücken. Aber so etwas machte er nicht. Nie.

»Ichbinnichtschwul«, platzte er heraus, »ich werde immernur verlassen … seit John verlassen michalle. Caroline. Anja.« Er streckte die Hand hoch, wie ein Schüler, der aufzeigte. »Ihrbeide. Ha, sogar Marie in der Uni hatmichverlassen. Und jetzauchmama.« Marie? Wieso hatte er Marie gesagt? »Nein, Marie nicht, diewarjaschwanger.«

Stefan sah, wie Emma und Fred sich entsetzte Blicke zuwarfen, und er konnte gar nicht aufhören zu kichern. Sein Gesicht fühlte sich völlig taub an. Er strich sich über die Wangen, die waren so weich wie Teig und dabei so stoppelig. Aber nein, jeder Anflug von Heiterkeit war jetzt unpassend, seine Mutter war doch weg. Es war seine Schuld. Er hätte sie fragen sollen, warum sie weinte. Er zog die Stirn in Falten und bemühte sich, die Mundwinkel runterzuziehen. Sein Gesicht gehorchte ihm nicht richtig, seine Muskeln schienen ein Eigenleben zu haben. Es war aber auch zu komisch. Zuerst verschwand sein Vater, und jetzt war seine Mutter weg. Als hätte er eine Prämie auf abhauende Elternteile. Und da prustete er wieder los.

»Wirhihihi … müssensiehihi … suchen.«

Nein. Stopp.

Das war nicht lustig. Das war sehr wichtig. Er ballte die Hände zu Fäusten.

»Emma. Fred. Los. Mama. Suchen«, bellte er.

Beim Anblick seiner Geschwister, die ihn ansahen, als wäre er verrückt, platzte es wieder aus ihm heraus. Er lachte so sehr, dass er kein Wort mehr rausbrachte und nach Luft schnappen musste.

Die Erschöpfung trat so schlagartig ein, als wäre ein Schalter in ihm umgelegt worden.

»Mussmichnurkurzhinlegen«, sagte er und ließ sich zur Seite fallen. Mit Mühe holte er sein Handy aus der Hosentasche. Während er tippte, konnte er seine Augen kaum noch offen halten. Er musste sich anstrengen, die Taste zum Absenden zu drücken. Das Letzte, was er noch vor dem Einschlafen hörte, war Freds Stimme: »Nimmt er Drogen?«

Irgendwas hatte Stefan geweckt.

Er fuhr hoch, sein Herz hämmerte wild. Hatte er einen Albtraum gehabt? Es dauerte einen Moment, bis er wieder wusste, wo er war. Jemand hatte ihn zugedeckt.

Er griff sich an die Stirn, sein Kopf war so dumpf, als wäre er mit Watte gefüllt. Was war passiert? Wie spät war es? Wie lange hatte er geschlafen? Sein Mund war ausgetrocknet, sein Hals kratzte. Auf der Lehne lag sein Hemd, wer hatte ihm das ausgezogen?

Während er hineinschlüpfte, versuchte er, die flüchtigen Erinnerungsfetzen zu greifen – seine Mutter hatte angerufen. Stefan wusste nicht warum, aber der Gedanke versetzte ihn in Panik.

Er wollte aufstehen, doch noch in der Bewegung hielt er inne. Da stand jemand. Im Garten. Keine fünf Meter von ihm entfernt. Das erste Licht des Tages verwandelte die vorbeiziehenden Wolken in goldene Wattebäusche, das Morgenkonzert der Vögel war bereits in vollem Gange. Stefan blinzelte.

»Hallo?«

Die Gestalt rührte sich nicht. Sie stand mit dem Rücken zu ihm, es war eindeutig ein Mann, aber er war zu groß für Fred, und die Schultern waren zu breit für Martin. Das bunte Hemd kam ihm bekannt vor. War das Georg, Emmas Ex-Mann?

»Hallo?«, fragte Stefan etwas lauter.

Der Mann drehte sich um, und Stefan hörte auf zu atmen. Plötzlich war alles ganz still. Als hätte die Welt die Pausetaste gedrückt. Die Vögel zwitscherten nicht mehr, die Wolken waren wie eingefroren am Himmel. John. Das war wirklich John. Sein Vater, der einfach nur da stand und ihn ansah.

Stefans Augen füllten sich mit Tränen, er musste sich zwingen, nicht zu blinzeln. Langsam erhob er sich von der Couch, in der offenen Tür zum Garten blieb er stehen. John sah genauso aus wie am letzten Tag, an dem er ihn gesehen hatte. Der dunkle Bart, die kurzen grünen Hosen, das alte Hemd voller Farbkleckse – ein Relikt aus der Zeit, als John noch gemalt hatte. Der einzige Unterschied zu früher war, dass sie jetzt gleich groß waren.

Stefan schwitzte und fror gleichzeitig. Vielleicht verging eine Stunde, vielleicht aber auch nur ein paar Minuten, bis er die Schritte hinter sich hörte. Eine Hand berührte ihn an der Schulter.

»Stefan? Stefan, was ist los?«, fragte Martin. Aber Stefan konnte nicht antworten.

»Wo starrst du hin?«, fragte Martin.

Stefan schloss die Augen, und als er sie wieder öffnete, hörte er die Vögel, spürte den leichten Wind, und die Wolken bewegten sich wieder. John war verschwunden. Er wischte sich heimlich die Tränen von den Wangen, damit Martin sie nicht sah.

»Was war denn da im Garten?«, fragte Martin, ging an ihm vorbei und blieb genau an der Stelle stehen, an der Stefan eben noch John gesehen hatte. Er sah sich um, dann schien er etwas im Gras entdeckt zu haben und hob es auf. Es war der Stummel einer abgebrannten Geburtstagskerze von Hannahs Torte. Stefan sah, wie sich Martins Gesichtszüge verhärteten, er holte aus und schleuderte den Stummel in Richtung der Büsche. Anscheinend war Martin kein kraftvoller Werfer, denn das Wachsstück stürzte auf halber Strecke ab. Martin seufzte.

»Komm, gehen wir rein, Stefan. Ich mache uns Kaffee.«

Er klopfte Stefan im Vorbeigehen auf die Schulter. Als wären sie zwei alte Freunde.

»Ach ja, und tut mir leid wegen gestern. Ich hätte dir sagen sollen, dass man die Schmerztabletten auf keinen Fall zusammen mit Alkohol einnehmen darf.«

21.

Emma stand vor dem geöffneten Fenster ihres Wohnzimmers und nippte an ihrem Kaffee. Es war merkwürdig, aber seit ihre Mutter fort war, hatte sie ständig das Bedürfnis rauszusehen. Als wäre da irgendwas draußen, das ihr sonst entgehen würde.

Es war ein wunderschöner Anblick, die erste Morgensonne bestrahlte die gegenüberliegende Hausfassade, und die Fensterscheiben reflektierten das goldene Licht. Straßenlärm plätscherte in die Wohnung, und obwohl es noch so früh war, lag diese schwere Wärme in der Luft, die einen heißen Tag ankündigte. Ein Tag von der Sorte, an dem Emma normalerweise ein schlechtes Gewissen bekam, weil sie ihn drinnen verbrachte und sich dann kurz vor Sonnenuntergang zwang rauszugehen. Gestern hatte sie stundenlang nicht einschlafen können. Sie war quasi aus der Villa geflohen, nachdem Martin von Stefans Lachen aufgewacht war und den Zustand ihres Bruders durch Schmerzmittel plus Cognac erklärt hatte.

»Ach so«, hatten Fred und sie gelacht und einander zugenickt, als wäre es nichts weiter als ein lustiges Missverständnis. Es war so peinlich. Ihr Überspielen, haha, alles nur, weil der kleine Bruder »high« war. Als könnten sie dadurch wegwischen, was er gesagt hatte.

»Wann habt ihr angefangen, euch zu hassen?«

Sogar wenn Emma jetzt daran dachte, krampften sich ihre Eingeweide zu einem kleinen festen Klumpen zusammen. Einen kurzen Moment flammte Ärger über Stefan auf. Er hatte doch selbst genügend Probleme mit Fred.

Und natürlich hasste sie Fred nicht. Er trieb sie nur zur Weißglut mit seinen Belehrungen, diesem Gehabe, er kümmere sich um alles, habe als Einziger jede Situation im Griff. Er gab ihr einfach ständig das Gefühl, nichts richtig zu machen.

Aber sie hatten jetzt wirklich andere Sorgen.

Im Weggehen hatte Emma noch gehört, wie Martin Fred bat, ihrer Mutter Zeit zu geben, bevor er irgendwelche Schritte unternahm. Wenigstens ein bisschen. Was Fred dazu gesagt hatte, wusste sie nicht, Emma konnte sich nur vorstellen, dass er sicher einen langen Vortrag wegen dieser idiotischen Vermisstenanzeige gehalten hatte.

War er eigentlich schon immer so gewesen?

Emma seufzte und nahm einen Schluck Kaffee. Eines der Fenster gegenüber wurde geöffnet, eine junge Frau mit kurzen braunen Haaren in einem zu großen weißen Männerhemd setzte sich auf die Fensterbank und zündete sich eine Zigarette an. Emma trat einen Schritt zurück, als sie in ihre Richtung blinzelte. Ein junger Mann in T-Shirt und Boxershorts trat zu ihr. Er rieb sich die Augen, beugte sich runter und küsste die Frau. Emma musste wieder an ihre Mutter denken. Ob doch eine Affäre die Ursache ihres Verschwindens sein könnte?

Am Telefon war irgendetwas in Hannahs Stimme gewesen. Sie hatte so anders geklungen, bestimmt und sicher. Vielleicht sogar befreit?

Ganz ruhig hatte sie gesagt: »Ich muss etwas ins Reine bringen, Emma.«

Ob es Martin auch aufgefallen war? Und Stefan? Emma biss sich auf die Unterlippe. Etwas ins Reine bringen, wie kryptisch das klang. Und wirklich ganz schrecklich nach einem anderen Mann. Was denn sonst?

Sie hatte immer gedacht, ihre Mutter wäre nicht diese Art Mensch, die fremdging. Gab es überhaupt so etwas wie »diese Art«? Was wusste Emma denn schon vom Liebesleben ihrer Mutter?

Sie kannte nur Martin und John. Zwei Männer, die verschiedener gar nicht hätten sein können. Nicht dass Martin unattraktiv war – aber wenn sie Fotos von damals betrachtete, konnte sie gar nicht glauben, wie schön ihr Vater gewesen war. Als Kind war ihr das nie aufgefallen. Wer hatte da schon eine Chance mitzuhalten?

Ja, gut, Stefan, aber das zählte nicht, denn ihr Bruder hatte vielleicht die Gesichtszüge von John geerbt, aber eben nicht sein Temperament. Wie oft sie als Kinder ihre Eltern bei Liebkosungen und Küssen erwischt hatten. John war ihnen dann lachend hinterhergelaufen, wenn sie quietschend die Flucht ergriffen hatten. Mit Martin hatte sie ihre Mutter nie so gesehen. Vermisste Hannah das? War sie in der Midlife-Crisis? Und war genau da irgendein Mann in ihr Leben geplatzt? Außerdem, hieß es nicht, dass Frauen mit Mitte 50 ihren sexuellen Höhepunkt erreichten? Oder war das Mitte 40? Egal, vielleicht hatte Hannah sich einfach unsterblich in einen anderen Mann verliebt und wollte nun rausfinden, ob er es wirklich wert war? Auch wenn sich Emma das noch immer nicht vorstellen konnte. Gedankenverloren nippte sie an ihrem Kaffee und lehnte sich ans Fensterbrett. Wahrscheinlich würde sie eine dieser alten Frauen werden, die den ganzen Tag beobachteten, was auf der Straße passierte.

Das Paar gegenüber war in seine Knutscherei vertieft. Die Frau lachte und warf den Kopf in den Nacken, während der Mann ihren Hals küsste. Automatisch griff sich Emma an dieselbe Stelle. Sie versuchte sich daran zu erinnern, wie es sich anfühlte, dort geküsst zu werden. Früher hatte sie das immer gemocht. Jetzt wusste sie fast nicht mehr, wie es war. Als wäre alles vergraben. Und wenn es bei ihrer Mutter genauso war? Emma musste doch nur an sich denken, wie viel sie verschwieg und mit sich herumschleppte. Mit dem Unterschied, dass es in ihrem Leben niemanden gab, vor dem sie noch weglaufen konnte – es war doch sowieso keiner mehr da. Wahrscheinlich könnte sie sogar einen Monat untertauchen, und es würde niemandem auffallen. Doch, ihrer Therapeutin, wenn sie nicht zu den Terminen erschien! Sie musste an Fabiennes E-Mail mit der Einladung auf ein Glas Wein denken. Vielleicht sollte sie sie annehmen.

Der Kuss des Paares gegenüber wurde stürmischer, der Mann lehnte sich über die Frau, und ihre Hand glitt zwischen seine Beine. Emma wollte wegsehen, sie wusste, sie sollte das, aber ihr Blick war an dem Liebespaar wie festgefroren. Eine fast schon vergessene Sehnsucht schoss durch ihren Körper, als sie zusah, wie seine Hände sich in den Haaren der jungen Frau vergruben, über ihren Rücken glitten. Er umfasste sie an der Taille, dann schob er ihr Hemd hoch. Morgensex. Die Erinnerung an Georgs schlafwarmen Körper war augenblicklich da. An seinen Geruch. Wenn sie davon geweckt worden war, wie er sich von hinten an sie geschmiegt hatte. Sie gespürt hatte, wie er steif wurde. Seine Hände, die zu ihrem Busen gewandert waren. Mein Gott, wie sehr sie das vermisste. Wie sehr sie ihn vermisste. Und die Zeit, als Sex einfach nur Sex gewesen war und nicht der verzweifelte Versuch, ein Baby zu machen.

Sie verlor sich so in der Erinnerung, dass sie im ersten Moment gar nicht registrierte, wie der Mann gegenüber sie ansah. Erst als er etwas zu der Frau sagte und sie den Kopf zu ihr drehte, erwachte Emma aus der Starre. Reflexartig beugte sie sich weiter vor, ihre Wangen glühten vor Scham, und sie sah hinunter, als würde sie auf jemanden warten. Sie hörte, wie das Fenster gegenüber geschlossen wurde, und wollte das auch tun, doch ihr Blick zuckte zurück auf die Straße. Unten, auf der gegenüberliegenden Straßenseite, parkte ein silberfarbener VW mit einem riesigen Dachträger, der durch die vielen Streben aussah, als könnte man auf dem Dach Tischfußball spielen. Im ersten Moment dachte sie, dass es eine Verwechslung sein musste. Sie ging zum Fenster im Schlafzimmer, um einen besseren Blick auf die Vorderseite des Wagens zu bekommen. Doch, das war tatsächlich ihr Auto. Besser gesagt, jetzt gehörte es Georg. Sie erkannte es an der silbernen Stoßstange, die bei dieser Ausführung nicht standardmäßig und erst ausgetauscht worden war, nachdem ihnen ein alter Mercedes reingekracht war. Der Dachträger war für das löchrige Kanu gedacht gewesen. Nach einem Urlaub in Frankreich, bei dem sie in der Dordogne Kanu gefahren waren, hatte Georg es voller Begeisterung gebraucht gekauft. Jahrelang lagerte es unbenutzt im Keller, und sie fuhren mit diesem Dachträger herum, ohne ihn auch nur ein Mal zu benutzen. Aber sie wollten ihn nicht abmontieren lassen, auch wenn das bedeutete, dass das Parken in Parkgaragen immer zu einer anstrengenden Einfädelaktion wurde. Mittlerweile war das Kanu auf dem Sperrmüll, und Georg hatte Emmas Hälfte des Autos bei der Scheidung ausbezahlt.

Auf der Fahrerseite saß jemand, zumindest sah es so aus. Jemand, der ein weißes Hemd trug. Vielleicht war es auch die Bluse einer Frau. Und wenn es doch Georg war? Aber es war doch gerade mal sieben Uhr in der Früh.

Einen Moment überlegte Emma, ihn einfach anzurufen. Womöglich hatte er den Wagen ja verkauft, und das da unten war der neue Besitzer? Emma schlüpfte in blaue Jogging-Shorts, ein weißes T-Shirt und zog sich ihre Laufschuhe an, die sie seit so langer Zeit nicht mehr benutzt hatte, dass Staub zwischen den Schnürsenkeln lag. Als sie die Treppen runterging, kämmte sie sich mit den Fingern durch die Haare. Sie war aufgeregt und im selben Moment über ihre Nervosität verwundert. Sie wollte unauffällig sein, doch kaum erkannte sie durch die Fensterscheibe Georg, der mit leicht geöffnetem Mund am Fahrersitz schlief, vergaß sie das sofort wieder. Er zuckte zusammen, als sie an die Scheibe klopfte, und sah sie erschrocken und verschlafen an. Emma deutete stumm zum Beifahrersitz, und im nächsten Moment schnappte die Zentralverriegelung hoch. Als sie einstieg, drang ihr sein vertrauter Geruch in die Nase. Sie wollte wissen, was er hier zu tun hatte, doch als sie ihn ansah, versickerte die Frage. Er war unrasiert, auch das Hemd war zerknittert. Hatte er hier geschlafen?

»Und, Neuigkeiten von Hannah?«, fragte er und rieb sich die Augen. Sein Blick glitt zu ihren Shorts, und ein seltsames Gefühl machte sich sofort in ihr breit, als wäre sie magnetisch von ihm angezogen. Er sah wieder zu ihr hoch. »Du wolltest laufen gehen?«

»Nein, ich habe ein Paar im Haus gegenüber beim Sex beobachtet, und als sie mich gesehen habe, habe ich so getan, als hätte ich auf die Straße geschaut. Und dabei ... das Auto gesehen.«

Fast hätte Emma »unser Auto« gesagt. Ihre Ehrlichkeit überrumpelte sie ein bisschen. Es war ihr einfach rausgerutscht. Vielleicht hatte es mit der vertrauten Umgebung des Wageninneren zu tun. Vielleicht auch mit der Uhrzeit und ihrem Schlafmangel. Georg lachte auf, das gleiche kehlige Lachen wie damals, als würde er sich von Whiskey und Zigaretten ernähren. Dabei hatte er seine erste und letzte Zigarette als Teenager geraucht und bekam Magenschmerzen von hochprozentigem Alkohol.

»Und du?«, fragte sie.

Georg räusperte sich.

»Ich habe mir Sorgen gemacht.«

»Sorgen? Um wen?«

Er runzelte die Stirn.

»Deine Mutter ist verschwunden. Ich dachte ...« Er drehte sich zu ihr. Plötzlich schlug ihr Herz bis in den Hals. Er hob die Schultern, irgendwas irritierte Emma an dieser Geste. Sie wollte wissen, wie lange er schon hier parkte. Wusste seine Frau davon? Wieso hatte er nicht einfach angerufen oder war raufgekommen? Was hätte er getan, wenn sie den Wagen nicht entdeckt hätte?

Obwohl diese Fragen durch ihren Kopf wirbelten, konnte sie keine davon aussprechen. Es war ein Gefühl, als stünde sie vor einem brennenden Haus, panisch, ob sie hineinlaufen sollte, weil es vielleicht jemanden zu retten gab. Und wenn nicht? Wenn Georg einfach nur hier war, weil er sich wirklich Sorgen machte? Möglicherweise wirkte sie labil? Emma kratzte an einem kleinen Fleck am Armaturenbrett herum.

»Hannah hat sich gestern Abend gemeldet. Es geht ihr gut, sie kommt in ein paar Tagen wieder.« Ihre Stimme zitterte, nur ganz leicht, aber genug, dass Georg es erkennen würde.

»Hat sie gesagt, was los ist?«

Emma schüttelte den Kopf. Sie musste hier raus. Und zwar schnell, sonst würde sie zu heulen anfangen.

»Na gut, ich werde dann mal loslaufen«, sagte sie und griff nach der Türschnalle.

»Emma«, hielt Georg sie auf. »Wie geht es dir? Ich meine – wirklich?«

Seine Worten wirkten wie eine kleine Explosion in Emmas Herzen. Sie sah zu ihm, er hatte die Lippen zusammengepresst und versuchte zu lächeln. Das hier war so unwirklich. Sie warf einen verstohlenen Blick nach hinten auf den Kindersitz. Vielleicht lag sie ja noch oben in ihrem Bett und träumte das alles?

»Warum fragst du?«

Ihre Stimme klang so dünn, als wäre sie aus Seidenpapier. Georg sagte nichts. Er sah sie nur an, und sein wissender Blick traf Emma in einem sehr verborgenen Winkel ihrer Seele. Als könnte er ihn sehen, diesen Friedhof, in dem sie die Emma von früher begraben hatte.

»Warum?«, wiederholte sie.

Georg wandte den Blick ab, und da war wieder dieses Schulterzucken, langsamer, fast schwerfällig. Er verschränkte die Arme und starrte auf die Straße.

»Weil ich nicht den Eindruck habe, dass es dir gut geht.« Er seufzte.

Wieso hatte sie auf der Scheidung bestanden? Wieso hatte er zugestimmt? Und wieso hatte er es dann über sich gebracht, einfach so eine Familie zu gründen? Er hatte sie ausgetauscht. Durch eine intakte Variante. Jeder ist ersetzbar. Er hatte sie verlassen. Aber er hatte gleichzeitig auch ihrem Wunsch stattgegeben. Hatte sie ihn von sich fortgestoßen und war dann verletzt und verwundert, als er wirklich gegangen war? Jetzt, neben ihm, verstand sie gar nicht mehr, wieso sie nur so versessen auf diese Idee gewesen war, eine Familie mit leiblichen Kindern zu gründen. Sie hätten doch Kinder adoptieren können. Pflegekinder. Waisenhäuser auf der ganzen Welt waren voll mit Kindern, die eine Familie brauchten. Oder war das gar nicht der wahre Grund für ihr Verhalten gewesen? Vielleicht hatte die Therapeutin doch recht mit ihrer Frage, was denn eigentlich hinter dieser fixen Idee der eigenen Kinder steckte, die anscheinend ihre Ehe gekostet hatte? Emma war damals sehr ärgerlich geworden und hatte das als Unsinn abgetan. Sie wusste ja nicht mal, ob die Therapeutin Kinder hatte oder nicht. Oder wollte oder nicht. Vielleicht verstand sie Emma schlicht und einfach nicht. Und zum ersten Mal war Emma nach dieser Sitzung überzeugt gewesen, nie wiederzukommen. Doch dann lag sie eine Woche später doch wieder auf der Couch und wunderte sich über ihre Inkonsequenz.

Wieso fiel ihr genau diese eine Sitzung hier neben Georg wieder ein? Sie musste auch an die hochgestochenen Worte denken, die ihre Therapeutin auf ihre Reaktion entgegnet hatte: »Aufrichtigkeit ist wahrscheinlich die verwegenste Form von Tapferkeit.«

Emma fand das damals nur abgehoben, und außerdem hatte sie gar nicht verstanden, was damit gemeint war. Dass sie nicht aufrichtig wäre und es einen »wahren Grund« für ihre Scheidung gäbe? Wieso dachte sie ausgerechnet jetzt daran? Sie zwirbelte ihre Haare zu einem Knoten, als würde ihr das helfen, ihre Gedanken in Schach zu halten. Sie spürte Georgs Blick, und das machte sie noch nervöser.

Wann war sie das letzte Mal aufrichtig gewesen? Richtig aufrichtig? Zu sich selbst? Jemand anderem? Wenigstens zu ihrer Therapeutin, der sie dafür hundert Euro die Stunde zahlte?

Anscheinend war Aufrichtigkeit in ihrer Familie keine weit verbreitete Eigenschaft. Ihre Mutter hatte schließlich auch ein Geheimnis. Ihr schweigsamer Bruder offenbarte seine Gedanken nur im Rausch, und Fred und sie überspielten seine beschämende Frage so gekonnt, als wären sie Kandidaten in einer politischen Diskussion. War sie zu Georg aufrichtig gewesen?

Es fühlte sich so an, wenn sie an die Zeit mit ihm dachte – bevor ihr Traum der kleinen Familie zerplatzt war. Es stimmte, ab dem Moment war Aufrichtigkeit in ihrem Leben eine Randerscheinung geworden. Kein Wunder, dass sie nicht mehr schreiben konnte. Sie sah wieder zu Georg, dieses mitfühlende Lächeln in seinem vertrauten Gesicht, von dem sie jede kleinste Falte kannte. Vielleicht waren ein paar dazugekommen. Das Grübchen am Kinn, das sie so oft gestreichelt und von dem sie den Rest Rasierschaum weggestrichen hatte.

»Du fehlst mir«, sagte sie. Das auszusprechen fühlte sich an wie eine Erlösung. Er nickte, als würde er es schon wissen. Als würde er alles wissen, weil er sie kannte wie kein Zweiter.

»Ich habe nicht erwartet, dass es so wäre. Und ich kann immer nur daran denken, dass du mit einer anderen Frau hast, was wir immer wollten. Das heißt nicht, dass ich es dir nicht gönne, nur …«

»Nein, Emma.« Er schüttelte den Kopf. »Ich wollte dich. Ob Kinder oder nicht, oder in welcher Art auch immer, das war für mich nur eine Draufgabe. Aber irgendwann wurde mir klar, dass ich nicht mehr das war, was du wolltest.«

»Das ist nicht wahr.«

»War es das nicht, Emma? Ich habe keine Ahnung. Ich weiß nur, dass es sich für mich so angefühlt hat. Als würde dich schon allein mein Anblick stören.«

Sie wusste, was er meinte. Es hatte eine Zeit gegeben, nach der Diagnose, als sie Georg nicht ansehen konnte, ohne daran erinnert zu werden, was nicht möglich war. Und dabei war es gar nicht er. In der Therapie hatte Emma herausgefunden, dass sie sich schuldig fühlte – als hätte sie versagt. Trotzdem, dass er jetzt alles auf sie schob, das war nicht fair. Emma spürte diese vertraute Wut im Bauch.

»Dann war also alles meine Schuld?«

»Was? Nein.« Es klang nicht so, als würde er es ernst meinen. »Nein, natürlich nicht.«

»Okay. Dann sag mir, was du falsch gemacht hast?«

»Darum geht es jetzt hier aber nicht«, wich er aus.

»Doch. Du denkst nämlich, du hast gar nichts falsch gemacht. Weil ihr Männer das immer denkt.«

Emma wusste, dass es ungerecht, verallgemeinernd und auch nicht wahr war. Aber sie hatte es einfach so satt.

»Weißt du, ich möchte nur einmal erleben, dass ein Mann zugibt, er hat es genauso verbockt. Aber das könnt ihr gar nicht, oder? Immer wenn Männer von ihren Trennungen erzählen, sind sie die Opfer. Ich wollte ja, aber sie …«

Georg sah sie mit diesem Blick an, der ihr zu verstehen geben sollte, dass er sich auf solche Spielereien nicht einließ. Das hatte er nie getan. Und eigentlich war sie auch nie so ein Mensch gewesen.

»Aber ich bin schließlich nicht losgezogen, um mir eine neue Frau zu suchen, mit der ich endlich eine Familie gründen kann«, verteidigte sie sich.

Er sah sie so verletzt an, dass Emma ihre Worte sofort bereute. Sie wusste selbst, dass es nicht fair war.

»Denkst du das wirklich, Emma?«

Sie sah die junge Frau, die sie vorhin aus dem Fenster beobachtet hatte. Sie ging gerade mit ihrem kleinen Mischlingshund vorbei. Mit diesem zufriedenen »Ich hatte fabelhaften Sex«-Ausdruck im Gesicht, den Emma aus ihrer Erinnerung kannte.

»Emma? Denkst du das von mir?«, fragte er mit Nachdruck. Nein, das tat sie nicht. Vielleicht war es deswegen so schwer – weil sie nicht einfach so auf Georg wütend sein konnte. Ihre Gefühle waren vielschichtiger.

Die erwartete Erleichterung, als er endlich in die Scheidung eingewilligt hatte, war ausgeblieben. Ihr Schmerz blieb unverändert. Sie beide hatten Fehler gemacht, und Emma war daran genauso beteiligt wie er. Und dann hatte er seine eigene Familie gegründet, und obwohl Emma das nicht fühlen wollte, brach es ihr das Herz. War es Neid? Eifersucht? Sie sah ihn an und dachte an Fabienne und daran, wie berechtigt ihre Frage gewesen war. Sie liebte Georg. Sie liebte ihn so sehr, dass sie gar nicht klar denken konnte. In ihrem Herzen war er immer noch ihr Mann. Als würde es sich weigern, anzuerkennen, was ihr Verstand so vehement eingefordert hatte. Sie wollte ihn zurück, sie wollte ihr altes Leben zurück. Vor plötzlicher Sehnsucht, Georg anzufassen, von ihm berührt zu werden, fing sie an zu zittern. Was war nur los mit ihr?

»Nein, das denke ich nicht, Georg.«

Er sah aus der Windschutzscheibe auf die Straße, als könne er Emma nicht ansehen. »Es war nicht geplant. Also … die Schwangerschaft. Sie ist einfach passiert.«

22.

Hannah stand wie verabredet vor dem Gasthaus, an dem sie der Busfahrer am Vorabend abgesetzt hatte. Nach dem Anruf zu Hause war sie zu Fuß in das Gasthaus gegangen und hatte sich ein Zimmer genommen.

Sie verstand es selbst nicht, wie hatte sie nur so gedankenlos sein können? Nach allem, was Stefan, Emma und Fred wegen Johns Verschwinden durchgemacht hatten?

Als hätte dieser Teil ihres Verstands ausgesetzt.

Sie war so erschöpft, dass sie sofort einschlief, kaum hatte sie sich angezogen aufs Bett gelegt.

Beim Frühstück hatte sie in dem weichen Ei herumgestochert, das ihr ungefragt auf den Tisch gestellt worden war. Gleich zweimal bestellte sie Kaffee nach, obwohl er wässrig schmeckte.

Erstaunlich viele Gäste waren hier. Wahrscheinlich Wanderer.

Endlich sah sie aus der Ferne den Bus heranrollen. Sie hob die Hand, als sie den Fahrer erkannte.

Auch im Bus waren mehr Menschen als gestern Abend. Erst weiter hinten fand sie eine freie Reihe und setzte sich ans Fenster. Die Landschaft wechselte, sie kamen durch kleine Dörfer, vorbei an Feldern, Wiesen und Wald. Leute unterhielten sich über geplante Wanderrouten und die besten Gasthäuser am Weg zur Einkehr. Hinter ihr packte jemand etwas zu essen aus, es roch nach Wurstsemmeln und Käse. Ein Zischen war zu hören, als eine Dose geöffnet wurde, es war alles so normal.

Und dort, auf diesem mit grauem Stoff überzogenen Sitz, spürte Hannah, wie sehr sie sich nach dieser Normalität sehnte. Und immer gesehnt hatte. Sie dachte an die gemeinsamen Abendessen mit ihren Kindern, als sie kleiner waren und ihr noch von ihrem Schultag erzählten. Die Geburtstage, das aufgeregte Ausblasen der Kerzen, weil sich dann ein Wunsch erfüllte. Weihnachten, wenn sie vollkommen erledigt die Tür zur Bescherung öffnete und alles vergaß, wenn die Kinder den Christbaum das erste Mal sahen. Ausflüge an Sonntagen, um das eigene Gewissen zu beruhigen, weil die Kinder doch mehr rausmussten als nur in den Garten. Oder Schwimmbadbesuche mit fettigen Pommes vom Buffet. Vanilleeis mit Nutella im Garten an heißen Tagen gegen aufgeschlagene Knie oder später bei Liebeskummer. Durchwachte Nächte bei Grippe jeder Sorte, bei eingebildeten Krankheiten wegen bevorstehender Schularbeiten, beim Warten auf heimkehrende Kinder nach Partys oder Discobesuchen. Dazwischen die Erleichterung, weil Stefan sein Stottern überwunden hatte, über gute Noten und bestandene Prüfungen. Und das Ruhebewahren bei schlechten Noten und Elternsprechtagen. Die Übernahme der Hausverwaltung ihrer Eltern, in der sie schon immer mitgearbeitet hatte. Und dann später der Auszug der Kinder, das Schleppen von Kisten und das Aussuchen von Küchen und Waschmaschinen. Die plötzliche Stille im Haus, an die sie sich erst hatte gewöhnen müssen. Das Aufwachen neben Martin in ihrem Bett, wenn er mal wieder zu laut schnarchte und sie vergessen hatte, die Ohropax zu verwenden. Wie sie seine Hand hielt, weil sie dann besser einschlafen konnte. Sein Lächeln, mit dem er ihr den ersten Kaffee in die Hand drückte, weil er wusste, dass sie vorher kaum ansprechbar war. Die Telefonate mit ihm in der Mittagspause, um nur mal zu hören, wie es dem anderen ging. Pizza vom Lieferservice beim *Tatort*. Sonntage im Pyjama im Bett. Sonntage ohne Pyjama im Bett. Salbe, die Martin für ihre schmerzenden Schultern besorgte, wenn sie zu viele Überstunden in der Hausverwaltung gemacht hatte.

Hannah dachte daran, dass ihre Kinder schon lange keine Kinder mehr waren, auch wenn sie das für sie immer bleiben würden. Sie erinnerte sich an ihr eigenes Erstaunen, als sie plötzlich und scheinbar über Nacht eine Gleitsichtbrille brauchte. Graue Haare, die auftauchten, als hätte sie einen Dünger dafür zu sich genommen. Fältchen um die Augen und am Hals, wo vorher keine gewesen waren. Und wenn sie die Haut am Handrücken hochzog, blieb sie plötzlich ein paar Sekunden stehen, bis sie sich langsam wieder senkte. Hannah hatte kein Problem mit dem Älterwerden. Aber sie wartete die ganze Zeit darauf, dass sie sich auch anders fühlte. Dass die Weisheit der Jahre und des Lebens von ihr Beschlag nehmen würde, ganz automatisch, genauso wie ihr Körper sich dem Alter hingab. Doch das schien nicht zu passieren. In ihrem Inneren blieb sie vollkommen gleich.

Und die Wunde, die John mit seinem Verschwinden aufgerissen hatte, war nie verheilt. Wie sonst war es zu erklären, dass sie nun in diesem Bus saß und die Normalität, die sie sich so erkämpft hatte, hinter sich ließ?

»Hallo«, rief der Busfahrer von vorne. »Die Dame von gestern Abend. Sie müssen hier umsteigen.«

Hannah brauchte einen Moment, bis sie begriff, dass er sie meinte. Er zeigte, wo sie auf den Anschlussbus warten musste.

»Der sollte in zwanzig Minuten da sein. Also dann, servus«, sagte er.

Sie bedankte sich und stieg aus. Mittlerweile hatte es zu regnen begonnen, das hatte sie gar nicht mitbekommen. Dicke Tropfen zerplatzten auf dem Asphalt. Rasch stellte sie sich unter das Vordach der Bushaltestelle und drückte sich in die hinterste Ecke. Niemand sonst war ausgestiegen. Donner krachte so laut, dass sie zusammenzuckte. Das war nichts weiter als ein kurzes Sommergewitter, wahrscheinlich würde es bald vergehen. Sie stellte ihre Tasche zwischen die Beine und sah sich um. Nur Gegend und noch mal Gegend.

Beim Gedanken, wie nah sie ihrem Ziel bereits war, schloss sie die Augen. Etwas Nasses kroch ihren Hals entlang, sie reckte den Kopf, ob das Dach vielleicht undicht war. Doch da war nicht die kleinste Lücke zu entdecken.

Sie fasste sich ins Gesicht. Das war kein Regen, es waren Tränen. Rasch wischte sie ihr Gesicht mit dem T-Shirt trocken. Sie fühlte sich so einsam wie schon lange nicht mehr. Eingeschlossen in ihrer eigenen Welt mit allen darin verborgenen Erinnerungen, begangenen Fehlern und verschwiegenen Tatsachen, rückte sie ihrer Vergangenheit näher.

Nach diesem Schritt wäre nichts mehr wie bisher. Beim Gedanken daran trat sie aus dem Wartehäuschen und hielt ihr Gesicht in den Regen.

23.

Martins Kaffee schmeckte wunderbar. Stefan konnte sich nicht erinnern, schon mal so einen guten Kaffee getrunken zu haben. Kräftig, aber nicht bitter, cremig und mit einer malzigen Note. Ohne zu fragen, schmierte Martin ein Butterbrot, holte ein Glas Erdbeermarmelade aus dem Kühlschrank und stellte beides vor Stefan auf den Tisch.

Mit einer Selbstverständlichkeit, als hätte er Stefan schon Hunderte Male Frühstück gemacht. Er setzte sich Stefan gegenüber und strich sich durch die grauen Haare.

Sein Gesicht war zerknittert, er war unrasiert und starrte mit der Kaffeetasse in der Hand gedankenverloren auf den schwarzweißen Fliesenboden. Stefan war noch ein bisschen schwindlig, wahrscheinlich von dem Medikamenten-Alkohol-Cocktail.

Er konnte nicht aufhören, an John im Garten eben zu denken. Natürlich war es eine Halluzination gewesen, das wusste er selbst. Aber er hatte so echt gewirkt. Hatte seine Mutter sich auch so gefühlt, als sie den Homepage-Designer mit ihm verwechselt hatte? Als wäre ihr ein Stück aus ihrem Brustkorb gerissen worden?

Vielleicht hatte sie auch diese Schmerztabletten genommen, bevor sie den Cognac getrunken hatte? Aber warum war sie dann noch immer weg? Warum musste sie etwas »klären«?

Stefan entwich ein Stöhnen, er musste sich zusammenreißen. Martin sah hoch und lächelte traurig.

»Was macht deine Forschung?«

Diese Frage war so rührend, dass es Stefan unangenehm war und er nicht wusste, wo er hinsehen sollte. Nicht, weil es ungewöhnlich war, dass Martin ihn fragte. Er erkundigte sich immer danach und hörte sich alles interessiert an. Aber wahrscheinlich war Martin gerade halb wahnsinnig vor Sorge um Hannah. Er zumindest war es. Die kurze Erleichterung, weil seine Mutter sich gestern gemeldet hatte, war zuerst dem Ärger gewichen, und jetzt fühlte er nur noch Angst. Etwas stimmte nicht. Irgendetwas musste passiert sein. Am liebsten wollte er Martin davon erzählen, wie sie ihn in der Hausverwaltung angesehen und geweint hatte.

Ob Martin überhaupt wusste, wie es Hannah nach Johns Verschwinden ergangen war? Stefan glaubte nicht nur an das Prinzip von Ursache und Wirkung, es waren unumstößliche Eckpfeiler seiner Forschungen. Manchmal musste man den umgekehrten Weg gehen. Wenn man das Ergebnis der Wirkung kannte, begann die Suche nach der Ursache. Nicht anders konnte es hier sein. Was es auch war, es gab einen Auslöser, einen Grund für Hannahs Verschwinden. Das passte alles nicht zusammen.

»Die Forschung läuft gut, alles perfekt«, sagte er und biss von dem Butterbrot ab. Der Brotteig klebte am Gaumen, er bekam den Bissen kaum runter und aß nur, um Martin eine Freude zu machen.

Martin nickte. »Das ist gut.«

Sie saßen schweigend da, das einzige Geräusch war Stefans Kauen.

»Meinst du, Fred hat recht?«, fragte Martin unvermittelt. Stefans Hals zog sich zu, er verschluckte sich fast. Natürlich sollten sie nach Hannah suchen. Was auch sonst? Es war unerträglich, nicht zu wissen, was mit ihr los und wo sie war. Aber Fred alles überlassen? Die Polizei einschalten?

Martin dachte anscheinend dasselbe, denn er stellte seinen Becher so energisch am Tisch ab, dass der Kaffee überschwappte.

»Ich weiß einfach nicht, was ich tun soll. Gestern habe ich bei einem Privatdetektiv angerufen, heute Nachmittag habe ich einen Termin bei ihm. Aber jetzt hat sich Hannah gemeldet. Und es war die Hannah, die ich kenne. Sie hat sich nicht verstellt, sie hat ganz normal geklungen. Es war ihr wirklich wichtig. Und was weiter? Soll ich hier sitzen und warten? Dann denke ich wieder, sie war doch in letzter Zeit so bedrückt. Was ist, wenn …«

Er sprach nicht weiter, und Stefan biss die Zähne zusammen. Nein, es konnte doch nichts Schlimmes passieren. Martin hatte recht, sie hatte gestern am Telefon so normal, viel zu besonnen geklungen. Er wusste, wie sie sich anhörte, wenn sie log. Nämlich genauso wie er. Ursache und Wirkung. Auswirkung. Die Auswirkung war, dass seine Mutter nicht da war. Ursache unbekannt.

»Vielleicht rufe ich noch mal diesen Mann an, der die Homepage der Hausverwaltung gestaltet hat«, sagte Martin und stand auf. »Er war schließlich der Letzte, mit dem Hannah gesprochen hat.«

Martin verließ die Küche. Stefan legte das Butterbrot auf den Teller und starrte es an. Der Letzte, mit dem Hannah gesprochen hatte. Nein, das stimmte nicht! Er sprang so schnell auf, dass sein Stuhl hinter ihm umkippte.

»Sind Sie auch von der Polizei?«, fragte die Frau, die Stefan im Hotel am Flughafen ausfindig gemacht hatte.

Ihren Namen hatte er sich nicht gemerkt, aber er wusste, wie sie aussah, dass seine Mutter ihr ein hohes Trinkgeld hinterlassen und Fred mit ihr gesprochen hatte. Verhört traf es wohl eher, ihrem ängstlichen Blick nach zu urteilen.

An der Rezeption hatte man anscheinend auch angenommen, er sei von der Polizei, denn der Concierge wusste sofort, wen er suchte, und gab bereitwillig Auskunft.

Die Frau trug ein braunes Hemdkleid, wahrscheinlich eine Art Reinigungsuniform, und umklammerte einen Wischmopp.

Der Boden im Treppenhaus, den sie eben gewischt hatte, glänzte feucht.

»Nein, ich bin nicht von der Polizei. Mein Name ist Stefan Schneider, ich bin der Sohn der Frau, die gesucht wird. Hannah Schneider, erinnern Sie sich?«

Sie sah ihn prüfend an, senkte ihren Blick zu seinem bunten Hemd, und plötzlich nickte sie mit einem leichten Lächeln.

»Sie kleine oder große Sohn?«

Kaum hatte sie das ausgesprochen, sah sie ihn erschrocken an. Stefan versuchte, sich seine Überraschung nicht anmerken zu lassen. Wie konnte sie das wissen, wenn sie, laut Fred, nur das Zimmer sauber gemacht und kein Wort mit Hannah gewechselt hatte?

»Ich bin der Jüngste«, sagte er ruhig. »Der Mann, der mit Ihnen gesprochen hat, Fred, ist mein älterer Bruder.«

»Mann von Polizei ist auch eine Sohn?«

Auf Stefans Nicken runzelte sie verwundert die Stirn.

»Hat er mir nicht gesagt.«

Stefan stellte sich vor, wie Fred sie betont sachlich befragt haben musste, ohne auch nur einen Hinweis auf seine persönliche Sorge zu geben.

Und da traf er eine Entscheidung. Er würde alles tun, was in seiner Macht stand, um Antworten zu bekommen. Er würde ihr den Sohn zeigen, der seine Mutter suchte. Dass diese Frau mehr wusste, als sie Fred erzählt hatte, davon war er überzeugt.

»Entschuldigung, ich habe Ihren Namen vergessen, Frau …?«

»Amari.«

Er streckte ihr die Hand entgegen. Nach kurzem Zögern schüttelte sie sie. Ihre Haut fühlte sich kühl und rau an. Eine Tür zum Treppenhaus wurde geöffnet, Frau Amari zog sofort ihre Hand zurück und lauschte. Die Tür schloss sich wieder, Schritte waren keine zu hören. Sie deutete zum Boden.

»Tut leid, keine Zeit, muss sauber machen.«

Anscheinend hatte sie Angst um ihren Job.

»Ich schwöre Ihnen, Sie bekommen keine Schwierigkeiten, Frau Amari«, sagte Stefan so leise wie möglich. »Alles, was Sie mir erzählen, bleibt unter uns. Das verspreche ich Ihnen. Aber ich muss wissen, was meine Mutter Ihnen gesagt hat. Irgendwas ist passiert.« Ihm wurde heiß. »An dem Abend, als meine Mutter verschwand, hat sie einen Mann gesehen. Meinen Vater. Er war es gar nicht, er starb vor mehr als zwanzig Jahren. Vielleicht hat sie nur zu viel getrunken. Aber das erklärt nicht, warum sie noch immer fort ist.«

»Was meinen?«

Er schluckte.

Zu der Zeit, als seine Großmutter auf ihn, Emma und Fred aufpasste, hatte sie immer von den »kaputten Nerven« seiner Mutter gesprochen. Er wusste damals bereits, dass jeder Mensch Nerven in den Zähnen, in den Händen, dem Gesicht, sogar im Rücken hatte. Auf die Frage, welche Nerven genau bei seiner Mutter denn kaputt wären, sagte seine Großmutter, es seien die im Kopf. Auf der Fahrt zum Flughafen hatte er darüber nachgedacht. Wenn es nun keine Affäre war, wie Emma dachte? Sondern wenn Fred recht hatte mit seiner Schockreaktion auf ein erlebtes Trauma? Reichte der Cocktail aus Cognac und Schmerzmitteln vielleicht doch, um eine Psychose auszulösen?

Frau Amari murmelte etwas, das Stefan nicht verstand. »Wie bitte?«

»Ihre Mutter nicht verrückt, wenn Sie das meinen«, wiederholte sie. Gleich darauf stieß sie Luft aus, als würde sie das eben Gesagte bereuen. »Ich muss weiterarbeiten, noch viel zu tun, ganze Stiegenhaus«, sagte sie schroff und deutete zum oberen Stockwerk.

»Sie haben mit ihr darüber gesprochen?«

Sie schüttelte den Kopf und umklammerte ihren Wischmopp fester, als rechnete sie damit, sich mit ihm verteidigen zu müssen. Energisch fing sie an zu wischen.

Stefan streckte seine Hand aus und legte sie ganz leicht auf Frau Amaris Unterarm. Sie hielt sofort inne und sah ihn an. Ihre Gesichtszüge wurden weich. Fast so, als hätte sie mit ihm Mitleid. Stefan konnte sich nicht erinnern, wann er das letzte Mal von sich aus einen Menschen, den er so kurz kannte, berührt hatte.

»Frau Amari, ich möchte …« Er suchte nach den richtigen Worten, aber alles, was ihm einfiel, war: »… meiner Mutter beistehen.«

Sie sah ihn an, als verstünde sie nicht, was er damit meinte.

»Sie nicht allein lassen. Ich will für sie da sein. Früher, da ging es ihr schon mal schlecht. Ich will einfach nur bei ihr sein. Damit sie nicht allein ist.«

Stefan ließ ihren Arm los, er wollte Frau Amari nicht in Bedrängnis bringen und hob entschuldigend die Schultern. Sie sah weg und seufzte leise.

»Ich dachte, sie würde selber sagen.«

»Was selber sagen?«

»Was sie hat mir erzählt.«

»Aber das hat sie nicht. Bitte. Wo ist sie?«

Sie schüttelte energisch den Kopf.

»Ich wirklich nicht weiß, wo Mama ist. Müssen Sie mir glauben.«

»Was wissen Sie dann?«

»Bitte, kann ich nicht sagen. Ist nicht richtig, wenn ich sage.«

»Wir machen uns Sorgen um sie.«

»Ich verstehe, aber … tut mir leid.«

Stefan fühlte sich wie gelähmt. Es musste doch etwas geben, das er tun konnte, um sie zum Reden zu bringen. Er griff nach seinem Portemonnaie.

»Und wenn ich Ihnen Geld gebe?«

Schon in dem Moment, als er es ausgesprochen hatte, wusste er, dass es ein Fehler war. Frau Amari fing wieder an zu wischen und kehrte ihm den Rücken zu.

»Auf Wiedersehen, Herr Stefan.«

Sie ging vor zu den Treppen, und Stefan hätte sich jetzt am liebsten umgedreht und wäre gegangen. Er hatte es versucht, ohne Erfolg. Das hier war eben kein Experiment, es war das echte Leben. Und er fühlte sich darin wie ein kompletter Versager. Trotzdem blieb er stehen.

Gib nicht auf! Gib! Nicht! Auf!

Er sah zu, wie Frau Amari die erste Stufe reinigte, die zweite. Er musste etwas sagen. Jetzt. Sofort.

»Als ich acht Jahre alt war, habe ich zu stottern begonnen.«

Seine belegte Stimme hallte durch das Treppenhaus. Ihm blieb kurz die Luft weg. Frau Amari hielt inne.

»Ich konnte keinen normalen Satz mehr sagen. Weil ich immer größere Angst davor hatte, hab ich einfach nicht mehr geredet. Mama hat jeden Tag mit mir geübt. Jahrelang. Ich war oft verzweifelt. Hab mich geschämt. Aber sie hat einfach weitergemacht. Irgendwann hat es dann aufgehört. Ich weiß selbst nicht, warum, es ist einfach passiert. Sie hat so getan, als wäre das ganz normal. Als wären diese Jahre, die sie fast jeden Tag mit mir dagesessen hat, nicht mehr als ein paar Wochen gewesen. Sie hat einfach nicht aufgegeben.« Das hatte er noch nie jemandem erzählt. Nicht Caroline, nicht Anja oder sonst wem. Er fühlte sich sehr klein und ein bisschen wie ein Idiot. Frau Amari drehte sich langsam zu ihm um. In ihre Stirn hatten sich tiefe Furchen gegraben. Er hielt ihrem Blick stand. Ganz von selbst kam ein sehr leises »Bitte« über seine Lippen.

Frau Amari nickte und stieß einen tiefen Seufzer aus. Und sein Herz klopfte plötzlich wie wild.

»Ihre Mama sehr traurig. Weil, sie hat gemacht einen Fehler. Als Ihre Mama gesagt hat, Ihr Papa ist tot …«

Sie schluckte, ihre Augen glänzten.

In einer Sprache, die Stefan nicht verstand, sagte sie etwas, das sich anhörte wie ein Stoßgebet.

»… das war Geschichte. Ihr Papa nicht gestorben. Hat sie erfunden, weil Kinder haben immer nur gewartet.«

Stefan hatte das Gefühl, der Boden unter den Füßen würde ihm weggezogen. Irgendetwas rauschte, er konnte nicht sagen, ob das sein Blut oder ein Abfluss war.

»Was? Sie hat … was?«

Ihm fehlten die Worte, als wären sie in diesem Rauschen weggespült.

»Hat so getan, als hätte er Unfall weit weg, damit niemand mehr hofft, dass er kommt zurück. Und dann hat sie nie Wahrheit gesagt, weil so viel Angst.«

»Angst?«

Seine Stimme war hochgerutscht. Für den Bruchteil einer Sekunde wünschte er sich, er hätte nicht gefragt. Das war nicht wahr. Es konnte nicht wahr sein.

»Angst, dass ihr nie werdet verzeihen, wenn erfahren, dass Papa nicht tot.«

24.

John, vor fünfzehn Jahren

Das Erste, was John in die Nase stieg, als er erwachte, war der süße Vanillegeruch.

Alles tat ihm weh, sein Körper fühlte sich an, als wäre er mit Nägeln gespickt. In seinem Kopf wütete ein Orkan. Er wollte schreien, um sich schlagen. Aufhören! Aufhören!

Er lag in einem Bett. Seine Augenlider fühlten sich zentnerschwer an. Die weiße Bettwäsche, die weiße Wand, der weiße Vorhang, alles brannte in seinen Augen. Er keuchte vor Schmerz. War er in einem Krankenhaus? In der Halterung über dem Bett hing eine Glasflasche, der Schlauch führte zu seiner Armbeuge. Eine Infusion. Auf dem kleinen Tischchen neben dem Bett stand ein geöffneter Vanillepudding, vom Plastikbecher grinste ihm ein Teddybär entgegen.

Er hob den Kopf, ließ ihn aber vor Schmerz sofort wieder in das Kissen sinken. Ihm war so unglaublich schlecht, er hatte den bitteren Geschmack nach Erbrochenem im Mund.

Was war passiert? Wie war er hierhergekommen? Und wo war er überhaupt? Er war so erschöpft, dass er gar nicht denken konnte. Er strengte sich an, fiel aber dabei in einen wirren Dämmerschlaf. Als jemand sich an der Infusion in seinem Arm zu schaffen machte, wachte er auf und schreckte hoch.

»Ruhig, ruhig«, sagte die Krankenschwester. Sie hatte lange graue Haare, die zu einem Zopf gebunden waren, und ihr Schwesternhemd war zu eng und spannte über dem üppigen Oberkörper.

»Langsam. Sie haben lange geschlafen. Wie geht es Ihnen?«

John öffnete den Mund, um etwas zu sagen, aber seine Stimmbänder gehorchten ihm nicht, und es kam nur ein heiserer Laut heraus. Die Krankenschwester nickte, hielt einen Becher an seine Lippen und hob mit der anderen Hand seinen Kopf an, damit er trinken konnte.

»Ich habe hier auch ein bisschen Pudding, wenn Sie etwas essen wollen.«

Schon der Gedanke daran ließ ihn würgen.

»Wo bin ich?«, krächzte er.

»Klinikum Nürnberg Nord.«

»In Nürnberg?«

Sie nickte. Wieso war er in Nürnberg? Er wollte doch schon so lange nach Wien. Zurück zu Hannah, Emma, Stefan und Fred. Das war der Plan, er musste sich wieder hinkriegen, ganz werden, sich selber auf die Reihe bekommen. Er hatte lange über diesen Anruf zu Hause nachgedacht.

»John ist tot.«

Die erste Zeit hatten ihn diese drei Worte zerrissen. Vielleicht war das auch nur eine willkommene Ausrede, um wieder zu trinken. Aber dann hatte er angefangen zu begreifen. Sie nahmen an, er sei tot, weil sie es sonst nicht verstehen konnten, warum er fort war. Er wollte ihnen schreiben, hatte schon millionenfach begonnen, auf Papierfetzen, in Gedanken, beim Einschlafen, beim Aufwachen.

Und dann? Wenn sie wüssten, warum er gegangen war, wie sollte ihnen das helfen? War es so nicht leichter für alle? Wer wartete schon auf die Rückkehr eines Toten?

Die Jahre waren so rasend schnell vergangen. Es gab keine Tage mehr, die er hätte zählen können. Hannah fehlte ihm so sehr, dass er manchmal das Gefühl hatte, es würde ihn umbringen. Wenn er betrunken war, dann war sie bei ihm, er sah ihr Lächeln, die schönen Augen, ihren wunderbaren weichen Körper und hörte ihre Stimme. Erst letztens hatte er Anton von ihr erzählt.

Und da fiel es ihm wieder ein. Anton war gestorben. Eines Morgens war er zu seinem Bett gegangen, um ihn zu wecken und ihm aufzuhelfen. Doch Anton war einfach nicht aufgewacht.

Ihm kamen die Tränen, aber er wollte nicht vor der Krankenschwester weinen.

Was war geschehen, warum lag er jetzt hier? Hatte er einen Unfall gehabt? Da war keine Erinnerung, nur Hämmern in seinem Kopf, und er fing an, unkontrolliert zu zittern.

»Ich erhöhe die Dosis, dann geht es Ihnen besser«, sagte die Krankenschwester.

»Was ist passiert?«

»Sie hatten Glück. Alles Weitere sagt Ihnen die Sozialarbeiterin. Sie kommt am Nachmittag.«

John sah zu, wie sie die Glasflasche wechselte, das Ventil aufschob und auf den Tropf klopfte. Sie kontrollierte seine Armbeuge und nickte zufrieden. Ganz langsam sickerte die Bedeutung ihrer Worte zu ihm durch.

Sozialarbeiterin?

»Brauchen Sie noch etwas?«, fragte sie und zog den Vorhang zur Seite. Da lag jemand im Bett neben ihm, aber er sah nur einen Rücken und schwarze Haare. Am Fußende stand eine Frau um die Mitte dreißig mit genauso schwarzen Haaren. Sie war sehr groß, soweit John das beurteilen konnte. Ihre Augen waren verquollen, die breite Nase ganz rot. Als John sie ansah, lächelte sie, aber es war das traurigste Lächeln, das er je gesehen hatte.

»Wieso Sozialarbeiterin?«, fragte er, doch die Krankenschwester schüttelte den Kopf und verließ das Zimmer. Er starrte an die Zimmerdecke, der Orkan in seinem Kopf zog langsam fort und ließ ihn in einem dumpfen Nebel zurück. Die Augen fielen ihm zu. Im Bett nebenan hörte er leises Flüstern, es wiegte ihn in den Schlaf.

»He, du schnarchst wie eine Dampflok«, sagte sein Bettnachbar laut. John schreckte hoch und blickte hinüber. Der Mann hatte ihm den Kopf zugedreht, er war jung, höchstens Anfang zwanzig, mit einem blassen eingefallenen Gesicht. Er grinste, doch die große Frau, die sich zu seinem Fußende gesetzt hatte, boxte leicht auf den Deckenberg.

»Entschuldigung, mein Neffe hat das nicht so gemeint«, sagte sie.

»Sorry«, sagte John.

»Macht ja nix«, sagte der junge Mann kleinlaut. »Ich bin Felix, und das ist Regina.«

»Hallo, ich bin John.«

Er war so müde, ihm fielen schon wieder die Augen zu.

»Übrigens, es war eine Vergiftung«, sagte Felix. »Aber mehr weiß ich auch nicht.«

»What?«, fragte John benommen.

»Du wurdest eingeliefert, weil du fast an einer Alkoholvergiftung draufgegangen wärst«, hörte er noch, dann schlief er auch schon ein.

25.

Es war nicht das erste Mal, dass Stefan den Namen seines Vaters googelte. Unter John Wilkinson gab es mehr als 60 Millionen Einträge. Bis jetzt hatte das Stefan zwar selten, aber doch vielleicht einmal im Jahr gemacht, weil er nach Gemälden oder Skulpturen seines Vaters Ausschau hielt. Aber noch nie hatte er die Ergebnisseiten nach einem Lebenszeichen durchgescrollt. Zumindest hätte er das nie zugegeben. Er war schließlich nicht Emma mit ihrer überbordenden Fantasie.

Nein, das, was er gehört hatte, konnte nicht wahr sein. Das war unmöglich. Das war entweder eine Lüge oder ein Hirngespinst von Hannah, eine Psychose, eine Einbildung oder vielleicht auch ein Wunschtraum, so wie Emma es sich immer erhofft hatte.

John war tot. Seine Mutter hatte nicht gelogen. Sie konnte doch gar nicht lügen, ohne dass man es merkte. Was Frau Amari ihm erzählt hatte, war einfach idiotisch.

Aber wieso fühlte es sich dann so anders an?

Stefan wollte nicht daran denken, wieso in dem Moment etwas mit einem Ruck in ihm eingerastet war, von dem er gar nicht gewusst hatte, dass es lose in ihm herumtrieb. Warum gab es diese Gewissheit in ihm? Die tief unter seiner Weigerung keine Sekunde an dem zweifelte, was er vorhin gehört hatte? Die für jedes Mal, wenn seine Mutter sogar nach all den Jahren fluchtartig den Raum verlassen hatte, kaum wurde John von irgendjemandem erwähnt, einen Grund erkannte?

Stefan konnte sich nicht erinnern, dass sie auch nur einmal nach Johns Tod seinen Namen erwähnt hätte. Fast so, als hätte es ihn nie gegeben. Vielleicht tat sie das gar nicht, um die Erinnerung an ihn zu verdrängen? Sondern die an ihre Lüge?

Den ganzen Weg im Taxi zurück in die Stadt hatte Stefan die Lieder aus dem Autoradio übersetzt, so wie Emma das früher getan hatte. Es war die einzige Möglichkeit, sich abzulenken, sonst hätte er den Fahrer bitten müssen, am Pannenstreifen stehen zu bleiben, damit er sich übergeben konnte. Das Gebrüll in seinem Kopf wurde ersetzt durch Zeilen über hell leuchtende Diamanten, die in der Dunkelheit glitzerten, alte Fotografien, die in Hosentaschen aufbewahrt wurden, oder Mädchen, die Partys feiern wollten. Jetzt saß er auf einer Parkbank am Karlsplatz, und der Bildschirm des Smartphones flackerte vor seinen Augen, als hätte er in ein Blitzlicht geschaut.

Sie hatten nie Johns Grab besucht. Gab es überhaupt eine Sterbeurkunde? Falls ja, dann hatte er sie nie gesehen. Ihre Mutter hatte ihnen nur von einem Anruf der österreichischen Botschaft in Bangkok erzählt. Was, wenn der nie stattgefunden hatte? Hatte es jemals einer von ihnen überprüft? Fred doch sicher. Natürlich, das hatte er ganz bestimmt.

Was sollte er jetzt tun? Es Emma sagen? Und was war mit Fred? Er würde Frau Amari wahrscheinlich sofort ins Kommissariat bringen lassen. Und was dann? Nachforschungen in der Botschaft in Thailand? Die brachten seine Mutter nicht zurück.

War sie bei John? War es das, was sie klären musste?

Papa nicht tot.

War er da irgendwo draußen und hatte Antworten auf die Fragen, die ihn sein Leben lang verfolgten? Warum bist du fort? Was haben wir falsch gemacht? Waren wir nicht genug? Und jetzt kam noch eine weitere dazu: Warum bist du nie zurückgekommen?

Stefan nahm sein Handy. Er starrte Emmas Telefonnummer

an, dann drückte er sie doch weg und wählte einen anderen Kontakt. Das Freizeichen erklang viermal. Er rechnete schon mit der Mobilbox, da war ein leises »Klick« zu hören.

»Hallo, Stefan!«

Marie klang fröhlich. Fast so, als würde sie sich freuen, dass er anrief.

»Hallo.« Seine Stimme hörte sich an wie die eines Toten, aber er konnte sich nicht zusammenreißen. »Es tut mir leid, ich komme heute nicht zur Arbeit.«

»Was ist los? Du klingst so … bist du krank?«

Er zögerte. »Nein.«

»Ist alles in Ordnung?«

»Nein.«

»Was ist denn? Stefan?« Sie fragte, als würde es sie wirklich interessieren.

»Meine Mutter ist verschwunden«, sagte Stefan und schloss die Augen.

»Ich verstehe nicht …? Was meinst du mit verschwunden?« Sie klang verunsichert.

Es war ein Fehler, er hätte gar nicht davon anfangen sollen.

»Gar nichts. Entschuldige. Ist Frau Dr. Renner da?«

»Ich weiß nicht. Soll ich nachsehen?«

»Nein. Gib ihr bitte nur Bescheid, dass ich nicht komme.«

»Natürlich. Mach ich.«

»Danke.«

Er wollte schon auflegen, doch dann hielt er inne. »Marie, was würdest du tun, wenn du draufkommst, dass eine Formel, die du als gültig erachtet hast, einen gefälschten Faktor enthält?«

»Was für eine Formel?«

»Eine Differenzialgleichung. Bei der ich Veränderungen berechne. Die ich aus vorgegebenen Daten erstellt habe. Das geht, wenn sie linear sind. Aber wenn sie nicht linear sind, ist es unmöglich, sie zu errechnen. Außer ich mache sie linear. Zum Beispiel durch eine Lüge. Dann ist es eine Fälschung – aber das bekommt keiner mit.«

Sie antwortete nicht, und er stellte sich vor, wie sie allein im Büro saß.

Warum hatte er sie damals bloß nie gefragt, ob sie mit ihm ausging? Wieso war er nur immer so ein elender Feigling?

»Ist ja auch egal«, sagte er.

»Wo bist du?«

Stefan sah zum Eingang der Technischen Universität hinüber. Er hatte sich ganz automatisch hierherfahren lassen, aber dann hatte er nicht hineingehen können. Was sollte er auch hier?

»In einem Park.«

Das war keine Lüge. Nur die halbe Wahrheit.

»Ist jemand bei dir?«

Er sagte »Nein«, aber da in dem Moment eine Funkstreife auf den Karlsplatz vor die Kirche fuhr, wurde seine Stimme von der Sirene übertönt.

»Du bist hier? Im Park vor der Uni?«, fragte sie.

Er antwortete nicht, weil er sofort Panik hatte, sie könnte runterkommen.

»Warte, ich komme runter«, sagte Marie.

Keine Minute später stand sie vor ihm, und an ihrem Gesichtsausdruck merkte Stefan, dass er offenbar so schlimm aussah, wie er sich fühlte.

Ihr weißes Hemd war offen und über dem Hosenbund in der Mitte geknotet. Auf dem T-Shirt darunter war Prinzessin Leias Kopf zu sehen. Als sie seinen Blick darauf bemerkte, sagte sie: »Ich hab mich heute Morgen vergriffen. Das ist Sophias Shirt.«

Sie setzte sich neben ihn. Ihr Geruch nach frisch gewaschener Wäsche und dem Hauch Lavendel hatte etwas Tröstliches.

»Was ist denn passiert?«

Er schüttelte den Kopf und ließ ihn sinken. Sie deutete auf seine Stirn.

»Tut es noch weh?«

So viel war passiert, er hatte seine Wunde, die sie erst gestern verarztet hatte, völlig vergessen.

»Nein.«

Eine Weile schwiegen sie, dann sagte Marie plötzlich:

»Weißt du, Stefan, es wäre nicht schlecht, wenn du mal über das reden würdest, was so in dir vorgeht. Dann wäre es auch nicht so eine große Überraschung, wenn du mitten in der Nacht solche SMS losschickst. Warst du betrunken?«

Er sah sie erstaunt an.

»Welche SMS?«

Sie zog eine Augenbraue hoch und zeigte ihm ihr Handy. »Die ist doch von dir? Oder hat sich irgendwer dein Handy geschnappt?«

Ich hab dich so gren.

Er wollte schon sagen, die sei nicht von ihm, da erinnerte er sich schwach. Ja, er hatte etwas abgeschickt, bevor er vollkommen benebelt auf der Couch eingeschlafen war. Stimmt, an Marie. Aber den Inhalt der Textnachricht hatte er nicht mehr gewusst.

Hätte sie ihm das unter anderen Umständen gezeigt, hätte er sich dafür entschuldigt und dann wahrscheinlich so getan, als wäre es nie passiert. Aber heute war nicht gestern, und irgendwie war ihm auch die Kraft ausgegangen.

»Es heißt *gern*«, sagte er.

»Oh. Ich habe mich schon gefragt. Hätte auch grün heißen können. *Ich hab dich so grün.* Was dann aber wenig Sinn gemacht hätte.«

Sie lächelte ein bisschen nervös, was Stefan überraschte.

»Also, was ist los?«, fragte sie wieder.

Als er nichts sagte, drehte sie sich zu ihm und zog ihr Hemd mehr zur Seite, damit der ganze Kopf von Carrie Fisher zum Vorschein kam.

»Sag es Prinzessin Leia.«

Obwohl ihm so elend zumute war, musste er lachen. Sie stützte ihren Ellbogen auf die Banklehne und legte den Kopf in die Hand.

»Ich bin ganz Ohr.«

Und da fing er an zu erzählen. Die Worte sprudelten aus ihm heraus, als hätten sie nur darauf gewartet, endlich ausgesprochen zu werden. Der letzte Tag mit John, der Zusammenbruch seiner Mutter, sein Stottern, Johns Tod, seine Forschung, die zu seiner Rettung wurde. Von der Party und dem Verschwinden seiner Mutter. Und von Martin, der sie so sehr liebte. Von dem, was Frau Amari eben gesagt hatte. Manchmal verhaspelte er sich, fing an zu stottern, aber er redete und redete. Von Emma, die so weit weg war, von Fred, der nie nah war. Von seiner Unfähigkeit für Beziehungen, diesem Gefühl, mit niemandem verbunden zu sein. Von der Ironie, dass gerade er auf die Protonen gestoßen war.

Kinder hüpften an ihnen vorbei, die Polizisten ließen sich von vermeintlichen Taschendieben die Ausweise zeigen, Angestellte hetzten zur Arbeit, Touristen schnatterten in unterschiedlichen Sprachen. Es war trubelig, doch für Stefan war es, als befände er sich auf dieser Parkbank neben Marie wie auf einem anderen Planeten. Als er fertig war, fühlte er sich so unglaublich müde, dass er sich am liebsten auf die Bank gelegt hätte.

»Und was hast du jetzt vor?«, fragte sie.

»Ich habe keine Ahnung. Fred kann ich es nicht sagen, der lässt sonst gleich ein Sonderkommando losziehen. Und Emma … was, wenn das alles nicht stimmt?«

Sie legte den Kopf in den Nacken.

»Der Mann deiner Mutter …«

»Martin.«

»Was ist mit Martin? Vielleicht weiß er ja was darüber?«

Marie hatte recht, trotzdem sträubte sich alles in Stefan. Warum war er bloß so ein Feigling?

»Keine gute Idee?«, fragte Marie.

»Doch. Aber – ich weiß auch nicht. Wenn ich dem nachgehe, dann ist es so ...«

»Real?«

Er nickte, und sie lächelte ihn an. Plötzlich legte sie ihre Hand auf seinen Handrücken.

»Du solltest das öfters tun«, sagte sie.

»Was?«

»Reden.«

Er hätte gerne seine Hand umgedreht – Innenfläche auf Innenfläche. Aber er zögerte zu lange, und da hatte sie ihre auch schon wieder weggenommen.

Sie verabschiedeten sich, und Stefan sah ihr nach, als sie zurück in die Uni ging. Beim Eingangstor drehte sie sich noch mal um. Er fühlte sich ertappt. Doch sie blieb einfach kurz stehen und blickte ihn an.

Ihm wurde warm, es kribbelte unter seiner Haut. Dann verschwand sie ins Gebäude.

Er brauchte drei Anläufe, um Martin anzurufen.

»Hallo, Stefan, ist es wichtig?«

Stefan wollte Ja sagen, stattdessen fragte er automatisch: »Warum?«

»Ich bin gerade in der Hausverwaltung. Frau Karinger hilft mir, ob wir vielleicht was finden, das einen Hinweis liefert.«

»Und?«

»Bis jetzt nichts.« Er flüsterte: »Ich glaube, ich werde doch den Privatdetektiv engagieren. Und bei dir?«

Stefan schluckte. Wie sollte er beginnen? Eine Gruppe Kindergartenkinder in der Nähe fing an zu quietschen, weil eine Taube im Tiefflug über ihre Köpfe segelte. Er war sogar dankbar für den

Lärm. Nein, er konnte das nicht so, in der Öffentlichkeit und per Telefon.

»Kannst du auf mich warten? Ich bin in zehn Minuten bei dir«, sagte er.

Er beeilte sich durch die Passage, die zur Oper führte. Lief die Kärntnerstraße entlang, hinter dem Stephansdom bog er rechts ab. Zwei Minuten später kam er außer Atem in der Hausverwaltung an. Frau Karinger, die Sekretärin mit dem weißen Lockenkopf, die schon für seinen Großvater gearbeitet hatte, öffnete ihm die Tür.

»Stefan, so was«, sagte sie und schüttelte den Kopf. »Ihre Mutter, also, es tut mir leid, ich bin ganz weg. Kaffee?«

»Gerne.«

Stefan wollte gar keinen, aber so würde sie beschäftigt sein, und er könnte mit Martin allein reden.

»Wo ist Martin?«

»Im Zimmer Ihrer Mutter.«

Martin saß hinter dem riesigen Glasschreibtisch, auf dem Unterlagen durcheinanderlagen. Er sah bekümmert auf und seufzte »Nichts« zur Begrüßung.

Stefan hatte sich geirrt. Hier vor Martin zu stehen war noch schlimmer, als es ihm am Telefon zu sagen. Frau Karinger kam herein und reichte ihm die volle Tasse. »Möchten Sie auch ein Stück Torte? Wir haben noch welche, vom Geburtstag – oh, pardon.«

Sie lächelte verlegen.

»Irgendwas gefunden?«, fragte sie Martin rasch.

Martin antwortete, aber Stefan hörte gar nicht richtig zu. Die Torte. Er hatte in der Küche darin herumgestochert, weil er auf seine Mutter wartete. Da hatte dieser Schlüssel am Tisch gelegen. Er hatte sich nichts dabei gedacht. Bis sie ihn genommen und irgendwohin getan hatte. Als wäre es ihr unangenehm. Wollte sie ihn verstecken?

»Gibt es einen Tresor?«, fragte er Frau Karinger.

»Ja, aber da ist nichts drin, wir haben schon reingeschaut«, sagte Martin.

Stefan stellte die Tasse auf eine Kommode, er merkte noch, wie Frau Karinger sie sofort wieder hochhob und über das Holz strich. Er ging in die Küche. Es fiel ihm wieder ein, Hannah hatte den Schlüssel in eine der Laden gesteckt. Er riss sie nacheinander auf. Hinter sich hörte er, wie jemand die Küche betrat.

»Stefan, was machst du da?«, fragte Martin.

»Was suchen Sie denn?«, fragte Frau Karinger.

Stefan fand den Schlüssel ganz hinten zwischen den Löffeln.

»Frau Karinger, wissen Sie, wofür der ist?«

Frau Karinger senkte den Blick, als wäre sie beschämt. Sie seufzte, wiegte den Kopf hin und her.

»Für den Keller«, sagte sie schließlich.

»Es gibt einen Keller?«, fragte Martin.

»Da lagern nur alte Akten. Frau Schneider hat dort einen kleinen Schrank. Mit ... Privatsachen.«

Martin sah sie böse an, und sie hob die Hände.

»Das war für uns immer tabu. Es ist nichts Besonderes dort. Wirklich.« Sie schaute zu Stefan. »Nur alte Fotos Ihres Vaters.«

26.

Das Glöckchen klingelte, als Emma die Buchhandlung betrat. Sie hatte gar nicht vorgehabt hierherzukommen. Sie war einfach nur losgelaufen, nachdem sie aus Georgs Auto gestiegen war. Ohne Ziel, ohne Geld, nur mit ihrem Wohnungsschlüssel und dem Handy in den Hosentaschen der blauen Joggingshorts. Stundenlang. Sie rannte. Weg von Georg. Von ihrer Mutter. Und von sich selbst.

Zuerst taten ihr die Beine weh, die Fußsohlen brannten, und sie keuchte so sehr, dass Passanten sich nach ihr umdrehten.

Aber das war egal, sie rannte und rannte, und obwohl es in ihrer Lunge stach, schaffte sie es nicht, länger stehen zu bleiben, als eine Ampel rot war.

Der vertraute Duft von Büchern stieg ihr in die Nase. Fabienne sah von dem Buch hoch, das sie hinter der Kasse las.

»Hallo, was kann ich …« Da erkannte sie Emma, lachte auf und klappte das Buch zu. »Na, das ist ja eine freudige Überraschung.«

Normalerweise hatte Emma immer mit dieser professionellen Unnahbarkeit den Buchladen betreten, sogar wenn sie nur für sich ein Buch gekauft hatte. Immer darauf bedacht, dass niemand hinter die Emma-ist-eine-so-erfolgreiche-Kinderbuchautorin-Fassade blicken konnte. Aber jetzt fühlte sie sich klein und unsicher und ließ sich dankbar von Fabienne umarmen, als wären sie alte Freundinnen, die sich endlich nach langer Zeit wiedersahen. Es schien Fabienne nicht mal zu stören, dass Emma verschwitzt war.

»Trainierst du für einen Marathon?«

»So in der Art«, wich Emma aus. Normalerweise war hier noch Fabiennes Angestellte, eine aufgeweckte Dunkelhaarige mit keckem Blick, die sich immer freute, wenn Emma kam. Aber sie konnte niemanden entdecken.

»Bist du allein?«

»Nein, Lisa ist hinten im Lager. Möchtest du einen Kaffee?«

»Gern, danke.«

Fabienne führte sie in das Büro. Der kleine semmelblonde Hund im Körbchen unter dem Schreibtisch schoss auf Emma zu und hopste an ihrem Bein hoch, als wäre sie der längst erwartete Ehrengast.

»Das ist Stephen King«, sagte Fabienne. »Ich gebe nur rasch Lisa Bescheid. Setz dich doch schon.«

Während Emma den aufgeregten Stephen King hinter den Ohren kraulte, sah sie sich um. Auf dem Schreibtisch stapelten sich ein paar Neuerscheinungen, daneben eine Biografie von Astrid Lindgren mit einem Post-it »Für Emma« darauf. Lächelnd hob sie das Buch hoch und wollte den Klappentext lesen, da blieb ihr Blick an einem Foto hängen, das daruntergelegen hatte.

Darauf war Fabienne, lachend am Strand mit einem schicken Strohhut mit weißem Band über der Krempe. Neben ihr ihre Angestellte Lisa, die ihren Kopf auf Fabiennes Schulter gelegt und die Augen geschlossen hatte. Fabienne hatte ihren Arm um Lisas Taille, Lisa ihren auf Fabiennes Brustkorb. Beide waren braun gebrannt. Glücklich. Es sah aus, als würden sie einander festhalten. Als wäre es die Aufnahme eines Liebespaares, stellte Emma fest.

Darunter lag ein weiteres Foto. Lisa im Bett, die Decke bis unter die Nase gezogen, ein nacktes Bein neckisch rausgestreckt, als wäre es eine unausgesprochene Einladung. Auf dem nächsten küssten sich Fabienne und Lisa, jede ein Sektglas in der Hand, während eine verschwommene Gestalt in der Dunkelheit einen Sternspucker über ihre Köpfe hielt.

»Ich hoffe, du trinkst ihn auch ohne Milch, wir haben keine mehr. Sonst geh ich schnell …«, hörte Emma hinter sich und drehte sich um. Fabienne stand in der Tür mit zwei Kaffeebechern. Sie stoppte, als sie die aufgedeckten Fotos am Schreibtisch sah.

»Oh.«

»Entschuldige«, sagte Emma und schwenkte die Astrid-Lindgren-Biografie vor sich, »ich wollte nicht stöbern.«

»Kein Problem.« Fabienne reichte ihr den Kaffee. »Ich wusste nicht, dass du gerne joggen gehst. Hab ich früher auch gemacht, aber meine Knie … Kommt wahrscheinlich auch vom vielen Stehen, ich bin ja den ganzen Tag im Laden. Ah, du hast die Biografie von Astrid Lindgren entdeckt, ich dachte mir, dass sie dir gefallen wird. Du kennst sie doch noch nicht, oder?«

Fabienne plapperte, während sie die Fotos zusammenschob und umdrehte. Ihre Stimme war zu fröhlich, ihr Lachen zu aufgesetzt, ihre Haltung zu gerade. Emma kannte das alles so gut, denn genauso und nicht anders verhielt sie sich auch. Meistens. Jetzt aber nicht.

»Versuchst du gerade abzulenken?«, fragte sie.

»Nein.« Fabienne seufzte, ihre Hand auf den Fotos. »Doch. Wahrscheinlich.« Sie lehnte sich an die Tischplatte und nippte an ihrem Kaffee.

Emma wartete, ob Fabienne noch etwas sagen wollte. Aber sie zuckte nur mit den Achseln, und ihr Blick wanderte umher, als würde sie schon das nächste Gesprächsthema suchen. Emma schloss für eine Sekunde die Augen.

»Das kenne ich«, sagte sie. »Aber das musst du nicht.« Sie sah Fabienne an. »Nicht bei mir. Ganz ehrlich. Ich bewundere dich.«

Fabienne lachte auf. »Warum denn das?«

»Zum Beispiel der Laden, du hast das gemacht, was du wirklich wolltest. Du bist herzlich, gehst auf Menschen zu und hast auch keine Angst davor, Gefühle anzusprechen. Dann deine E-Mail an mich – das alles nenne ich couragiert, ganz ehrlich.«

Fabiennes Wangen färbten sich rosa, und sie winkte ab.

»Nein, das ist mein Ernst«, sagte Emma. »Ich hab nur zehn Sekunden gebraucht, um eine Lüge zu erzählen, ich war nämlich gar nicht joggen – ich glaube, es fällt mehr in die Kategorie ›Davonlaufen‹.«

»Ach so? Wovor?«

»Vor mir. Meiner Familie. Und in erster Linie vor Georg. Wir haben vorhin in unserem, nein, in seinem Auto geredet und … du hast recht gehabt mit deiner Frage. Wieso hast du gewusst, dass ich ihn …? Ich meine, wir kennen uns kaum, und ich dachte immer, ich bin eigentlich ganz gut darin, anderen was vorzuspielen.« Sie verzog das Gesicht zu einer Grimasse. »Oder ist es so offensichtlich?«

Fabienne schüttelte den Kopf und nahm die Fotos hoch. »Ich habe das jeden Tag. Ich sehe jemanden, den ich noch immer liebe.« Sie deutete über ihre Schulter zum Verkaufsraum und setzte ein tapferes Lächeln auf.

»Aber Lisa tut das nicht mehr. Wir waren drei Jahre zusammen, bis sie vor einem Jahr draufgekommen ist, dass sie doch lieber Männer mag. Die Sache mit mir, das war eine Phase. Was soll man da machen?« Sie verdrehte scherzhaft die Augen und seufzte.

»Das tut mir leid. Aber macht es das nicht schlimmer, dass sie hier arbeitet?«, fragte Emma.

Fabienne zuckte mit den Schultern.

»Ich weiß es nicht. Vielleicht. Ich habe mir schon oft vorgenommen, mich zu entlieben. Klappt nicht. Vielleicht weil sie immer hier ist – doch schon allein die Vorstellung, sie nicht mehr zu sehen …«, sie schüttelte den Kopf. »Sie ist nach wie vor meine beste Freundin. Und es wäre ein sehr blöder Kündigungsgrund – unerwiderte Liebe.«

Emma nickte, und plötzlich merkte sie, dass sie sich hier in diesem kleinen vollgeräumten Büro so sicher und geborgen fühlte wie schon ewig nicht mehr. Als hätte sie ihre Fassade draußen gelassen, und hier herinnen war sie nur noch Emma. Stephen King legte sich auf den Rücken und streckte ihr den Bauch entgegen, und sie setzte sich auf den Boden und kraulte ihn.

»Ich bin lesbisch, liebe meine heterosexuelle Ex-Freundin und bin dazu noch ausgesprochen gut darin, mir selbst leidzutun«, sagte Fabienne trocken.

Emma sah hoch. »Das kann ich auch ganz großartig. Emma Schneider, unfruchtbare Kinderbuchautorin, die ihren Ex-Mann liebt, der ein frischgebackener Vater ist. Wir sollten einen Club gründen.«

»Den Club der Gestörten?«

»Genau. Den Club der Gestörten, die im Selbstmitleid baden.«

»Das ist aber ein langer Titel.«

»Wir können ihn auch abkürzen. Cludegedimseba.«

Sie sahen einander an und fingen explosionsartig an zu lachen. Sie lachten, bis ihnen die Tränen kamen und Lisa ihren Kopf durch die Türöffnung steckte, um nachzusehen, was los war. Sie mussten noch mehr lachen, und Lisa zog ein wenig irritiert ab. Stephen King wedelte um Emma herum, ihm schien das alles zu gefallen. Irgendwann ließ sich Fabienne erschöpft auf den Schreibtischstuhl sinken. Emma trocknete sich das Gesicht mit ihrem T-Shirt.

»Es ist so eine richtig schöne Scheiße«, sagte Fabienne mit einem Lächeln und wischte sich die verschmierte Wimperntusche von den Wangen.

»Ja, das ist es«, sagte Emma.

Ihr Handy läutete in der Hosentasche, es war Martin, und fast erwartete sie, als sie abhob, dass er sagte: »Hannah ist wieder da, alles ist gut.«

Doch er sagte nichts, als sie sich meldete.

Die plötzliche Stille fühlte sich so bedrohlich an, als würde Emma von einer Klippe geschubst, von der sie vergessen hatte, dass sie auf ihr stand.

»Martin? Was ist los? Hat sich Mama wieder gemeldet?«

»Nein. Aber es kann sein, dass wir herausgefunden haben, wo sie ist.«

»Wo denn?«

Er räusperte sich. »Emma, es ist … ich glaube, es ist das Beste, du kommst nach Hause.«

27.

Das Taxi hielt vor der Villa, wo Stefan schon am Gehweg wartete und ihr Geld für die Fahrt reichte. Er sah müde und erschöpft aus und trug dasselbe Hemd wie gestern.

»Was hat Martin rausgefunden? Wo ist sie denn?«, fragte sie, als das Taxi weggefahren war.

Stefan sah sie eigentümlich bekümmert an, er wirkte in sich zusammengefallen. Wäre Emma nicht so in Aufruhr gewesen, hätte sie das Bedürfnis gehabt, ihn in die Arme zu nehmen. Es erinnerte sie an früher, als er mit den Händen auf den Ohren neben seinem Bett gekauert hatte. Und gleichzeitig hatte sie das Gefühl, bald würde eine Bombe hochgehen.

Ein dunkelblauer VW bog schnittig in die Straße und hielt vor der Einfahrt. Fred und ein schlanker blonder Mann in seinem Alter, den Emma nicht kannte, stiegen aus.

»Er sollte doch allein kommen«, hörte sie Stefan leise hinter sich.

»Das ist mein Kollege Erich, wir waren gerade unterwegs«, stellte Fred den Mann vor. Emma bemerkte, wie Fred missbilligend ihr Outfit abcheckte. Sie war direkt von Fabiennes Buchhandlung hergekommen und trug noch die Laufsachen.

»Das ist Stefan, mein Bruder, und meine Schwester Emma, ich hab dir schon von ihr erzählt. Gehen wir rein. Was ist denn so dringend?«

»Fred, soll ich nicht besser im Auto auf dich warten?«, fragte sein Kollege.

»Du kannst ruhig …«, begann Fred, doch Stefan unterbrach ihn mit einem ungewohnt energischen »Danke, es dauert sicher nicht lange« und nickte Freds Kollegen zu.

Emma bemerkte Freds skeptischen Blick, doch Stefan ging bereits zielstrebig voraus ins Haus, als würde er vor ihnen davonlaufen. Sie folgte ihm, bis er sich im Wohnzimmer vor den windschief aufgebauten Ikea-Regalen umdrehte, die aussahen, als würden sie zusammenbrechen, wenn man auch nur ein Buch reinstellte.

»Wo ist Martin?«, fragte Fred hinter ihr in einem strengen Tonfall, als wäre das ein Verhör.

Wie aufs Stichwort kam Martin in einer dunkelblauen Jeans und einem schwarzen Polohemd die Treppe herunter, er trug eine schwarze Reisetasche über der Schulter und verströmte Duschgel-Geruch, seine Haare waren nass. Er wirkte ganz anders als gestern. Sicherer. Und irgendwie größer, nein, vielleicht aufrechter. Ruhiger.

»Was ist denn los?«, fragte Emma. Sie hatte das Gefühl, als würde sie gleich durchdrehen.

Martin stellte die Tasche ab und warf Stefan einen auffordernden Blick zu.

»Hast du dich für die Vermisstenanzeige entschieden?«, fragte Fred und holte sein Handy heraus.

»Nein, das ist nicht notwendig«, antwortete Stefan. »Es gibt … Neuigkeiten.«

»Welche Neuigkeiten?«, fragte Fred.

Emma sah zu Stefan, der sich innerlich zu winden schien. Ihr Herz klopfte bis zum Hals.

»Ich war im Hotel am Flughafen und habe mit dieser Angestellten gesprochen, Frau Amari«, sagte Stefan.

Fred beugte sich vor, es sah aus, als wollte er zum Sprung ansetzen. »Du hast was?« Seine Stimme überschlug sich.

»Ja. Mama hat dieser Frau den Grund verraten, warum sie verschwunden ist.« Stefan nahm einen langen zitternden Atemzug, während Emma den Atem anhielt.

»Weil sie gelogen hat«, sagte Stefan. »Über Johns Tod.«

Emma spürte, wie sie Gänsehaut bekam.

Sie sah zu Martin, der ihnen zunickte, als wollte er stumm zu verstehen geben, es sei wahr. Fred schnaubte so laut, es hörte sich an, als würde er Kerzen ausblasen.

»Was hat Mama genau zu dieser Frau gesagt?«, wollte Emma wissen.

»Sie hat Frau Amari erzählt, dass es diese Nachricht über Johns Tod nie gegeben hat«, sagte Stefan, ohne auf Fred zu achten. »Und dass sie immer den Moment verpasst hat, uns die Wahrheit darüber zu sagen. Sie hat Angst, was wir tun, wenn wir es erfahren. So in etwa.«

Martin öffnete die Reisetasche, nahm ein Kuvert heraus und kam damit zu ihnen herüber. Es war schon recht abgegriffen und roch muffig. Als hätte es an einem feuchten Ort gelegen.

»Das haben wir aus der Hausverwaltung. Hannah hat eine abgesperrte Kommode im Keller.«

Emma merkte, wie Fred sich zu Stefan drehte, doch sie hatte nur noch Augen für dieses Kuvert. Besser gesagt, für die durchgestrichene Absenderadresse in der linken oberen Ecke. Schönlind-Wunsiedel. Und den Namen.

Regina und John Wilkinson.

Emma nahm Martin das Kuvert aus der Hand, ganz langsam, als würde es bei einer schnellen Bewegung gleich zu Staub zerfallen. Sie versuchte das Datum des Poststempels zu entziffern, aber das war unmöglich.

»Wer hat …?«, fragte sie. »Von wann …? Wo ist das?«

»Wann wissen wir nicht. Der Ort ist in Deutschland, nördlich von Nürnberg«, sagte Martin. »Aber eigentlich geht es um das Foto in dem Kuvert.«

Obwohl sich Emma plötzlich ganz ruhig fühlte, zitterten ihre Finger, als sie die Lasche öffnete und das an den Ecken bereits vergilbte Bild herausnahm. Der Mann darauf wusste anscheinend nicht, dass er gerade fotografiert wurde.

Er starrte auf ein Gemälde, dessen Vorderseite man nicht sehen konnte, und hielt einen Pinsel in der Hand. Während Emmas Verstand sich noch fragte, ob das wirklich John sein konnte, stellte eine leise Stimme in ihr bereits fest, dass er älter geworden war. Viel älter.

Die Haare waren nicht mehr schwarz, sondern mit grauen Strähnen durchzogen, und er trug eine Brille. Er war dünner und schmächtiger als früher. Seine Schönheit war verblasst, er wirkte verlebt, trotzdem konnte sie noch seine feinen Gesichtszüge erkennen. Das weiße Hemd strotzte nur so von bunten Farbklecksen. Das Bild glitt ihr aus der Hand und segelte zu Boden.

Wie aus weiter Ferne hörte sie Freds sich überschlagende Stimme.

»Das ist er nicht.«

»Aber …«, begann Stefan, doch Fred fiel ihm sofort ins Wort.

»Dieses Foto und das Kuvert beweisen gar nichts.«

Stefan versuchte erneut, etwas zu sagen, aber Fred fuhr wieder dazwischen: »Mein Gott, auf dem Foto, das kann jemand völlig anderes sein, der ihm ähnelt. Wie dieser Mann auf der Party. Vielleicht leidet unsere Mutter schon länger unter Wahnvorstellungen und hat den Absender selbst draufgeschrieben. Es gibt dafür sicher eine ganz andere Erklärung als …«

»Hör auf, Fred«, wisperte Emma. Ihre Stimme klang in ihren eigenen Ohren fremd. So hohl und leise. Sie hatte es geahnt, aber dieses Foto von John zu sehen erschütterte sie so sehr, dass sie gar nicht klar denken konnte. Fred wandte, energisch kopfschüttelnd, den Blick ab. Emma war nicht klar, ob er mit der Geste ihre Worte oder sie selbst meinte.

»Fred, das ist alles sehr überraschend, und ich verstehe deine Skepsis vollkommen«, lenkte Martin ein. »Und ich meine ja auch nicht, dass es wirklich was zu bedeuten hat oder überhaupt einen Zusammenhang geben muss. Aber es ist im Moment die einzig brauchbare Spur. Und statt jetzt hier zu sitzen und zu warten, habe ich beschlossen, nach Schönlind zu fahren.«

Fred hob den Kopf. Schlagartig schien er sich wieder im Griff zu haben.

»Das ist meines Erachtens nicht die richtige Herangehensweise.« Seine Stimme zitterte ein wenig, trotzdem klang sie wieder zuckersüß. »Eine Vermisstenanzeige ist sicher das Vernünftigste, was man jetzt machen kann.«

»Nein. Nach Hannahs Anruf gestern kommt das nicht mehr infrage«, sagte Martin.

Fred stemmte die Hände in die Hüften, er verzog den Mund zu einem gekünstelten Lächeln.

»Okay. Ich verstehe. Weißt du was, ich leite einfach eine Anfrage an die Kollegen in Nürnberg. Die werden sofort aufklären, dass das alles nicht stimmt.«

»Danke, Fred, aber das ist keine Option.« Martin sprach sehr ruhig und bestimmt. »Niemand von uns kennt die wirklichen Hintergründe dieser ganzen Angelegenheit. Und das Letzte, was wir alle wollen, ist doch, Hannah in irgendwelche Schwierigkeiten zu bringen.« Die Worte Hintergründe und Schwierigkeiten betonte er dabei so, dass es Emma vorkam, als wären sie mit Textmarker gekennzeichnet. Fred sagte nichts mehr, er schüttelte nur den Kopf, immer und immer wieder.

»Unter der genauen Adresse konnte ich nichts im Internet finden. Aber Schönlind ist ein Dorf im Fichtelgebirge, die Fahrt dauert mit dem Auto nur fünfeinhalb Stunden. Wenn ich gleich aufbreche, bin ich heute am frühen Abend dort. Und sollte das alles ein Irrtum sein, fahre ich noch in der Nacht zurück.«

Emma sah zu Stefan, der sie bekümmert, und Fred, der sie verärgert ansah, wie früher, wenn es Streit zwischen ihnen gegeben hatte. Und sie musste an die Worte ihrer Therapeutin denken, die einmal gesagt hatte: »Wir wachsen alle aus unserer Kindheit heraus. Aber unsere Kindheit nie aus uns. Manchmal habe ich tatsächlich den Eindruck, Erwachsene sind nichts anderes als in die Länge gezogene Kinder.« Auf Emmas Erstaunen hatte die Therapeutin schnell das Thema gewechselt.

Und dann sah sie zu dem Kuvert und dem Foto, das jemand auf den Couchtisch gelegt haben musste, natürlich, es war ja nicht von selbst dahingekommen. Die Sache hatte einen Haken. Emma hatte es für möglich gehalten, dass ihre Mutter fort war, weil sie die Nachricht bekommen hatte, dass John lebte. Aber dieses Kuvert und das Foto wirkten alt. Emma presste die Lippen zusammen, sie durfte sich jetzt nicht den Boden unter den Füßen wegziehen lassen. Sie war eine erwachsene Frau. Reiß dich zusammen, Emma. Los. Aber sie konnte keinen klaren Gedanken fassen. In Wahrheit wünschte sie sich nichts sehnlicher, als ihr Handy herauszunehmen und Georg anzurufen.

Fred baute sich vor Martin auf und stützte die Hände in die Hüften, und Emma fiel plötzlich ein, wie er sich als Kind im Fasching immer als Superman verkleidet hatte und mit wehendem rotem Umhang durch das Wohnzimmer gelaufen war.

»Also gut, Martin. Wenn du unbedingt dorthin willst, dann fahre ich mit«, sagte Fred, als ginge es um die Rettung der Welt.

28.

Stefan starrte von seinem Platz auf der Rückbank nach vorne auf das Navi am Armaturenbrett, dessen grüner Streckenverlauf in der einbrechenden Dunkelheit leuchtete wie eine fluoreszierende kleine Schlange. Aus den Augenwinkeln betrachtete er Emma neben sich. Sie hatte die Augen geschlossen und den Kopf angelehnt. Er war sich sicher, dass sie nur so tat, als schliefe sie. Schon als sie mit der Hilfe von Frau Karinger im Keller dieses Kuvert mit dem Foto gefunden hatten und Martin gesagt hatte, er fahre dorthin, war Stefan klar, dass er mitkäme. Dass nun aber Fred und Emma mit im Wagen saßen, damit hatte er nicht gerechnet. Er war fast ein bisschen verärgert, weil Martin darauf bestanden hatte, den beiden sofort Bescheid zu geben. Emma ja, aber Fred? Er hatte sich ganz selbstverständlich auf den Beifahrersitz gesetzt, als sei es ein Gesetz, dass Emma und er auf der Rückbank Platz nehmen mussten. Aber vielleicht war das auch ganz gut so, dass Fred mitkam. Der Ärger über seinen Bruder lenkte Stefan wenigstens ein bisschen ab von der Million Möglichkeiten, die ihm durch den Kopf gingen.

Je weiter sie sich von Wien entfernten, desto unwirklicher kam ihm alles vor. Nein, nicht unwirklich, sondern verrückt. Als wären sie in einen Film katapultiert worden, der in Wahrheit nichts mit ihrem echten Leben zu tun hatte. Und sie spielten alle perfekt mit. Keiner verlor auch nur ein Wort über den Grund ihrer Fahrt. Keine Spekulationen oder Vermutungen mehr. Als wären sie gemeinsam unterwegs zu einem Verwandtenbesuch, den eigentlich keiner machen wollte.

Bis Linz kamen sie gut voran. Martin hatte recht gehabt, die Strecke von Wien nach Schönlind-Wunsiedel betrug laut Navi fünf Stunden und zweiundvierzig Minuten. Theoretisch.

Hätte es keine Baustellen gegeben. Und keinen Stau, weil zwei Fahrspuren zu einer zusammengingen. Und schließlich keinen Lkw, der wegen eines Reifenplatzers umgekippt war und seine Ladung Altöl auf der Autobahn verloren hatte und eine Teilstrecke deshalb gesperrt und umgeleitet werden musste. Für die nächsten achtzig Kilometer hatten sie durch einen weiteren Unfall auf der Umfahrung drei nervenaufreibende Stunden gebraucht. Endlich zurück auf der Autobahn, kam auch schon der nächste Stau, laut Verkehrsansage im Radio wegen Überlastung, weil das Altöl beseitigt und die Umfahrung aufgehoben worden war. Da die Klimaanlage von Martins Auto schon bei St. Pölten den Geist aufgegeben hatte, hatten sie zwei Fenster einen Spalt geöffnet. Durch den dröhnenden Fahrtwind war ab da jedes Gespräch unmöglich gewesen. Bis jetzt. Sie standen in einer Kolonne vor Passau, die sich nur zentimeterweise vorwärts bewegte. Stefan seufzte innerlich, mittlerweile wurde es bereits dunkel. Und soweit er sehen konnte, nur Stau. Sie würden hier sicher ewig festsitzen, dabei lagen noch fast drei Stunden Fahrtzeit vor ihnen – aber auch nur, wenn es im normalen Tempo voranging. Der Lkw auf der Nebenspur rollte vor und gab den Blick auf das Schild einer Raststation frei.

»Mir ist vor einer Stunde der Hintern eingeschlafen. Können wir eine ganz kurze Pause machen?«, fragte Martin.

»Hm?«, fragte Fred und schaute verwirrt zu Martin.

»Ja, hier geht sowieso nichts weiter. Ich brauche einen Kaffee«, sagte Emma, ohne die Augen zu öffnen.

Als Stefan sich aus dem Wagen schälte, spürte er erst, wie ihm jeder Knochen im Leib eingerastet war. Auch Martin und Emma stöhnten, nur Fred sprang aus dem Auto, als hätte er erst ein paar Minuten und nicht Stunden darin gesessen. Ob er daran gewöhnt war, so lange im Auto zu sitzen, wenn er jemanden observieren musste? Tat Fred so etwas überhaupt? Stefan hatte keine Ahnung.

Während sie auf die Kellnerin warteten, spielte Emma mit den Zuckersäckchen, Fred studierte die Speisekarte, als wären sie in einem Gourmetrestaurant, und Martin wischte auf seinem Smartphone herum, um die aktuelle Verkehrslage zu checken, und seufzte immer wieder, das sähe nicht gut aus.

»Wir sollten auch schnell was essen, kann sein, dass es noch länger dauert«, sagte Martin. Bei der leicht genervten Kellnerin im Dirndl, das ein mehr als üppiges Dekolleté zur Schau stellte, bestellten sie Mineralwasser, Kaffee und fragten, welches Gericht keine Wartezeit hatte.

»Grillwurst mit Brot«, sagte sie, und obwohl keiner von ihnen begeistert war, nahmen sie vier Portionen.

Martin ging auf die Toilette. Kaum war er weg, schwebte das Thema ihrer Fahrt augenblicklich über ihnen, als hätte es jemand dort aufgehängt. Die Dirndl-Bedienung brachte die Getränke, Stefan nahm einen Schluck Mineralwasser und versuchte Freds auffordernden Blick zu ignorieren.

»Was hat dir diese Hotelangestellte noch mal genau erzählt?«, fragte Fred mit seiner hohen zuckersüßen Stimme. Er klang dabei, als fragte er Stefan, was ihm denn der Weihnachtsmann letztes Jahr gebracht hatte.

Emma rieb sich die Stirn, sie schien genauso genervt von Fred wie er.

»Na?«, forderte Fred ihn auf, als Stefan nichts sagte. Er lächelte breiter und nickte, aber Stefan sah dieses panische Funkeln in seinen Augen. Hätte er es nicht besser gewusst, hätte er gedacht, Fred hätte Angst.

Emma beugte sich vor, als wolle sie Freds Gesichtsausdruck genauer unter die Lupe nehmen. Hatte sie es auch bemerkt?

Martin kam zurück, und Fred wechselte sofort das Thema, ob er das Fahren übernehmen solle, sie könnten ja dann wieder wechseln.

»Stefan und ich haben auch einen Führerschein«, sagte Emma, worauf Fred lachte, als sei es ein Scherz von ihr. Wieso war es immer so schwer mit seinem Bruder? Warum konnte es denn nicht einmal normal sein? Sogar jetzt, auf dieser surrealen Fahrt. Die Frage, was sie hier eigentlich machten, lag Stefan auf der Zunge. Und dort blieb sie auch. Wie üblich. Er musste an Marie denken. Und er wünschte sich, ihre Stimme zu hören.

Er könnte sie anrufen und ihr sagen, dass er sich fühlte, als wäre er in zwei Teile geschnitten. Wo die eine Hälfte hoffte, Hannah würde noch mal anrufen und sich alles als riesiges Missverständnis rausstellen. Während die andere die ganze Zeit an nichts anderes denken konnte als an diesen Mann auf dem Foto. Irgendwie seltsam. Stefan überlegte, ihr einfach eine SMS zu schicken, ein unverfängliches »Wie geht's?«, da sah er Martins zitternde Hand, als er fahrig nach seinem Mineralwasser griff. Emmas und sein Blick trafen sich.

»Martin, ist alles in Ordnung?«, fragte sie.

Martin wischte das Kondenswasser vom Glas.

»Natürlich. Ich musste nur gerade an Hannah denken. Wir haben in zwei Wochen eine Reise geplant. Venedig. Das ist ihr Geburtstagsgeschenk. Sie liebt Venedig. Habt ihr gewusst, dass sie jedes einzelne Gässchen kennt? Egal wo, sie findet immer zurück zum Markusplatz. Unser Hotel ist am Lido. Vielleicht sollten wir ja alle gemeinsam fahren? Was meint ihr?«

Er sagte es so, als befänden sie sich gerade auf einem Ausflug ins Grüne, der ihnen so viel Spaß machte, dass es eine gute Idee sei, das zu wiederholen.

»Das würde Hannah sicher gefallen.«

Er lächelte wehmütig. Wahrscheinlich war das seine Art, mit der Situation fertigzuwerden. Stefan befürchtete schon, Fred könnte näher darauf eingehen, aber zum Glück brachte die Kellnerin in dem Moment das Essen und keiner musste mehr irgendwelche Ausflüchte auspacken.

Kein Wunder, dass die Würste so schnell fertig waren, sie waren trocken und schmeckten, als hätten sie bereits eine Woche auf dem Grill gelegen.

Zurück beim Auto, nahm Fred hinter dem Steuer Platz, und Martin fragte, ob Stefan oder Emma vorne sitzen wollten, worauf sie ein bisschen zu überschwänglich ablehnten. Der Verkehr kroch langsam und zähflüssig dahin, aber wenigstens hatte sich der schlimmste Stau aufgelöst. Da die Fenster geschlossen waren, herrschte eine drückende Stille im Auto. Wieso schaltete Fred nicht wenigstens das Radio ein?

Stefan wollte ihn schon darum bitten, da drehte sich Martin plötzlich zu ihnen um.

»Wart ihr eigentlich jemals wütend auf ihn?«

»Wütend? Auf wen?«, fragte Emma.

»Auf John. Nachdem er weg war.«

Stefan sah, wie Emma die Augenbrauen hochzog, doch er schüttelte rasch den Kopf und hoffte, das Thema sei damit erledigt.

»Nein«, sagte Fred und wechselte die Spur, »natürlich nicht.«

»Und warum warst du nicht wütend, Fred?«

»Was hätte es denn für einen Sinn gemacht?«

»Ja, das verstehe ich. Du hast ja gedacht, er ist tot. Habt ihr recherchiert? Ich meine, was damals passiert ist?«

»Nein, natürlich nicht.«

Fred klang fast schon ein bisschen empört, als wäre das eine ungehörige Frage.

»War da nie der Gedanke, es hätte eine falsche Information sein können? Eine Verwechslung?«, fragte Martin.

Stefan hörte, wie Emmas Atem schneller ging, Fred sagte nichts mehr.

»Hannah hat so gut wie nicht über John gesprochen. Und ich frage mich … also, wie war er?«

Und plötzlich war es so, als wäre die Luft aus dem Wageninneren gesogen worden. Fred beschleunigte und musste abbremsen. Stefan fühlte sich so unbehaglich, als wäre eine unsichtbare Grenze mit dieser Frage überschritten worden. Genauso gut hätte Martin vorschlagen können, es wäre doch eine gute Idee, die Fahrt ohne Kleidung fortzusetzen. Und das wäre ihm noch lieber gewesen.

Er wollte, nein, er konnte nicht über John reden. Und er wollte auch nicht hören, was Emma oder Fred über ihn sagten.

»Ich kann mich nicht erinnern«, murmelte Fred und wechselte abrupt die Spur.

Eine Sekunde lang herrschte eine unheimliche Stille. Und dann krachte ein Donner aus dem Nichts, so laut, dass sie alle vier zusammenzuckten. Die Scheiben vibrierten, und im nächsten Moment setzte sintflutartiger Regen ein.

29.

Hannah stand am Straßenrand. Es hatte gerade wieder zu regnen begonnen. Je näher sie ihrem Ziel gekommen war, desto schwerer war es ihr gefallen. Als würde die Angst, was sie hier erwartete, ihre Schritte langsamer machen. Sie hatte den ganzen Tag gebraucht. Doch jetzt war sie wirklich da. Schaute auf das hübsche rustikale dunkelbraune Holzhaus gegenüber mit den grünen Fensterrahmen und der vorgebauten Veranda. Sie zitterte, jedoch nicht vor Kälte. Der Regen wurde stärker, aber er war ganz warm, die Sterne funkelten, und der halb volle Mond tauchte das Haus zwischen den Nadelbäumen in silbriges Licht. Beide Stockwerke waren hell erleuchtet, sie sah eine Gestalt hinter den Fenstern herumgehen.

Hannah nahm einen tiefen Atemzug. Dachte an Emma, Fred und Stefan. Und daran, dass es, je länger man etwas in sich verschlossen hält, umso unmöglicher wird, Worte dafür zu finden. Nicht, weil man es nicht aussprechen möchte. Sondern weil sich das Verschlossene selbst mit aller Kraft dagegen wehrt, an die Oberfläche zu kommen.

Wäre sie nicht so nervös gewesen, hätte sie vor dem Überqueren sicher auf die Straße geschaut. Doch so ging sie einfach los. Und sah das heranrasende Taxi nicht kommen.

30.

Emma hätte gerne Martins Frage beantwortet. Ihre Therapeutin hatte sie sowieso schon oft dazu ermuntert, mit Hannah oder ihren Brüdern über John zu sprechen.

Doch jetzt, im Nachhinein, dachte Emma erleichtert, was für ein Glück es war, dass der Regen sie quasi davor gerettet hatte. Die Rücklichter vor ihnen waren wie ein rotes Lichtermeer, und die Scheibenwischer sausten hektisch hin und her.

Hätte sie Martin wirklich sagen sollen, dass John großartig gewesen war? Liebevoll? Witzig? Sie so sehr zum Lachen brachte, dass ihr der Orangensaft aus der Nase geflossen war? Sie mit einem Picknick im Wohnzimmer oder einer Nacht im Zelt im Garten überrascht hatte?

Gut, er hatte vielleicht vergessen, dass Kinder dreimal am Tag essen und Hausaufgaben machen sollten. Aber er hatte ihnen beigebracht, wie man ein knallbuntes Zebra zeichnet oder dass ein Sofa ein Raumschiff sein konnte.

Und wenn Martin weitergefragt hätte? Hätte sie ihm dann sagen sollen, wie sehr Hannah und John sich geliebt hatten? Dass keiner von ihnen auch nur eine Sekunde darauf gefasst gewesen war, er könnte sie verlassen? Was sie bis heute nicht verstand? Sollte er das etwa hören? Und wenn es gar nicht der Wahrheit entsprach? Wenn Emmas Erinnerungen von der Zeit gefiltert waren und nur das Gute und Schöne blieb, während der Rest dem Vergessen zum Opfer gefallen war? Vielleicht hatte sie Erinnerungslücken, so etwas gab es laut ihrer Therapeutin wirklich. Das Gehirn erinnerte sich nur an das, was es verkraften konnte.

Als John fort war, hatte sie sich ständig gefragt, ob sie etwas falsch gemacht und ihn vertrieben hatte? Erst durch das Schreiben der Kinderbücher hatte sie verstanden, dass Kinder immer die Schuld bei sich suchten.

Emma schaute nach vorn, wie angespannt Fred den Wagen lenkte. Ein Zinnsoldat.

Früher, als sie alle noch in der Villa gewohnt hatten, hatte sie oft gedacht, irgendwann würde er explodieren. Man konnte einfach nicht die ganze Zeit so funktionieren. Aber dann hatte er Lydia kennengelernt, geheiratet, die Zwillinge waren auf die Welt gekommen, und Fred hatte sich zum Vorzeigevater und Musterehemann entwickelt. Wahrscheinlich dachte er von sich selbst, er sei der Einzige von ihnen, der alles richtig gemacht hatte.

Sie sah zu Stefan, der eine Nachricht in sein Handy tippte, sie wieder löschte, erneut schrieb und noch mal löschte. Er rieb sich das Kinn und sah ein bisschen verzweifelt aus, als würde er angestrengt nachdenken.

»Wem schreibst du da?«, fragte sie und rutschte ein Stück zu ihm rüber.

Rasch steckte er das Handy in die Hosentasche. »Niemandem.«

»Hast du eine Freundin?«, flüsterte sie, und er schüttelte den Kopf, konnte aber den hoffnungsvollen Ausdruck nicht verstecken.

»Aber?«, wisperte sie in sein Ohr.

Er zuckte mit den Achseln und murmelte: »Nur eine ehemalige Kommilitonin. Es ist … ach, nichts.«

Da war er wieder, ihr Fischbruder. Der sich nicht aus dem Wasser traute. Und trotzdem konnte Emma sich nicht erinnern, wann sie sich ihm das letzte Mal so nah gefühlt hatte. Sicher war nur, dass es vor sehr langer Zeit gewesen war. »Du solltest glücklich sein«, sagte sie.

Er drehte ihr den Kopf zu. Ein leichtes Lächeln huschte über sein Gesicht.

»Du auch.«

Was war nur mit ihnen passiert? Warum waren sie so auseinandergedriftet? Oder war das sie, Emma? Hatte sie mit Stefan schon vor langer Zeit das vollzogen, was sie dann Jahre später mit Georg wiederholt hatte? Ein Muster. Ich stoße dich weg, bevor du mich wegstoßen kannst?

War das nichts anderes als diese jämmerliche kleine Angst, die sich Emma immer wieder in den Weg stellte, wenn etwas nicht so lief, wie sie sich das vorgestellt hatte?

Am liebsten hätte sie Stefan in diesem Moment alles erzählt. Von Georg, dem Grund ihrer Scheidung und davon, dass dieser Schritt sie gar nicht wie erwartet befreit hatte, im Gegenteil. Sie hatte sich selber in diesen Strudel hineinmanövriert und keine Ahnung, wie sie da wieder rauskommen sollte.

Sie warf einen Blick nach vorne zu Fred und Martin. Wahrscheinlich war hier weder der richtige Platz noch der richtige Zeitpunkt. Sie musste an Fabienne denken, an den Moment, als sie sich lachend neben Stephen King am Boden gekrümmt hatte. Das war die echte Emma. Es gab sie also doch noch.

Und jetzt saß sie hier, in den Laufsachen, nur statt des verschwitzten T-Shirts hatte sie eine weiße Bluse ihrer Mutter angezogen. Obwohl sie frisch gewaschen war, roch sie nach Hannah. Wahrscheinlich nur nach dem Weichspüler, den sie immer benutzte, aber irgendwie beruhigte Emma der Geruch.

Sie fuhren schweigend weiter, Emma verlor jegliches Zeitgefühl. Irgendwann tauchte der Ortsname »Wunsiedel« auf den Hinweisschildern auf. Zuerst 68 km. Dann nur mehr 35 km. 16 km. Und schließlich war es die nächste Abfahrt.

Emmas Herz stolperte, Fred hielt das Lenkrad so umklammert, als wollte er es erwürgen. Vor einem braunen Holzhaus mit grünen Fensterläden sagte die Computerstimme des Navis: »Sie haben Ihr Ziel erreicht.«

Der Mond schien auf das Gebäude. Es lag idyllisch eingebettet zwischen meterhohen Nadelbäumen. Das untere Stockwerk war hell erleuchtet.

»Wie spät ist es?«, fragte Emma.

»Kurz vor Mitternacht«, sagte Martin.

»Und was tun wir jetzt?«

Statt einer Antwort stieg Martin aus. Emma hatte das Gefühl, sie würde in der Rückbank versinken. Sie beobachtete ihn und biss sich dabei so fest auf die Unterlippe, dass sie Blut schmeckte. Martin klingelte ein paarmal. Im Haus rührte sich nichts.

»Ich sehe mich mal um«, sagte Fred, und es hörte sich für sie so bedeutungsschwanger an, als wären sie hier an einem Tatort.

Er stieg aus und wechselte ein paar Worte mit Martin, sie konnte kein Wort verstehen. Und dann verschwanden sie in entgegengesetzte Richtungen hinter dem Haus.

Emma hatte das Gefühl, keine Luft zu bekommen. Sie ließ das Fenster herunter, eine leichte Brise wehte ins Wageninnere. Nicht mal eine Minute hatten Martin und Fred gebraucht, da kamen sie bereits zurück zum Auto.

»Keiner da«, sagte Martin und stieg wieder ein. »Hinten ist alles dunkel. Wir müssen eine Nachricht hinterlassen.«

»Eine Nachricht«, sagte Emma gedankenverloren. Und wie sollte die lauten? *Lieber John, falls du doch nicht tot bist, sondern hier lebst, melde dich bitte?* War es wirklich möglich, dass es stimmte? Und ihre Mutter das all die Jahre gewusst hatte? Oder hatte Fred recht? Emma rutschte tiefer in den Sitz. Das hier kam ihr mehr wie eine Idee aus ihren Romanen vor und nicht wie die Realität.

Aber passierten im realen Leben nicht bei Weitem unglaublichere Dinge?

Erst letztens hatte sie im Internet die Geschichte von einer Mutter gelesen, die aus Trauer nach dem Unfalltod ihrer Tochter einen Monat lang die Mailbox wegen der unzähligen Beileidsbekundungen nicht abhören konnte. Als sie sich dazu aufraffte, wurde sie von der Nachricht überrascht, die ihre Tochter kurz vor ihrem Unfall hinterlassen hatte: »Es geht mir gut, ich bin zu Hause. Hab dich lieb.«

Sie schaute wieder zum Haus.

Stefan war inzwischen aus dem Auto gestiegen, er stand auf der Veranda, schirmte seine Augen ab und spähte durch das erleuchtete Fenster neben der Eingangstür.

»Emma, hilf mir mal bitte, was soll ich denn schreiben?«, bat Martin. Er sah sie mit großen Augen an und kratzte sich am Kopf. Emma musste lächeln, und gleichzeitig fühlte sie ein wehmütiges kleines Stechen in ihrem Brustkorb.

Vielleicht war es aber auch nur eine Verspannung, kein Wunder nach der langen Fahrt.

»Wenn Hannah Schneider oder John Wilkinson das lesen, sollen sie bitte unter dieser Nummer anrufen«, sagte Emma.

»Haha, sehr witzig.« Er grinste und seufzte. »Ich dachte wirklich, wir finden sie hier.«

»Ich weiß. Das dachte ich auch.«

Martins Schultern sackten ab, als hätte man die Luft aus ihnen gelassen.

»Glaubst du, sie hat … jemanden kennengelernt?«

Emma stieß ein ungläubiges Schnauben aus, als wäre seine Frage vollkommen lächerlich.

Er lächelte sie dankbar an, aber sie sah in seinem Blick, dass er ihr nicht glaubte.

»Und was machen wir jetzt?«, fragte er.

Emma beugte sich zwischen den Sitzen vor und legte eine Hand auf Martins Schulter.

»Es ist noch nicht mal Mitternacht. Wir sollten warten.«

Martin nickte, auf seiner Stirn bildeten sich drei Falten.

»Und was schreiben wir in die Nachricht?«

Emma dachte nach und sah wieder zum Haus. Fred war neben Stefan getreten, jetzt schauten sie gemeinsam durch das Fenster.

Kam ihr das nur so vor, oder hatte sich Stefans Haltung verändert? Er wirkte angespannt.

»Was ist denn?«, rief Emma. »Habt ihr was gesehen?«

Fred drehte sich um und winkte, als würde er für ein Foto posieren.

»Nein, nichts. Es ist niemand zu Hause«, rief er beiläufig.

31.

Stefan saß wieder auf der Rückbank und fühlte sich, als wäre er in einem Karussell gefahren, das außer Kontrolle geraten war. Alles drehte sich, wirbelte ihn herum zwischen Wut, Enttäuschung, Unglauben und wieder Wut.

Vor allem konnte er nicht aufhören, sich wieder und wieder diese Frage zu stellen: Wieso hatte Fred gelogen?

Gleich nach Freds falscher Antwort wollte Stefan etwas sagen, doch Fred hatte ihm mit einem Blick zu verstehen gegeben, den Mund zu halten. Sein Bruder war ganz ruhig zum Auto zurückgegangen. Er hatte Martin gesagt, er solle doch bitte seine Telefonnummer auf der Notiz hinterlassen.

Dann hatte er die Nachricht genommen und sie unter dem Türgriff eingeklemmt. Die ganze Zeit hatte er dabei Stefan ignoriert, als sei er unsichtbar. Oder hatte Fred die Skulptur doch nicht erkannt und Stefan seinen Blick missverstanden?

Nein, das war erstens unmöglich, und zweitens hatte Stefan ja ganz genau Freds scharfes Einatmen gehört, als er ihm gesagt hatte: »Du musst in den Spiegel sehen. Sie steht unter dem Fenster.«

Zuerst hatte er sie selbst nicht bemerkt. Das war nur ein ganz normaler Vorraum, wahrscheinlich war das Licht angelassen worden, um den Eindruck zu vermitteln, es wäre jemand zu Hause. An der rustikalen Holzgarderobe hing eine braune Jacke, von der er nicht sagen konnte, ob sie einem Mann oder einer Frau gehörte.

Daneben ein Spiegel, der die Tür zeigte. Keine Schuhe, es sah sehr sauber aus. Auf der Kommode stand eine Kristallschale mit Schlüsseln. Es gab eine geschlossene Tür. Sonst war da nichts.

Ganz instinktiv hatte Stefan sich auf die Zehenspitzen gestellt. Und da sah er ihn.

Unter dem Fenster ein bronzefarbener Ball, groß und rund, mit einem kleinen Hut in der Mitte. Er stellte sich wieder auf die Füße und schob sich langsam in die linke Ecke des Fensters, um einen anderen Blickwinkel auf den Spiegel zu bekommen.

Die Skulptur im Spiegelbild war nicht mal einen halben Meter groß. Das war kein Ball, sondern ein Kopf. Mit einem kleinen Torso und vier winzigen Stäben als Armen und Beinen. »Family Potatohead« hatte John seine fünf Skulpturen genannt. Die letzte war kurz vor Stefans Geburt entstanden.

Stefan hatte die fünf mit ihren lustigen Gesichtern, den knubbeligen Nasen und den erstaunten Augen immer gemocht. Eine hatte Locken, die andere trug einen Hut, und alle schnitten witzige Grimmassen.

Sie waren viel zu schwer, um mit ihnen zu spielen, außerdem hatte das Metall an manchen Stellen scharfe Kanten, und man konnte sich daran schneiden. Nach Hannahs Zusammenbruch hatten seine Großeltern dafür gesorgt, dass die Skulpturen abgeholt wurden. Zwei Männer in schmutzigen blauen Latzhosen hatten sie ächzend davongeschleppt und mit lautem Karacho in ihren Lkw geladen.

An diese Skulptur im Spiegel konnte Stefan sich nicht erinnern. Sie trug eine Brille, außerdem hielt sie etwas in der Hand, das er nicht erkennen konnte. Ja, diese hier musste neu sein. Aber sie war eindeutig von John.

Zurück im Auto, wollte Fred sofort wieder los. Doch Martin und Emma bestanden darauf, wenigstens noch eine Stunde, vielleicht auch zwei zu warten. Dem Fred, ganz gegen seine Art, nur widerwillig zugestimmt hatte. Er wollte hier weg. Eindeutig hatte er sehr viel gegen die Vorstellung, John zu begegnen.

Wieso war er dann überhaupt mitgefahren? Um ihnen zu zeigen, was das für ein Unsinn war? Oder hatte es nur wieder was mit Freds Kontrollzwang zu tun? Wahrscheinlich eher das.

Stefan verschränkte die Arme beim Versuch, eine bequeme Position zu finden. Er hatte schon Nächte auf der sehr harten und viel zu kleinen Couch in seinem Büro in der Technischen Universität verbracht. Er kannte schlaflose Stunden, in denen er an die schwarze Zimmerdecke starrte. Aber nichts, wirklich gar nichts war mit dieser Sitzerei im Auto zu vergleichen. Dass John in diesem Haus lebte und anscheinend eine Frau namens Regina geheiratet hatte, fühlte sich an, als würde er unter Wasser gedrückt. Was John wohl sagen würde? Wie würden sie alle reagieren?

Stefan lehnte den Kopf an und sah zu Emma. Sie schaute mit offenen Augen in die Dunkelheit des Waldes und schien ihren eigenen Gedanken nachzuhängen. Fred saß kerzengerade hinter dem Lenkrad. Im Rückspiegel sah Stefan, dass er immer wieder zum Haus sah.

Irgendwann erfüllte Martins leises Schnarchen den Wagen. Ein Auto kam und wurde langsamer. Martin schlief ungestört, während sie ihre Köpfe reckten. Stefan hielt den Atem an. Das Auto fuhr weiter, und er fühlte sich ganz benommen. Er hatte plötzlich dringende Sehnsucht nach Small Talk, aber es kam ihm zu blöd vor, jetzt über das Wetter zu sprechen. Martins Schnarchen wurde lauter.

»Beneidenswert«, sagte Emma leise. Fred drehte sich um. Er öffnete den Mund, als wollte er etwas sagen, doch dann schloss er ihn wieder. Martins lautes Schnarchen schnitt in die Stille. Es klang wie das Gebrüll eines Löwen, und er erwachte selbst davon.

»Oh, was war das?«, fragte er erschrocken.

»Ein Auto«, sagte Fred trocken, und Emma kicherte leise.

»Hab ich etwa geschnarcht?«, fragte Martin.

»Kaum«, sagte Emma.

»Verkrümmte Nasenscheidewand. Tut mir leid, ich habe meinen Nasenspray nicht dabei.« Er seufzte. »Hat sich irgendwas getan?«

»Nein, nichts«, sagte Fred.

»Am besten suchen wir uns irgendwas zum Übernachten, schauen morgen noch einmal her und fahren dann wieder nach Wien«, sagte Martin.

»Ich würde gerne noch in der Nacht zurück«, sagte Fred. »Ich fahre auch, das macht mir nichts.«

Martin seufzte. »Wieso warten wir nicht eine weitere Stunde, und wenn dann niemand nach Hause kommt, fahren wir einfach.« Er drehte sich zu ihnen um. »Was meint ihr?«

Emma schien zu zögern, doch dann sagte sie: »Von mir aus.«

Stefan spannte sich augenblicklich an. Er musste jetzt etwas sagen.

Martin streckte sich und stöhnte leise auf.

»Ich habe wirklich gedacht, sie wäre hier. Es hat einfach alles zusammengepasst.«

»Na ja, die Hotelangestellte hat sehr schlecht Deutsch gesprochen, vielleicht hat Stefan sie auch einfach falsch verstanden und das Foto …«, begann Fred.

»Das hat sie nicht«, platzte Stefan heraus. Blitzartig drehte Fred sich zu ihm und sah ihn mit einer Mischung aus Hilflosigkeit und Panik an. Ein stummes Flehen im Blick. Sag es nicht. Als wäre das nicht Fred, der Vorzeigevater, Kriminalbeamte, Mustersohn. Sondern Fred, sein Bruder, der ihn nicht aus den Augen gelassen und besorgt gekniffen hatte, als Stefan damals fast in der Donau ertrunken war. Das war es – Fred war besorgt. Aber warum?

»Wie auch immer«, sagte Fred eindringlich.

»Wir sind alle müde und mit den Nerven am Ende«, sagte Martin.

Fred nickte und sah Stefan weiter an, als warte er auf dessen Bestätigung. Was hatte das für einen Sinn? Wieso sollten sie Emma und Martin verschweigen, was sie gesehen hatten? Das war doch idiotisch. Und wenn das wieder nur Freds Wille war, den er durchsetzen wollte? Stefan wurde ärgerlich, das war wieder mal typisch für seinen Bruder. Durfte niemand mehr wissen als nötig, solange Fred nicht alle Informationen hatte?

»Ich muss mal pinkeln«, sagte Stefan und stieg aus dem Wagen. Es hatte wieder zu nieseln begonnen. Er ging vorne herum, damit Fred sehen konnte, wo er war. Zwischen den Bäumen wartete er auf ihn. Er wartete und wartete. Fred tauchte nicht auf. Das reichte. Er würde es ihnen jetzt erzählen.

Zurück im Auto, hörte er Emma gerade sagen: »*Ich möchte ausbrechen.*«

»Das ist aber sehr leicht. *I want to break free* von Queen«, sagte Martin. »Jetzt ich. *Halt mich in deinen Armen, Baby, drück mich oh so fest.*«

»Ich glaube, das kenne ich auch nicht«, sagte Emma. »Gibt's denn das? Das wäre dann schon das dritte Lied von dir, Martin. Und ich bin sonst echt unschlagbar darin. Kann es sein, dass wir unseren Meister gefunden haben? Oder kennst du es, Fred?«

»Hm, ich bin mir nicht sicher«, sagte Fred. »Irgendwie kommt es mir bekannt vor. Ist es ein altes Lied?«

»Definiere alt«, sagte Martin, und er klang wirklich, als wäre das ein seriöses Quiz. Emma lachte.

»Älter als fünfzig Jahre«, sagte Fred.

Martin tat so, als wäre er verletzt, er krümmte sich am Beifahrersitz.

»Oh, das tut weh. Aber nein, glaub ich nicht. Sicher kann ich es zwar nicht sagen, auf alle Fälle habe ich bei diesem Lied zum ersten Mal mit einem Mädchen getanzt. Na ja, ich war ein bisschen ein Spätzünder.«

»Das heißt also, es muss ein langsames Lied sein«, warf Emma ein. »Kennst du es, Stefan?«

Stefan schüttelte den Kopf. Er konnte sich nicht erinnern, wann sie das letzte Mal dieses Spiel miteinander gespielt hatten. Irgendwie war das alles sehr unwirklich. Als wäre er in einer Zeitmaschine.

»Ist es ein Lied von Whitney Houston?«, fragte Fred.

»Also, so ein Spätzünder war ich auch nicht«, antwortete Martin mit gespielter Empörung. »Gebt ihr auf?«

»Ja, was ist es?«, fragte Emma.

»Paul Anka. *Put your head on my shoulder.*«

Weil Emma es nicht kannte, fing Martin an, die Melodie zu summen, doch das war so falsch, dass es nicht mal nach einem Lied klang, und er musste selbst darüber lachen. Emma tippte auf ihrem Smartphone herum, und ein paar Sekunden später hallte Paul Ankas Stimme durch den Wagen.

»Ach, dieses Lied«, sagte sie.

Obwohl Stefan den Wunsch, von der Skulptur zu erzählen, noch vor einer Minute so dringend gespürt hatte, wehrte sich nun alles in ihm dagegen. Er wollte das hier. Es war wie ein Blick in eine Vergangenheit, von der ihm gar nicht klar gewesen war, wie sehr er sie vermisst hatte. Und sei es nur ein paar Augenblicke. Er würde es sagen, ganz sicher. Aber nicht sofort. Vielleicht war dieses Spiel ein kleines Stückchen Rettungsseil, das ihnen über die nächste Stunde hinweghalf. Über ihre Sorge um Hannah. Und darüber, dass wahrscheinlich jeder von ihnen woanders sein wollte, nur nicht hier. Würde er ihnen von der Skulptur erzählen, wäre das alles vorbei.

»Gut, dann habe ich jetzt auch ein Schweres. *Wenn du willst, bekommst du eine Dampflok*«, sagte Emma.

»Das ist sicher ein Kinderlied«, sagte Martin und legte einen Finger auf seine Lippen, als würde er ernsthaft überlegen.

»Es ist *Sledgehammer* von Peter Gabriel«, sagte Stefan. Fred suchte im Rückspiegel seinen Blick, und für einen Augenblick sahen sie einander an. Im Halbdunkel sah es aus, als würde Fred lächeln.

Sie machten so weiter, irgendwann knarzte wieder Martins Schnarchen, doch sie hörten nicht auf zu raten. Stefan bemühte sich, wach zu bleiben. Dann übermannte ihn der Schlaf, und er konnte nicht mehr anders. Ihm fielen die Augen zu. Wie aus weiter Ferne hörte er die Stimmen von Emma und Fred und das Trommeln des stärker werdenden Regens auf dem Autodach. Er dachte noch, dass er von dieser verrückten Fahrt gerne Marie erzählen würde.

Stefan erwachte durch ein Geräusch. Der Platz neben ihm war leer, die Autotür auf Emmas Seite stand offen. Wo war sie? Er beugte sich vor, Fred hatte den Kopf am Seitenfenster angelehnt und schlief, Martin schnarchte leise.

Stefan blinzelte, draußen hatte bereits die Morgendämmerung eingesetzt, aber alles war grau in grau, und es regnete. Er stieg aus, es war kühl, der Regen peitschte ihm ins Gesicht. Das Haus war unverändert, vielleicht hatte sich Emma in den Wald verzogen, um zu pinkeln?

Er schaute sich um, der Wind rauschte in den Bäumen. Da war Emma. Gut fünfzig Meter entfernt, rannte sie die Landstraße entlang. Sie war doch nicht etwa joggen?

Er lief ihr hinterher und wollte ihr schon zurufen, sie solle stehen bleiben, da sah er, dass dort jemand kam, auf den Emma zulief. Nein, nicht nur jemand, es waren mehrere Personen. Als er näher kam, schwappte helles Lachen zu ihm. Es war eine Gruppe halbwüchsiger Mädchen, die sich unter ein paar Schirmen zusammenrotteten. Sie hatten Bierdosen in der Hand, rauchten, sie waren eindeutig betrunken und sahen mit dem verschmierten Make-up aus, als hätten sie wild gefeiert. Emma redetet mit ihnen, Stefan konnte nicht alles verstehen, was sie sagte, aber sie deutete aufgeregt zum Haus, und er bildete sich ein, den Namen John zu hören. Endlich erreichte er sie.

»Wer bist denn du?«, lallte eine Blonde in zerrissenen Jeans und legte ihre Hände auf seine Brust, als müsse sie sich an ihm abstützen.

»Stefan.«

»Kannst du uns nach Hause fahren? Unser Taxi hat uns nicht von der Party geholt.« Sie schürzte die Unterlippe, streckte ihren Kopf näher zu seinem Hawaiihemd und fing an zu lachen. »Das ist ja ein geiles Hemd. So eines will ich auch.«

»Wohnt er hier?«, hörte er Emma fragen.

»Ach du Scheiße, den wirst du hier nicht finden«, antwortete eine Schwarzhaarige. »Wenn du zu John willst, musst du schon zum Friedhof fahren.«

32.

Im Auto fiel Emma ein, dass sie die Mädchen hätte fragen sollen, wie alt dieser John, der hier gewohnt hatte, gewesen war.

Und wie er ausgesehen hatte.

Aber sie hatte nur wie paralysiert Stefan angesehen und war zum Wagen zurückgegangen. Nicht mal bedankt hatte sie sich.

Dicke Tropfen platschten auf die Scheiben, dabei fuhr Fred so langsam, dass Emma sich zusammenreißen musste, um nicht loszubrüllen. Er hielt das Lenkrad fest umklammert, als würde er sonst vom Sitz rutschen. In Gedanken trieb sie ihn an: Los, Fred, gib endlich Gas.

Der Parkplatz lag neben einer kleinen gemauerten Kapelle, von der der Putz abbröckelte. Es gab ein schmiedeeisernes Tor, doch die Mädchen hatten gelacht und gesagt, sie können ruhig jetzt hinfahren, es sei immer offen, seit der Pfarrer gestorben war und selber dort lag. Es war ein typisch ländlicher Friedhof, die langen Reihen fein säuberlich angeordnet, dazwischen immer wieder Bäume, die an heißen Tagen wahrscheinlich Schatten spendeten. Der Regen war wieder schwächer geworden, als wollte er sie bei der Suche nicht behindern.

Wortlos teilten sie sich auf, jeder schritt eine andere Reihe ab.

Emma sah den Schriftzug »John Wilkinson« bereits von Weitem. Eine schlichte weiße Schrift auf schwarzem Marmor. Ihr Blick huschte zum Geburtsdatum auf dem Grabstein. Es war keine Verwechslung. Hier lag ihr Vater begraben. John war tot.

Den Todestag konnte sie nicht lesen, ein Rosenstrauß verdeckte ihn. Emma wollte nach den anderen rufen, aber ihr Hals war so eng, dass nur ein Keuchen herauskam. Sie hörte Schritte auf dem Kies näher kommen.

»Emma? Hast du es gefunden?«, fragte Martin. Sie nickte. Stefan kam zu ihnen.

Fred, wo war Fred, verdammt?

Emma trat zum Grabstein und schob den Rosenstrauß zur Seite.

Sie ging in die Knie, verlor das Gleichgewicht und kippte nach hinten. Ihr wurde heiß, wie einem nur heiß werden kann, wenn man eine Wahrheit begreift. »John … ist vor … zehn Jahren?«, stammelte sie.

Dreizehn Jahre hatte John noch gelebt, nachdem er verschwunden war. Dreizehn Jahre lang hatte er ein anderes Leben geführt. Und ihre Mutter hatte ihnen das verheimlicht.

»Oh Gott«, sagte Martin.

Fred kam angelaufen, sein Handy läutete, verstummte und fing gleich wieder an zu läuten. Er blieb wie angewurzelt neben ihnen stehen, der fröhliche Klingelton hallte über die Gräber.

»Geh doch ran«, sagte Martin.

»Schneider. … Es tut mir leid, kann ich später … ja, die Nachricht ist von mir. Darf ich Sie gleich … wie bitte? Ja, ich bin Hannah Schneiders Sohn.« Freds Stimme klang plötzlich, als hätte er Kieselsteine im Mund. Er wurde kalkweiß im Gesicht. »Was für ein Unfall?«

33.

John, vor zehn Jahren

Der Arzt sah John über den Rand seiner Brille an. Es war ein freundliches Gesicht mit sanften Augen, um die die Jahre tiefe Lachfalten gegraben hatten.

»Es tut uns sehr leid, Herr Wilkinson.« Er legte seine Hand auf die von John. »Die Ergebnisse sind eindeutig.«

Und dann war da diese Stille im Raum, die alles in sich aufsog wie bei einer Implosion.

Die Worte des Arztes sickerten in Johns Kopf. Er sprach weiter, sagte etwas von irreparablen Schäden, und John war ihm dankbar, dass er nicht ein Mal die Worte »schwerer Alkoholmissbrauch« in den Mund nahm. Auf ein totes Pferd musste man nicht auch noch eintreten.

»Ist jemand mit Ihnen hergekommen?«

John schüttelte den Kopf.

»Sollen wir jemanden anrufen?«

Kurz dachte er an Regina. Sie war zu Hause und nahm an, er wäre gerade bei einer seiner Sitzungen der Anonymen Alkoholiker.

»Wie viel Zeit noch?«, fragte er.

Der Arzt hob die Schultern, schlug die Augen nieder, als würde er John wortlos auf die Antwort vorbereiten wollen. »Das ist in diesem

Stadium schwer zu sagen. Wochen. Mit etwas Glück auch ein paar Monate.«

Glück. Was für ein rätselhaftes Wort in diesem Zusammenhang. War es etwa Glück gewesen, bei einem versoffenen Vater aufzuwachsen, der ihn verprügelt hatte, bis er blutend in der Ecke lag? Glück, dass seine Mutter nichts dagegen unternommen hatte? Nein, sicher nicht. Aber vielleicht war es Glück, dass er in seiner Kunst einen Weg gefunden hatte, die Vergangenheit hinter sich zu lassen. Bis sie ihn doch wieder eingeholt hatte. Glück. Natürlich, ja, er hatte das Glück gehabt, sogar ganz nah, aber da war etwas in ihm, gegen das er machtlos zu sein schien. Oder war es möglicherweise Glück für seine Familie, dass er sie verlassen hatte? Ihnen seine Schwäche, seine Unfähigkeit, sein Versagen erspart hatte? Seine Geschichte war nicht ungewöhnlich. Bei den Treffen hatte er so viele gehört, die einander glichen. Eine überwundene Drogensucht, die nach Jahren in einer anderen Sucht – dem Alkoholismus – gemündet hatte. Dieser Rückfall, den er nie erwartet hätte.

»Die Sucht ist eine Krankheit«, hatte er in der Therapie gelernt. »Immer.«

Er hörte es und konnte es doch nicht glauben. Das hier, was auf den Laborbefunden stand, das war eine Krankheit.

Er schüttelte dem Arzt die Hand, dankte ihm. Fuhr nach Hause, nahm Regina in die Arme und flüsterte ihr ins Ohr: »Ich glaube, wir sollten heiraten.«

Wenigstens einmal wollte er etwas richtig machen. Sie versorgt wissen. Sie sah ihn an, fassungslos, lachte auf, als würde sie kein Wort glauben. Er strich ihr die Haare aus dem Gesicht, küsste ihre Stirn. Die letzten zwei Jahre hatte sie ihm beigestanden, die tiefsten Tiefen ausgehalten. Ohne sie hätte er es nie geschafft. Tag vierhundertzweiundvierzig.

»Du meinst das wirklich?«

Er nickte, drückte sie an sich.

»Ja. So schnell wie möglich. Am liebsten gleich morgen.«

Sie befreite sich aus seiner Umarmung.

»Aber warum? Und wieso so dringend? Ist was passiert?«

»Nein. Also, willst du mich heiraten?«

Sie sah ihn prüfend an, er dachte schon, sie würde ihm das Todesurteil ansehen.

»Ja, ich glaube, das will ich sehr gerne, Mr. Wilkinson.«

»Gut. Ich muss vorher noch nach Wien.«

Sie waren so groß geworden. John hatte nicht erwartet, wie groß und erwachsen sie waren.

Er saß im Taxi, das ihn vom Flughafen hergebracht hatte, und sah zum Eingang der Villa.

Emma, Fred und Stefan schleppten Kisten zu einem weißen VW-Kastenwagen. Es hatte den Anschein, als würde einer von ihnen ausziehen. Emma lachte, sie kommandierte im Spaß ihre Brüder herum. Fred verdrehte die Augen, er ordnete die Kisten im Wagen neu, als würde ihm nicht gefallen, wie seine Geschwister das gemacht hatten. Und Stefan. Er sah ihm so ähnlich, als würde er eine jüngere Version seiner selbst sehen.

»Sie wollen wirklich nicht aussteigen?«, fragte der Fahrer.

»Noch nicht.«

»Bitte, ist Ihr Geld.«

John rutschte tiefer in den Sitz, er wollte ihnen noch ein bisschen zusehen. Und dann kam Hannah aus dem Haus. Es fühlte sich an, als würde eine Hand Johns Herz packen und es zerquetschen. Sie hatte sich nicht verändert. Seine wunderschöne Frau.

Sie hielt eine Kaffeetasse in der Hand und nippte daran. Er musste lächeln, und in seinem Herzen breitete sich eine Wärme aus, die er seit Jahren nicht mehr gespürt hatte.

Das waren seine Kinder. Seine Familie.

Es war an der Zeit, ihnen die Wahrheit zu sagen. Sie um Vergebung zu bitten. Ihnen die Möglichkeit zu geben, ihn für schuldig zu erklären und ihn zu verurteilen für das, was er getan hatte.

John zahlte den Fahrer und gab ein großzügiges Trinkgeld. Dann legte er die Hand auf den Türöffner. Sein Herz klopfte so wild, als würde es jeden Moment rausspringen. Wie in Zeitlupe sah er Emma, die lachend ihrer Mutter die Tasse abnahm und einen Schluck trank. Fred, der in die Hände klatschte und auf sein Werk der geschichteten Kisten im Auto zeigte. Stefan, der die Hände in den Hosentaschen vergrub und etwas zu Fred sagte, worauf alle lachten. Hannah, die ihren Arm um Emmas Schulter legte und mit einem Kopfnicken auf das Auto hinter ihnen deutete – vielleicht ihres? Das von einem der Kinder? Und Fred, der daraufhin zurück ins Haus ging.

Sie hatten ihr Leben ohne ihn gemeistert. Was würde sich ändern, wenn er zurückkäme? Der tot geglaubte Vater. Der jetzt wirklich todkrank war. Was für eine Ironie.

Und Hannah? Er hatte nie aufgehört, sie zu lieben. Jeden Tag hatte er an sie gedacht. In seinen dunkelsten Stunden war sie immer bei ihm gewesen. Wie würde es ihr gehen, wenn sie von Regina erfuhr, die ihm beigestanden hatte? Ihn ausgehalten hatte, wenn er verzweifelt und heulend im Bett gelegen hatte mit vollgepisster Hose? Nach seinem Rückfall hatte sie ihn nicht aufgegeben. Ohne sie wäre er jetzt gar nicht hier.

Seine Hand zitterte am Türöffner.

»Na?«, fragte der Taxifahrer. »Soll ich helfen?«

Seine Familie war seine Familie. Für immer. Es war die falsche Entscheidung gewesen, damals, vor so vielen Jahren, am Tag, als Stefan fast ertrunken wäre. Der größte Fehler seines Lebens. Das wusste er jetzt – aber wusste man das nicht immer erst, wenn es zu spät war? Der Tod relativierte alles, er rückte die Dinge ins rechte Licht.

Er hätte es Hannah sagen müssen. Alles, was mit ihm los war. Warum hatte er es nicht getan? Aus Scham? Angst? Er konnte es sich jetzt selbst nicht mehr erklären.

Auch seinen Kindern hätte er es sagen müssen.

Und dann? Wie wäre ihr Leben verlaufen? Mit einem süchtigen und schwachen Mann als Vater?

Es waren eine Menge sinnloser Fragen. Und für Antworten war es zu spät.

John presste die Lippen zusammen, um nicht zu weinen. Er würde einen Weg finden, sich von seiner Familie zu verabschieden. Aber nicht so. Sie durften ihm nicht beim Sterben zusehen.

Langsam glitt seine Hand von der Türschnalle. Er konnte nichts dagegen tun, der Tränenschleier nahm ihm die Sicht. Seine Familie, das Haus, der weiße VW – alles zerfloss zu einer einzigen hellen Gestalt.

»Bitte fahren Sie mich zurück zum Flughafen«, sagte er heiser.

»Aber Sie haben …«, sagte der Taxifahrer und drehte sich zu ihm.

Rasch wandte John sein Gesicht zum Seitenfenster, damit der Mann nicht mitbekam, wie er weinte. Der Taxifahrer deutete ihm irgendwas, doch vor lauter Tränen konnte er gar nichts mehr sehen.

»Jetzt gleich.«

»Aber …«

»Fahren Sie doch.«

Der Taxifahrer räusperte sich. Dann startete er den Motor.

John hatte Glück, noch am selben Abend ging eine Maschine nach Nürnberg. Regina wartete in der Ankunftshalle auf ihn. Als sie ihn sah, lief sie durch die Absperrung und fiel ihm weinend in die Arme. Sie drückte ihn an sich, als wollte sie alle Luft aus ihm herauspressen.

»Die Klinik hat angerufen, als du weg warst.«

34.

Jeder Atemzug schmerzte Hannah.

»Sie haben riesiges Glück gehabt«, hatte der Arzt gesagt. Durch das Aquaplaning war das Taxi bei der Vollbremsung seitlich ausgebrochen und hatte sie zwar mit Wucht in der Drehung, aber zum Glück nicht frontal erwischt. Schlüsselbeinbruch, zwei gebrochene Rippen, dazu etliche Schürfwunden und lila, blaue und gelbgrüne Flecken, die sich wie Landkarten über ihre gesamte linke Körperhälfte zogen. Trotz der Schmerzmittel tat jede Faser ihres Körpers weh, als wäre sie durch einen Fleischwolf gedreht. Ihr Gesicht fühlte sich an wie nach einem Boxkampf, und ihr Oberkörper war so fest bandagiert, dass sie nicht mal den Arm heben konnte. Was wahrscheinlich vor Schmerzen auch gar nicht möglich gewesen wäre.

Hannah schlief immer wieder ein und wachte völlig verwirrt auf. Dann wusste sie nicht, was geschehen war, bis dieses Bild der Scheinwerfer, die im Regen auf sie zukamen, wieder vor ihr auftauchte. Danach wurden ihre Erinnerungen schwarz.

Es heißt, das Leben zieht an einem vorbei, wenn man stirbt. Deshalb dachte Hannah im ersten Moment, es wäre jetzt so weit, als die Tür des Krankenzimmers aufging und Emma, Martin, Stefan und Fred eintraten. Doch die Szene fror ein. Sie schloss die Augen, und als sie sie wieder öffnete, waren sie noch immer da. Emma hielt sich die Hand vor den Mund, Stefan sah sie mit glasigen Augen an, Fred stand da wie versteinert, ohne eine Miene zu verziehen, und Martins Kinn bebte. Das war nicht der Auftakt zum Film ihres Lebens. Das war echt. Sie schluchzte auf.

»Hannah«, brach Martin das Schweigen.

»Keine … Absicht«, weinte sie.

Sie spürte Martins Hand, der ihr über die Wange streichelte. Ihr schmerzender Körper schüttelte sich. Fred, Emma und Stefan wirkten gar nicht mehr wie ihre erwachsenen Kinder, sondern so, als wären sie wieder ganz klein. Niemand von ihnen sagte ein Wort, mit ihren großen Augen blickten sie auf Hannah, wie damals. Sie wollte ihnen sagen, wie sehr sie sie liebte. Sie hatte nicht gewusst, dass es eine so bedingungslose Liebe überhaupt geben konnte. Sie war nie die Art Mutter gewesen, die in ihrem Nachwuchs nur sich selber suchte und enttäuscht war, wenn sich herausstellte, dass die Persönlichkeiten sich so ganz anders entwickelten. Im Gegenteil. Gerade die Eigenständigkeit ihrer Kinder war das, was sie schon immer wunderbar gefunden hatte. Sie war so dankbar für jeden von ihnen. Und das machte es unerträglich schwer. In den vergangenen drei, vielleicht auch vier Jahren war Hannah immer wieder von dem Gedanken überrumpelt worden, wie ihre Kinder reagieren würden, sollten sie jemals die Wahrheit erfahren.

Diese Überlegung überfiel sie immer ganz plötzlich. Wenn sie auf der Massageliege ächzte, während ihre Schultern durchgeknetet wurden. Vor den Tabellen mit den Abrechnungskosten, die an Mieter oder Eigentümer geschickt wurden und vorher kontrolliert werden mussten. Unter der Dusche, beim Einräumen des Geschirrspülers, im Wartezimmer eines Arztes, neben Martin auf der Couch beim Fernsehen. Wie ein ungebetener Gast tauchte die Frage auf, und dann wurde Hannah von einer Art der Scham überrollt, die sie sonst nicht kannte. Am liebsten wollte sie aufspringen und irgendetwas tun, ihre Kinder um Verzeihung bitten und ihnen alles sagen. Manchmal wollte sie auch einfach nur weglaufen. Oder sie spendete eine ordentliche Summe an eine wohltätige Organisation, um ihr Gewissen zu beruhigen. Sie hatte in einem Frauenmagazin gelesen, dass nach einem Seitensprung, den man zutiefst bereute, das schlechte Gewissen unerträglich werden konnte. Hannah hatte weder John noch Martin jemals betrogen. Aber sie verstand, wie diese Menschen sich fühlen mussten. Einmal hatte sie sogar überlegt, zur Beichte zu gehen. Sie war weder katholisch, noch glaubte sie an die Absolution eines Priesters, aber die Idee, es wenigstens irgendjemandem zu erzählen, wirkte verlockend. Als sie dann in der Kirche vor dem Beichtstuhl stand, wurde ihr klar, dass sie hier fehl am Platz war. Wenn schon, dann sollte sie Martin davon erzählen, nicht einem fremden Pfarrer.

Martin würde sie nie zu etwas zwingen und konnte ein Geheimnis für sich behalten. Sie hatte es sogar versucht. Zuerst nur mit Andeutungen. Doch da wurde ihr rasch klar, dass sie nicht damit leben könnte, wenn Martin es wusste und ihre Kinder nicht. Also hatte sie alles verschwiegen und gelernt, die Reue, die Scham und die Trauer so schnell wie möglich in die Versenkung zu befördern, bevor sie selbst unter ihnen begraben wurde. Doch dann, als sie auf der Party diesen Mann gesehen hatte, der solche Ähnlichkeit mit John hatte, war alles herausgebrochen.

»John«, sagte sie.

»Wir wissen Bescheid«, sagte Fred, vielleicht war es auch Stefan, sie wusste es nicht genau. Sie schüttelte den Kopf, es war nur ein paar Millimeter möglich.

»Ruh dich aus, das können wir alles später …«, sagte Martin.

»Nein. Bitte.« Sie musste es jetzt sagen. »John, dieser Unfall damals … nie gegeben. Er war … nicht tot.«

»Ja. Wir haben sein Grab gesehen«, sagte Emma. Sie hörte sich an, als kämpfte sie mit den Tränen.

Hannah erschrak, es war zu spät. Sie hatten entdeckt, was sie ihnen hätte sagen müssen.

»Ich wusste nichts von ihm. Bis vor zehn Jahren … dieser Anruf.« Jedes Wort war schwer und groß, aber sie musste reden. »Eine Frau, die ich nicht kannte … am Telefon.« Ihre Stimme klang fremd. Zittrig und erstickt. Als würde sie gar nicht zu ihr gehören. »Diese Frau, Regina. Hat gesagt, sie ist … Johns Frau.«

Hannah hatte die Stimme im Ohr. Sie hörte so deutlich die Worte, als wäre der Anruf erst gestern und nicht vor so vielen Jahren gewesen.

»John war im Krankenhaus … ging ihm sehr schlecht …«

Emma, Stefan und Fred sahen sie an, als würden sie ihr nicht glauben. Als hätte ihre Mutter den Verstand verloren, wie damals, an diesem Morgen im September vor mehr als zwanzig Jahren. Aber vielleicht musste man diese dunkle, verborgene Seite in sich haben, um so ein Geheimnis für so lange Zeit mit sich herumzutragen.

»Sie hat gesagt, er wüsste nichts … von dem Anruf. Hat gefragt, ob wir … ihn sehen wollen … uns verabschieden.«

Sie schluckte und musste sich bemühen, weiterzusprechen. Dieser Moment entschied über Reden oder Schweigen. Ein lautes »Ja« schoss durch ihren Kopf, und plötzlich war sie so wach und klar, dass sie nicht einmal darüber nachdenken musste. »Ich wollte es euch sagen … aber ich … konnte nicht. Nicht sofort. Vielleicht war es der Schock, ich weiß es nicht. Ich war so wütend … auf ihn … und hatte Angst … wenn ihr die Wahrheit … also habe ich gewartet. Zwei Tage.« Sie hielt inne, presste die Augen fest zu. »Nach zwei Tagen bin ich zum Flughafen gefahren, habe vier Tickets gekauft und Johns Frau angerufen, um ihr zu sagen, dass wir kommen.«

Das müssen Sie nicht mehr. Er ist vor einer Stunde gestorben, hatte die Frau mit tonloser Stimme gesagt. Die Worte waren in ihr Hirn eingraviert, selbst wenn sie alles vergessen wollte, könnte sie es nicht.

»Es war zu spät. John war …« Hannahs Stimme versagte.

Sie hatte immer erwartet, es würde ein inneres Erdbeben folgen, wenn sie die Wahrheit ausgesprochen hätte. Doch es war ganz anders.

Sie fühlte sich wie die Überlebende einer Naturkatastrophe. Erleichtert, aber auch wie unter Schock. Das Letzte, was Hannah noch spürte, waren die tröstenden Hände ihrer Kinder, die sie streichelten, die Küsse auf ihre Wangen, das Wegwischen ihrer Tränen und das gewisperte »Mama, nicht weinen«. Dann brach die Welle aus Erschöpfung und Trauer über ihr zusammen und zog sie hinunter in einen tiefen Schlaf.

35.

Das Erste, was Hannah sah, als sie erwachte, war der Strauß bunter Rosen am Nachttisch. Rot, weiß, gelb, rosa. Sie waren wunderschön und verströmten einen angenehmen Duft gegen den Desinfektionsgeruch in der Luft. Hannah versuchte sich aufzurichten, aber ein schneidender Schmerz schoss durch ihren Oberkörper, und sie stöhnte auf.

»Brauchen Sie Hilfe?«, fragte eine Frau. Sie saß auf einem Stuhl am Bettende.

Hannah hatte keine Ahnung, wer das war. Sie trug eine weiße Bluse und helle Jeans. Sonst war niemand im Zimmer. Nicht ihre Kinder und auch nicht Martin. Hatte sie das alles geträumt?

Ganz selbstverständlich stand die Frau auf und griff mit beiden Armen unter Hannahs Schulterblätter.

»Schieben Sie sich mit den Beinen an«, sagte sie, zog Hannah hoch und stopfte ein Kissen unter ihren Rücken. »Ist es besser so?«

»Ja, danke. Sind Sie Krankenschwester?«

»Nein.« Sie zögerte kurz. »Ich bin … Physiotherapeutin.«

Sie lächelte und deutete zur Tür.

»Sie waren bis jetzt da, sie sind nur kurz nach unten gegangen, als ich gekommen bin. Um einen Kaffee zu trinken und was zu essen. Soll ich sie wieder raufholen?«

»Wen denn?«

»Ihre Kinder und Ihren Mann?«

Dann war es doch kein Traum, stellte Hannah erleichtert fest.

Im nächsten Moment fiel es ihr wieder ein. Ihr Geständnis. Sie wollte nicht daran denken, das war unerträglich.

»Wie lange habe ich geschlafen?«

»Fast den ganzen Tag. Geht es Ihnen ein bisschen besser?«

»Ja … ich glaube schon. Danke.«

Die Frau stand unbeholfen vor Hannah. Wollte sie etwa gleich mit Übungen beginnen? Hannah konnte sich doch gar nicht bewegen.

»Stören Sie die Blumen?«, fragte die Frau. »Ich kann sie auch wegnehmen, ich dachte nur, na ja, vielleicht ist es ganz nett.«

»Die sind von Ihnen?«

Sie nickte und lächelte.

»Aus meinem Garten.«

»Sie sind sehr schön. Danke. Entschuldigen Sie bitte, aber ich bin mir nicht sicher, ob ich das richtig verstanden habe. Sie sind meine Physiotherapeutin?«

Sie sah, wie die Frau den Kopf schüttelte, sich straffte, und plötzlich war da die Erinnerung. Regen klatschte ihr ins Gesicht. Sie lag auf der Straße, konnte sich nicht bewegen. Die Frau hatte auf Hannah eingeredet, sie solle liegen bleiben, ein Krankenwagen sei schon unterwegs. Hinter ihr stand ein Mann, der gebrüllt hatte, er könne nichts dafür, habe sofort gebremst. Eine Flut an Schimpfworten kam aus seinem Mund. Die Frau hatte ihm gesagt, er solle still sein, hatte Hannahs Hand gehalten und beruhigend auf sie eingeredet.

»Sie waren da … bei dem Unfall«, sagte Hannah.

»Ja. Ich bin Regina … Wilkinson.«

Hannah brauchte einen Moment, um es zu begreifen. Das war die Frau, mit der sie vor zehn Jahren am Telefon gesprochen hatte. Obwohl sie ihre Worte und den bayrischen Dialekt noch ganz genau im Ohr hatte, hatte sie die Stimme nicht mit ihr in Verbindung gebracht. Wahrscheinlich, weil »die Frau, die John geheiratet hat«, in ihrer Vorstellung einer temperamentvollen Penelope Cruz glich. Oder einer hinreißenden Julia Roberts. Aber nicht dieser ganz normalen Frau vor ihr. Jemandem aus dem richtigen Leben. Groß, mit schwarzen kurzen Haaren, einem freundlichen Gesicht. Ihre Augen waren dunkel, mit einem tiefen Blick. Wahrscheinlich ein bisschen jünger als Hannah, aber nicht wesentlich. Peinliche Stille breitete sich aus.

In Gedanken hatte sich Hannah diese Begegnung immer viel schlimmer vorgestellt. Doch jetzt stand da diese nette Frau neben ihrem Bett, und Hannah dachte sogar, hätten sie einander unter anderen Umständen kennengelernt, wäre Regina ihr auf Anhieb sympathisch gewesen.

»Danke, dass Sie sich gestern um mich gekümmert haben«, sagte Hannah. Sie versuchte ein Lächeln, dem ein »Au« folgte. Regina lächelte mitfühlend zurück.

»Ich habe Ihnen noch was mitgebracht. Ich wollte es Ihnen schon vor zehn Jahren schicken, aber es war Johns Wunsch, es nicht zu tun.«

Hannah schloss die Augen. »Wieso?« Es tat unerwartet weh, dieses »Johns Wunsch«.

»John hat mich gebeten, Ihnen zu schreiben, wenn er gestor… Jedenfalls sollte ich Ihnen das erst geben, wenn Sie sich auf die Traueranzeige melden. Sein Foto habe ich mit in den Umschlag gepackt, ich dachte mir, das wäre vielleicht ein Hinweis. Damit Sie sich melden …«

Was Hannah nie getan hatte. Die Traueranzeige hatte sie zerrissen, nur das Kuvert mit dem Foto hatte sie aufbewahrt, um beides eines Tages ihren Kindern zu geben.

Hannah setzte schon an, den Kopf zu schütteln. Sie war zu erschöpft, um noch irgendwelche weiteren Überraschungen zu erleben.

»Ich weiß, es ist alles sehr viel. Aber Sie sollten es sehen. Wirklich«, sagte Regina. »Es ist mir nicht leichtgefallen, Ihnen das die ganzen Jahre nicht zu schicken. Aber John war da sehr strikt. Er hat gesagt, ich darf das nur tun, wenn Hannah es will.«

Sie holte ein in weißes Packpapier eingewickeltes quadratisches großes Paket, das an der Wand lehnte. Es war offenbar ein Bild.

»Wollen Sie es sehen?«

Hannah seufzte und nickte langsam. Regina befreite es von dem Papier. Es dauerte einen Moment, bis Hannah begriff, was John gemalt hatte.

»Aber …«, begann sie und schaute ungläubig zu Regina und dann wieder auf das Bild.

Da war die Villa im Hintergrund, auf der Straße ein weißer VW-Kastenwagen. Hannah hielt eine Kaffeetasse in der Hand, der Wind wehte ihr die Haare aus dem Gesicht. Ihr Arm war um Emma gelegt, die lachend ihren Kopf in den Nacken warf. Fred, der zufrieden in den Laderaum des Autos sah. Stefan mit den Händen in den Hosentaschen und einem erwartungsvollen Lächeln auf den Lippen. Wann war das? Dieser Kastenwagen, genau, sie hatten ihn an dem Tag gemietet, als Stefan ausgezogen war. Weil er unbedingt seinen Schreibtisch, der mal ihrem Vater gehört hatte, mitnehmen wollte und der in keinen Pkw gepasst hätte. Sie hatten ihm zu dritt beim Umzug in die erste eigene Wohnung geholfen. Das musste zehn Jahre her sein. Es bedeutete, John war da gewesen. Sie sah ungläubig zu Regina.

»Ich verstehe nicht«, sagte Hannah mit brüchiger Stimme.

»Er war vor dem Haus. In einem Taxi. Er wollte aussteigen, aber …«

Regina deutete links auf dem Bild auf eine frei gelassene Fläche. Als wäre das Gemälde nicht vollendet. Nein, das war gar nicht frei gelassen, es war weiße Farbe. Und da stand etwas. Weiß auf Weiß.

»Können Sie es lesen?«, fragte Regina.

Hannah schüttelte den Kopf, und Regina hielt das Bild schräg, damit das Licht anders fiel. Als Hannah erkannte, was John geschrieben hatte, vergaß sie für einen Moment ihre Schmerzen.

Die Tür wurde geöffnet, und Fred steckte den Kopf herein. »Oh, du bist ja wach.«

Hinter ihm betraten Emma, Stefan und Martin das Krankenzimmer. Sie lächelten Regina zu, und da begriff Hannah, dass sie einander schon kennen mussten.

»Wie geht es dir?«, fragte Martin und kam zu ihr ans Bett.

»Das Bild«, flüsterte sie.

»Was ist das?«, hörte Hannah Emma fragen.

»Ein Bild, das Ihr Vater kurz vor seinem Tod gemalt hat. Vor zehn Jahren«, sagte Regina.

»Aber das ist doch, als ich …«, sagte Stefan und verstummte.

»Wieso?«, fragte Fred heiser.

»Steht da was? In der weißen Fläche?«, fragte Stefan.

»Ja«, sagte Emma. »Da steht: Für immer.«

Ihre Stimme klang so hell, als wäre sie wieder zehn Jahre alt.

Regina stellte das Bild auf das Fensterbrett.

»Ich würde Ihnen gerne etwas von John erzählen«, sagte sie.

36.

Als der Landeanflug begann, starrte Emma aus dem Fenster. Tausende Lichter unter ihnen.

Die Maschine setzte sanft auf der Rollbahn auf. Sie sah neben sich, Stefan war eingeschlafen, ihn machte der Druckausgleich immer müde. Vielleicht waren sie aber auch einfach alle nur vollkommen erledigt. Fred tippte eine Nachricht in sein Handy, wahrscheinlich an Lydia, dass sie gelandet waren. Sie waren wieder zu Hause.

Martin war nicht mitgekommen. Er wollte bei Hannah bleiben, bis sie nach Wien überstellt werden konnte, was laut dem Arzt in einer Woche möglich sein sollte.

Emma wirbelte noch der Kopf. Wo war der Anfang? Hätte es etwas geändert, wenn Hannah nicht behauptet hätte, John sei bei diesem Unfall in Thailand gestorben?

Es würde lange dauern, bis sie alle begriffen hatten, was in ihrem Vater vorgegangen war. Sein Kampf, von dem keiner gewusst und den er letztendlich verloren hatte.

»Er war krank«, sagte Regina. »Die Sucht war nicht die Ursache. Sie war sein Ausweg aus der Angst, den Depressionen.«

Emma wusste nicht, ob das stimmte. Was es bedeutete. Und ob es sein Verhalten zwar erklärte, aber jemals rechtfertigen würde? Konnte man nicht irgendwem verdammt noch mal die Schuld dafür geben? Dann wäre es auf jeden Fall leichter zu ertragen. Keiner von ihnen hatte von Johns Vergangenheit gewusst, noch nicht mal

Hannah. Er war immer nur davongelaufen, und irgendwann hatte es ihn dann eingeholt. Aber reichte das wirklich aus? Hatte nicht jeder die Chance, seine eigene, ganz neue Geschichte zu schreiben? Was entschied über Stärke und Schwäche? Und was war mit ihr? Emma strich sich übers Gesicht, als könnte sie ihre Verwirrung abstreifen. Das waren für den Moment zu viele Fragen.

Die Maschine erreichte die Parkposition, die Anschnallzeichen erloschen mit einem »Pling«.

»Aufwachen, Stef«, sagte Emma und rüttelte leicht an seiner Schulter.

»Was? Wo …« Er sah aus dem Fenster. »Sind wir etwa schon da?«

»Ja, sind wir«, sagte Fred und stand auf. Er war erstaunlich still gewesen, seit sie das Krankenhaus verlassen hatten. Keiner von ihnen hatte angesprochen, was geschehen war. Als müssten sie es alle erst mal verdauen.

Emma wusste gar nicht, warum, aber eine merkwürdige Unruhe überkam sie, wenn sie Fred jetzt ansah. Er hatte gehört, was sie gehört hatten, und es war klar, dass keiner von ihnen Hannah vorwerfen würde, was sie so lange mit sich herumgeschleppt hatte. Eine Verkettung unglücklichster Umstände, vielleicht konnte man es so am besten beschreiben. Und trotzdem, obwohl sie und Stefan auch traurig und verstört waren, bei Fred schien noch irgendetwas anderes dabei zu sein. Aber es war nicht greifbar für Emma, vielleicht bildete sie sich das auch einfach nur ein. Oder er war schlicht und einfach genervt, weil er das alles nicht vorausgesehen hatte und es außer seiner Kontrolle war.

Sie nahmen sich zu dritt ein Taxi, und als Emma als Erste ausstieg, fiel die Verabschiedung sehr schnell aus. Eine kurze Umarmung mit Stefan, der neben ihr auf der Rückbank saß. Sie streckte die Hand nach vorne zu Fred. Er griff danach und hielt sie einen Moment. Emma hatte den Eindruck, als wollte er etwas sagen. Doch dann drückte er sie nur kurz und ließ wieder los, ohne sie anzusehen. Sie schaute dem Taxi nach, das mit ihren Brüdern wegfuhr, und plötzlich fühlte sie sich, als wäre da ein Loch in ihrem Brustkorb. Als würde irgendwas fehlen.

Sie wollte jetzt nicht allein sein. Am liebsten hätte sie Georg angerufen. Nein, das sollte sie nicht tun. Wäre es aufdringlich, wenn sie sich bei Fabienne meldete?

Emma schüttelte den Kopf über sich selbst. Fabienne würde ihr schon sagen, ob sie Zeit und Lust hatte, sie zu sehen, oder nicht. Sie holte ihr Handy heraus, da sah sie die SMS von Georg.

Emma, ich musste sehr viel über unser Gespräch nachdenken. Können wir uns sehen? PS: Neuigkeiten von Hannah?

In dem Augenblick, als Emma eine halbe Stunde später Georg die Tür öffnete, sprang die Sicherung raus, und die Wohnung war schlagartig dunkel.

»Die Waschmaschine?«, fragte Georg in der Tür.

»Die Waschmaschine«, sagte Emma.

Sie hatte rasch geduscht, und weil sonst nichts Sauberes da war, trug sie ein Kleid, das ihr früher mal gepasst hatte und jetzt zu groß war. Die Kleidung der letzten beiden Tage hatte sie mit den Sportschuhen in die Waschmaschine gegeben. Und weil sowieso so viel Schmutzwäsche herumlag, hatte sie die Maschine auch gleich vollgestopft. Zu voll. Aber sie hatte gar nicht mehr daran gedacht, dass immer die Sicherung raussprang, wenn man das machte. Wahrscheinlich weil sie schon so lange keine Wäsche mehr gewaschen hatte.

»Du solltest dir eine neue kaufen«, sagte Georg.

»Ich weiß. Mach ich gleich morgen«, sagte Emma und stellte erstaunt fest, dass sie das auch so meinte.

Georg trat ein, ganz selbstverständlich ging er zum Sicherungskasten, und als Emma sich in der Dunkelheit bis ins Badezimmer zur Waschmaschine getastet hatte und rief: »Hab sie ausgeschaltet«, hörte sie das Klicken des Sicherungsschalters, und es wurde wieder hell.

Das hatten sie früher auch so gemacht. In einem anderen Leben. Emma blieb vor der Waschmaschine stehen. Ein anderes Leben. Ja, das war es wirklich. Ein Leben, in dem es wichtig war, dass Georg gefrorene Trauben lieber aß als jedes Eis, obwohl er davon Bauchweh bekam. Er Waldspaziergänge nach dem Regen liebte und immer aus vollem Hals mitsingen musste, wenn *Bohemian Rhapsody* im Radio lief. Sie ging zu ihm, er war im Wohnzimmer und stand da wie ein Möbelstück, das nicht hierher gehörte.

»Ist Hannah wieder aufgetaucht?«

»Ja. Es ist …«

Im ersten Moment wollte Emma es ihm erzählen. So wie früher. Aber dann hielt sie inne. Wo würde das hinführen? Sie würde sich ausheulen, er würde sie verstehen, wäre wahrscheinlich schockiert, würde versuchen, sie zu trösten.

»Also, was wolltest du besprechen?«, fragte sie stattdessen und setzte sich auf die Couch.

Plötzlich wirkte er sehr verlegen, sah zu Boden, als wäre dort etwas Interessantes, das es zu begutachten galt. Im nächsten Moment schob er sich die Hemdsärmel hoch, als wäre da irgendwo ein Garten, der umgegraben werden musste.

»Habe ich mich geirrt?«, fragte er und sah hoch. »Nein, das ist eine blöde Frage. Ich meine … unsere Scheidung. War das ein Fehler? Mir geht nicht mehr aus dem Kopf, was du gesagt hast. Auch, dass ich dir fehle. Weil die Wahrheit ist, Emma …«, er schluckte, und sein Adamsapfel hüpfte, »… du fehlst mir auch. Mehr, als du dir vorstellen kannst. Ich wollte dich nie ersetzen.« Seine Stimme wurde leise. »Das könnte ich gar nicht.«

Emma stiegen Tränen in die Augen. Sie liebte Georg, das tat sie wirklich und möglicherweise sogar für den Rest ihres Lebens. Sie dachte an John. Oft hatte sie sich gefragt, was sie von ihrem Vater geerbt hatte, ob es Ähnlichkeiten zwischen ihnen gab? Er hatte in seine Abgründe geblickt und es nicht ausgehalten. Dann war er fort gewesen. Sie dachte an ihre Verzweiflung nach der Diagnose, dass sie unfruchtbar war, ihre Wut. Und daran, wie sie Georg von sich weggestoßen hatte. Er war wirklich gegangen. Durfte sie ihm das vorwerfen? Warum stand er jetzt hier vor ihr? Wollte er Absolution? Wollte er sie zurück? Wo würde das enden? Vielleicht hatten sie einfach ihr Bestes versucht und verloren. Sie hatte es so satt, ihre ganze Bitterkeit, die sie langsam von innen auffraß.

Lass ihn los.

War es das größte Geschenk, das sie sich selbst machen konnte, ihn gehen zu lassen? Sich für ihn zu freuen? Der Gedanke fühlte sich an, als würde sie in den Bauch getreten. Sie bemühte sich um ein Lächeln, obwohl ihre Lippen zitterten.

»Sie sind jetzt deine Familie. Sie brauchen dich. Und … du brauchst sie.«

Er sah sie an, als hätte er nicht mit dieser Antwort gerechnet.

»Ich will dich nicht verletzen, Emma, das wollte ich nie. Du bist immer … du warst immer …«

Ihn anzusehen fühlte sich an, als würde Emmas Herz zerreißen. Er seufzte, als könne er es nicht aussprechen. Weil vielleicht das, was er sagen wollte, einem Verrat gleichkäme. Plötzlich kam er zu ihr, legte seine Arme um sie und zog sie fest an sich. Im ersten Moment stand sie stocksteif da. Doch Georg ließ sie nicht los. Er wiegte sie leicht. Und irgendwann gab sie nach und legte ihre Hände auf seinen Rücken.

Obwohl Emma vor ein paar Stunden ihr Leben noch wie ein einziges Chaos vorgekommen war, fühlte sie sich jetzt ganz klar. Als hätte sich ein Vorhang gehoben. Es gab kein Zurück. Sie hatte ihre Entscheidung schon vor langer Zeit gefällt. Während er sie weiterwiegte, sagte er leise in ihr Ohr: »Danke, Emma. Danke für alles.«

Sie wusste nicht, wie lange sie so dagestanden hatten, aber irgendwann lösten sie sich voneinander, und Emma brachte ihn zur Tür. Sie küssten sich auf die Wangen. Das war er also, der bittersüße Abschiedsschmerz.

»Vielleicht ist es besser, ich suche mir einen anderen Steuerberater.«

Georg sah sie an, als hätte er Schmerzen. Dann nickte er. Ihr gemeinsames Seufzen erfüllte den Vorraum, und für einen winzigen Augenblick mussten sie beide lachen.

Und schließlich ging er. Seine Schritte wurden leiser im Treppenhaus. Emma kam es vor, als würden sie auch langsamer. Bis sie nicht mehr zu hören waren. Sie schloss die Wohnungstür, holte ihr Handy und wischte sich mit dem Handrücken die Tränen von den Wangen.

Fabienne ging sofort ran. Emma nahm einen tiefen Atemzug, sie musste sich zusammenreißen.

»Fabienne, hallo. Hast du Lust, was trinken zu gehen?« Ihre Stimme kiekste verdächtig, schnell hielt sie das Handy ein Stück weg.

»Natürlich, was ist denn los? Weinst du?«

Sie schluchzte auf. So viel zum Zusammenreißen.

»Ja.«

Sie weinte nicht nur wegen Georg. Die ganze Trauer über ihren Vater, ihre Mutter, verpasste Chancen, Abschiede, die nie stattgefunden hatten, und verlorene Brüder platzte aus ihr heraus.

»Oh, Emma. Wo bist du? Ich komme zu dir. Soll ich Wein mitbringen?«

»Ja, bitte«, heulte Emma. »Ich glaube, unser Club hat gleich seine erste offizielle Sitzung.«

37.

»Guten Morgen, Herr Dr. Schneider? Sie sind ja wieder da?«

Frau Dr. Renner stand in ihrer ganzen Fülle in der Tür zu Stefans Labor, in dem er schon seit Stunden vor der schwebenden Wasserbrücke saß und hineinstarrte. Als würde er darin irgendwelche Antworten finden. Seine Forschung war schon immer sein Rettungsanker gewesen. Aber heute funktionierte es nicht. Seine Gedanken schweiften permanent ab. Zu John. Seiner Mutter. Er hatte Martin am Morgen angerufen und auch kurz mit Hannah geredet. Sie erholte sich gut und hatte sich sehr über seinen Anruf gefreut. Über Johns Gemälde hatten sie kein Wort verloren. Wahrscheinlich war es dafür noch zu früh. Doch auch nach dem Telefonat kam Stefan nicht zur Ruhe. Als würde sich ein Karussell in ihm drehen und er konnte es einfach nicht stoppen.

Er hatte gestern Abend den Eindruck gehabt, dass Emma die Neuigkeiten besser aufgenommen hatte als Fred und er. Vielleicht weil sie durch ihre Bücher und Geschichten schon längst Abschied von John genommen hatte.

Fred war auf dem gesamten Heimweg so wortkarg und verschlossen gewesen wie – ja, wie eigentlich noch nie. Und da war noch ein Gefühl, das Stefan nicht einordnen konnte. Er fühlte sich – schuldig. Er wusste, er war noch ein Kind gewesen. Aber nach dem, was Regina erzählt hatte, fragte er sich, was geschehen wäre, wenn er an diesem Sommertag nicht so dringend hätte schwimmen wollen? Wenn er nicht zum Fluss gelaufen und ausgerutscht wäre? Seine Mutter ihn nie hätte retten müssen? Wäre John dann geblieben? Und ihr Leben anders verlaufen? Vielleicht hätte John seine Sucht früher oder später in den Griff bekommen? Es waren absurde Gedanken, die nichts brachten, das berühmte »Was wäre wenn«, auf das es sowieso keine Antwort gab.

»Guten Morgen, Frau Dr. Renner.«

Frau Dr. Renner machte ein bestürztes Gesicht.

»Frau Kronsteiner hat mir gesagt, Sie wären krank? Sind Sie denn wieder gesund? Ich halte nichts davon, sich aus übertriebenem Pflichtbewusstsein nicht auszukurieren?«

»Oh, nein. Ich meine, ich war nicht krank. Es war ... es war eine Familienangelegenheit.«

»Ach so?«

»Ja.« Er atmete tief ein. »Mein Vater ist gestorben.«

»Oh Gott, mein Beileid ... ich wusste nicht ...«

»Nein, nein. Schon vor zehn Jahren, ich habe nur erst gestern davon erfahren. Wir hatten ... keinen Kontakt.« Stefan hätte fast gelacht über seine bemühte Umschreibung. »Er wollte das so.«

Wieso hatte er das gesagt? Er schluckte, sein Hals wurde eng, und er strich sich vor Verlegenheit sein Hemd mit den gelben Palmen und den roten Hibiskusblüten glatt. Hatte John es wirklich gewollt? Aber wenn nicht, warum hatte er es dann getan? Frau Dr. Renner sah ihn an, als würde sie überlegen.

»Das muss sehr schmerzhaft sein.«

Sie hatte es nicht als Frage formuliert.

Schmerzhaft, ja, das war der richtige Ausdruck. Es war schmerzhaft gewesen, aufzuwachen. Schmerzhaft, in die Uni zu kommen. Schmerzhaft, hier zu sitzen bei dem Versuch, sich abzulenken und in die Arbeit zu stürzen und zu merken, dass es nicht klappte. Er fühlte sich benommen, als wäre in seinem Kopf Watte.

Frau Dr. Renner zog ihren zu engen weißen Kittel zurecht. »Sie kennen sicher das Experiment des Grazer Forschers, als er durch

Zufall vor einigen Jahren auf die Wasserbrücke gestoßen ist?«, fragte sie. Natürlich kannte er es. Es war der Ursprung seiner Arbeit. Und das wusste sie auch. »Und Sie wissen, wenn man mit einem gebündelten Licht, zum Beispiel einem Laserpointer, in ein Glas Wasser leuchtet, dann geht der Strahl in einer Linie durch«, sprach sie einfach weiter. »Und dass, richtet man dieses Licht auf die fließende Wasserbrücke, der Strahl in alle Richtungen zersplittert? So etwas war noch nie vorgekommen, und es machte einfach keinen Sinn? Bis man schließlich herausfand, dass die Protonen in der Brücke für dieses Phänomen verantwortlich sind? Verstehen Sie, worauf ich hinauswill?«

Sie reckte den Kopf. Stefan hatte keine Ahnung, was sie meinte, und anscheinend sah sie ihm das auch an.

»Sieht man die Wasserbrücke, dann ist es nichts weiter als ein Seil aus Wasser? Eine Verbindung, die durch die elektrische Ladung entsteht? Erst durch das Licht des Lasers hat sich für den Wissenschaftler das Außergewöhnliche offenbart? Hätte er den nicht gehabt, gäbe es unsere ganze Forschung nicht? Was ich damit sagen will – ich weiß nicht, was Ihr Vater gemacht hat? Oder was für ein Mensch er war? Aber Sie sind sein Sohn? Und vielleicht wäre schon das allein Grund genug, diese Verbindung unter ein wenig Laserlicht zu betrachten?«

Stefan musste lächeln. Es war nett von Frau Dr. Renner, dass sie das sagte. Tröstend. Er dachte an das Bild, das John gemalt hatte. Ihm fiel die Frage von Maries Tochter wieder ein.

Was geschieht, wenn Liebe dazukommt?

Er nickte Frau Dr. Renner zu.

»Danke.«

Sie nickte zurück und drehte sich um.

»Frau Dr. Renner? Darf ich Sie noch was fragen?«

»Natürlich?«

Stefan hatte immer gedacht, er würde irgendwann mal wissen

wollen, warum sie ihre Sätze wie Fragen aussprach. Aber das war es gar nicht mehr, was ihn interessierte. »Wieso Wasser?«, fragte er.

»Bitte?«

»Es gibt so viele Forschungsbereiche. Wieso haben Sie sich für Wasser entschieden?«

Sie lächelte, wie man lächelt, wenn man an etwas erinnert wird, das man liebt.

»Hm? Ich glaube, weil es so viele Geheimnisse bereithält? Wasser die Grundlage für alles Leben ist? Es ist der Ursprung, nicht wahr? Ohne Wasser existiert nichts? Und doch wissen wir erst so wenig davon? Es erstaunt mich immer wieder, und gerade wenn ich denke, ich habe etwas rausgefunden, tauchen so viele neue Fragen auf? Aber eines weiß ich – Wasser ist perfekt.« Sie stieß ein kurzes Lachen aus. »Einfach perfekt. Nicht wahr?« Sie nickte Stefan zu. »Das zu begreifen ist der erste Schritt, um es zu verstehen. Und es ist wohl auch der schwierigste. Ich bin Naturwissenschaftlerin mit Leib und Seele, aber ich glaube, wenn ich an so etwas wie Magie glauben würde – dann wäre es tatsächlich Wasser.«

Keine Fragezeichen. Frau Dr. Renner lehnte sich an den Türrahmen und legte ihre Hände ineinander.

»Und warum haben Sie sich dafür entschieden, Herr Dr. Schneider?«

Stefan dachte an den letzten Tag mit John an der Donau. Daran, wie er mit Emma und Fred im Wasser getrieben war.

»Ich glaube, weil ich herausfinden will, wie Verbindungen funktionieren.«

»Welche Verbindungen?«

»Jede – nein, das stimmt nicht. Menschliche Verbindungen.«

Sie sah ihn fragend an.

»Ich meine, dieses Gefühl, mit jemandem verbunden zu sein.«

Sie hob die Augenbrauen, als wäre sie überrascht.

»Es ist, wie Sie gesagt haben«, sagte Stefan rasch und bemühte sich, wissenschaftlich zu klingen. »Wasser ist zwar lose, aber doch verbunden. Wassermolekül mit Wassermolekül. Ohne diese Verbindungen könnten gar keine Protonen durch elektrische Spannung entstehen. Und ohne Protonen gäbe es keine magnetische Kraft. Sie ist überall, im Meer, in den Wolken, im Boden, in jedem Körper. Es ist – ach, ich weiß auch nicht.« Er winkte ab.

»Was? Sagen Sie es?« Sie nickte ihm aufmunternd zu, wie einem Tier, das man aus seinem Bau herauslocken will.

»Als würde Wasser die Einsamkeit überwinden.«

Kaum hatte er es ausgesprochen, spürte Stefan, wie ihm das Blut in die Wangen schoss.

»Faszinierend.« Sie klang wie Mr. Spock in *Raumschiff Enterprise*. »Wissen Sie, was ich an Ihrer Arbeit so mag?«

Stefan schüttelte den Kopf.

»Vielleicht ist es uns möglich, durch Ihre Protonen im Wasser irgendwann einmal tatsächlich beweisen zu können, dass alles miteinander verbunden ist.«

»Wie bitte?«

»Magnete sind schließlich immer magnetisch, nicht wahr?«, sagte Frau Dr. Renner mit einem Lächeln. Sie machte auf dem Absatz kehrt, doch dann drehte sie sich wieder zu ihm. »Hätten Sie vielleicht gerne eine Tasse Kaffee? Ich habe eine hervorragende Espressomaschine in meinem Büro?«

»Hallo, Kollegin.«

Stefan kam sich ungeschickt vor, wie er so dastand mit zwei Kaffeebechern vor Maries Schreibtisch. Früher, als sie gemeinsam studiert hatten, hatte er ihr manchmal einen Kaffee aus dem Automaten mitgebracht.

Marie schreckte hoch, ihr Kugelschreiber fiel zu Boden, und ihre grüne Brille rutschte ihr von der Nase. Sie griff sich ans Herz.

»Hast du mich erschreckt, ich war so in die Arbeit vertieft.

Hallo.« Sie musterte ihn mit einem Lächeln. »Ich wusste nicht, dass du wieder da bist. Alles in Ordnung?«

Er nickte, schüttelte den Kopf, nickte wieder, schüttelte ihn erneut.

»Ich weiß es nicht«, sagte er ehrlicherweise und reichte ihr den Becher. Sie nippte daran und verzog erfreut das Gesicht.

»Das ist ein erstaunlich guter Kaffee. Wenn man bedenkt, dass du wahrscheinlich die schlechteste Kaffeemaschine der Welt in deinem Büro hast.«

Er schüttelte den Kopf und deutete mit dem Daumen hinter sich.

»Der ist nicht von mir. Ich habe ihn von Frau Dr. Renner. Wir haben ein bisschen in ihrem Büro geplaudert, und sie hat mir einen für dich mitgegeben. Hast du gewusst, dass sie dort ein Aquarium hat? Darin schwimmt Einstein. Also, so nennt sie ihren Fisch.«

Es fiel ihm schwer, seine Begeisterung zu unterdrücken. Auf den ersten Blick wirkte Einstein blau, aber wenn man genauer hinsah, konnte man die irisierend smaragdgrünen Schuppen erkennen. Die vier üppigen Flossen – eine auf seinem Rücken, eine unter seinem Bauch und je zwei kleine rechts und links – leuchteten knallrot. Die Schwanzflosse glänzte türkis. Ein bisschen erinnerte er ihn an den Fisch aus Emmas Kinderbuch. Vielleicht sollte er sich auch einen zulegen.

Marie setzte die Brille auf und schob sie die Nase hoch. Ihr Ehering glänzte wie frisch poliert. Er dachte daran, wie sie vor zwei Tagen ihre Hand auf seine gelegt hatte.

»Die Sache mit deiner Mutter – hat es sich schon aufgeklärt?«, fragte sie.

Er rieb an der Kaffeetasse, als wäre sie eine Wunderlampe.

»Es hat sich dann doch als wahr herausgestellt.«

Er sah auf die Uhr, es war fast zwölf. Er würde gerne mit Marie darüber reden. Ihre Meinung dazu hören. Aber das wäre eine längere Geschichte, außerdem wollte er es nicht hier erzählen. Ihr Gespräch im Park hatte ihm gefallen. Es war längst Mittag, er hatte Hunger. Sie könnten zu dem Asiaten um die Ecke gehen. Der war bei seinen Kollegen in der Mittagspause sehr beliebt.

»Hast du Lust, mit mir essen zu gehen, Marie?«

Ein Strahlen legte sich über ihr Gesicht, im nächsten Moment räusperte sie sich.

»Sehr gern. Ich dachte schon, du fragst nicht … so wie damals.«

»Bitte?«

»Na ja, als wir studiert haben – ich hab immer gewartet, dass du fragst, ob ich mit dir ausgehe. Dann dachte ich, vielleicht ist er zu schüchtern, und hab mir vorgenommen, bei der Studentenparty einfach dich zu fragen. In einem Moment hab ich dich noch mit deinem Bier gesehen. Und plötzlich warst du fort.« Sie sah kurz weg. »Das war dann der Abend, an dem ich Sophias Vater kennengelernt habe.« Sie lächelte ihn wieder an. »Und jetzt, zwölf Jahre später, fragst du mich doch.«

Stefan war zu perplex, um etwas zu sagen.

»Was ist denn?«, fragte sie. »Oh.« Sie riss die Augen auf. »Du hast die Mittagspause gemeint, oder?«

Er nickte automatisch, und sie verzog den Mund zu einem sehr breiten unechten Grinsen.

»Das ist jetzt doch ein bisschen peinlich. Entschuldige, ich wollte nicht … aber natürlich, ich hätte mir denken können, dass du nicht … egal, wie auch immer. Lassen wir das.« Sie stand auf, nahm ein paar Unterlagen vom Tisch und streckte sie ihm entgegen. »Die kannst du schon mal mitnehmen, damit bin ich fertig. Für den Rest brauche ich noch eine …«

»Nein.« Er trat einen Schritt zurück. »Ich meine …« Er deutete auf ihren Ring. »Du bist verheiratet.«

Marie sah auf ihre Hand, als müsste sie überprüfen, was er sagte. »Das? Das ist nur Schmuck. Kein Ehering.«

»Das ist kein …?«

»Nein.«

»Du bist nicht …?«

Sie schüttelte den Kopf. »War ich auch nie.«

Stefan sagte nichts mehr, er sah sie nur an. Eigentlich hätte er mit Bestätigungsfehlern besser umgehen müssen, sie gehörten schließlich zu seinem Job. Aber wenn sie ihm dann im wahren Leben begegneten, war es immer wieder eine riesige Überraschung. Er ging zu Marie, stellte seinen Kaffeebecher auf den Schreibtisch. Er war so nah, dass er ihren Geruch nach Lavendel und frisch gewaschener Wäsche riechen konnte. Seine Knie wurden weich, aber er wusste, er würde so was ab jetzt aushalten.

»Möchtest du mit mir ausgehen, Marie?«

Und als sie nickte, streckte er seine Hand aus und ließ seine Finger zwischen ihre gleiten.

38.

Emma war so konzentriert, dass sie das Läuten ihres Handys im ersten Moment gar nicht registrierte.

Trotz eines beachtlichen Katers – dank der zwei Flaschen Chardonnay, die Fabienne gestern Abend mitgebracht hatte – war sie heute Morgen um sieben Uhr aufgestanden. Mit einer Kanne Kaffee hatte sie sich vor ihren Laptop gesetzt. »Schreib, Emma, du musst wieder schreiben«, hatte Fabienne sie gestern angespornt, als wäre sie ein Rennpferd kurz vor dem Zieleinlauf. Sie hatten über Bücher geredet, über das Schreiben, über die Liebe und die Vergangenheit. Hatten geweint, als Emma von Johns Gemälde und ihrer Mutter erzählte. Und über sich selbst gelacht, weil es manchmal das Beste war, was man tun konnte. Dann hatte es diesen einen kurzen, sehr verwirrenden Moment gegeben. Vielleicht war es, weil Emma schon ein bisschen betrunken war. Sie hatte sich an Fabiennes Schulter gelehnt. Es war ganz freundschaftlich gemeint. Doch plötzlich hatte sie da etwas in sich gespürt. Ein Knistern. Wie bei dieser Knallbrause, die im Mund so prickelt. Es war überall. Bevor sie etwas sagen konnte, war Fabienne bereits aufgesprungen und ins Bad gegangen, während Emma mit hochrotem Kopf sitzen geblieben war. Ob Fabienne das auch gespürt hatte?

Eigentlich hatte Emma sich vorgenommen, nur eine Stunde zu schreiben. Nun war es bereits früher Nachmittag. Zwischendurch hatte sie eine kurze Pause gemacht, um frischen Kaffee aufzusetzen und Martin anzurufen. Hannah schlief gerade, Martin wollte sie wecken, doch Emma sagte, er solle ihr nur sagen, dass sie angerufen hätte und sie würde sich später wieder melden.

Danach hatte sie komplett die Zeit vergessen. Während sie jetzt nach dem Handy langte, sah sie auf die Seitenanzahl. Zweiundzwanzig Seiten hatte sie geschrieben. Wahrscheinlich war das meiste davon nicht zu gebrauchen, aber es war ein Anfang.

»Lydia«, stand auf dem Display.

Wieso rief Freds Frau sie an? Das tat sie so gut wie nie. Freds Geburtstag war in ein paar Wochen. Lydia würde doch hoffentlich nicht auf den Geschmack gekommen sein und für Fred ebenfalls eine Überraschungsparty planen?

»Hallo, Emma. Störe ich?«

Lydia klang gedämpft, als würde sie eine Hand vorhalten. Im Hintergrund hörte es sich an, als spielten die Zwillinge Fangen.

»Nein, überhaupt nicht.« Emma streckte sich. »Wie geht es euch?«

»Ganz gut. Es ist nur … also seit ihr gestern Abend zurückgekommen seid … ich wollte dich fragen, ob auf eurem Ausflug irgendwas passiert ist? Ich meine, außer dass ihr Hannah gefunden habt.«

»Ausflug?« Emma hätte fast gelacht.

»Fred hat das so genannt.« Sie hörte sich ein bisschen beleidigt an.

Emma runzelte die Stirn und lehnte sich nach hinten.

»Hat Fred dir nichts erzählt?«

»Nur, dass Hannah eben diesen kleinen Unfall hatte«, wisperte Lydia. »Aber er wirkt so … anders. Ist irgendwas mit Hannah?«

»Was meinst du, er wirkt anders?«

»Ich weiß auch nicht. So gestresst. Ängstlich. In der Nacht war er permanent bei den Kindern«, sagte sie noch leiser, als befürchtete sie, die Zwillinge könnten sie sonst hören. »Er hat einfach bei ihnen im Zimmer gestanden, während sie geschlafen haben. Und wollte nicht sagen warum, als ich gefragt hab. Auch den ganzen Tag, so kenne ich ihn gar nicht. Und dann ist er weg, und ich frage mich die ganze Zeit … also, ist irgendetwas passiert?«

»Weißt du, wo er ist?«

»Ja. Er hat gesagt, er muss in die Villa. Wir wollten mitkommen, aber er war dagegen. Das war schon vor Stunden. Ich habe ihn angerufen, aber er geht nicht ran. Vielleicht ist es übertrieben, aber … so ist er sonst nicht.«

»Ich rede mit ihm. Wenn du willst, melde ich mich dann gleich wieder.«

»Danke. Das ist sehr nett. Ich weiß, ihr habt ja manchmal … egal. Danke.«

Und damit legte sie auf.

Emma versuchte es dreimal bei Fred. Tatsächlich, er ging auch bei ihr nicht ans Telefon. Das war ungewöhnlich. Fred hob immer ab, selbst wenn er nur sagte: »Geht jetzt nicht.«

Sie rief Stefan an und erzählte ihm von Lydias Anruf. Auch Stefan hatte gestern gemerkt, dass Fred anders gewesen war als sonst. Zuerst druckste er herum. Und dann erzählte er von Johns Skulptur, die er im Spiegel in Reginas Haus entdeckt hatte, und Freds Reaktion darauf. Dass Fred es ihr und Martin verschweigen wollte.

»Hat er danach noch irgendwas zu dir gesagt?«, fragte Emma.

»Nein, kein Wort.«

»Aber das macht überhaupt keinen Sinn.«

»Ja, ich weiß.«

Emma dachte an Fred. Es war irgendwas, das er gesagt hatte. Im Krankenhaus. Zu Johns Gemälde.

Sie waren alle perplex gewesen. Aber Fred hatte »Wieso?« gefragt.

Und plötzlich begriff sie. Obwohl es so warm war, wurde ihr eiskalt.

»Es sei denn, Fred wusste bereits alles über John«, sagte sie.

39.

Stefan kam als Erster in der Villa an. Nach dem Gespräch mit Emma war er sofort losgefahren. Aus dem Wohnzimmer drang ohrenbetäubendes Hämmern. Es klang, als würde jemand alles kurz und klein schlagen.

Fred bemerkte ihn nicht. Immer wieder schwang er den Hammer und drosch auf die Holzbretter ein. Im ersten Moment dachte Stefan, er würde die neuen Ikea-Bücherregale zerschlagen, doch dann sah er, dass sie noch genauso windschief in der Ecke standen. Nein, Fred zerstörte die antike Bücherwand, die schon ewig hier gestanden hatte.

Es war ein unheimlicher Moment. Es hatte fast etwas Voyeuristisches, Fred so zu sehen.

»Fred«, rief Stefan.

Er fuhr herum und ließ langsam den Hammer sinken. Er war leichenblass, seine Augen blutunterlaufen.

»Was machst du hier?«

Da war nicht mal ein Hauch von Zuckerguss in seiner Stimme zu hören.

»Lydia hat Emma angerufen«, sagte Stefan. »Sie macht sich Sorgen.«

Freds Brustkorb hob und senkte sich rasch. Seine Augen irrten umher, als wüsste er nicht, ob er bleiben oder losrennen sollte.

»Na und? Sag nicht, du hast dich deshalb verpflichtet gefühlt herzukommen?«

»Nein. Hau mich nicht, okay?«

Stefan deutete auf den Hammer. Es war der hilflose Versuch, einen Scherz zu machen und der Situation ein bisschen Dramatik zu nehmen. Fast so, wie Martin das tun würde. Aber der Witz schien nicht aufzugehen.

»Hör auf. Ich interessiere dich doch einen Scheißdreck. Warum gehst du nicht und untersuchst dein Wasser?« Fred wandte sich zu den Holzbrettern. Er riss erneut den Hammer in die Luft.

»Du hast es die ganze Zeit gewusst. Von John. Dass er dort gelebt hat.«

Es wirkte, als hätte Stefan einen Zauberspruch ausgesprochen, der Fred in der Bewegung erstarren ließ. Er sah Stefan an, als wäre er ein Geist. Es gab einen Krach, im ersten Moment dachte Stefan, das wäre von Fred selbst gekommen. Als wäre in ihm etwas ganz laut zerbrochen. Dabei hatte er nur den Hammer auf die Bretter fallen lassen. Er stemmte die Hände in die Hüften, als müsse er sich stützen, sonst würde er zusammenklappen.

»Woher hast du es gewusst?«, fragte Stefan.

Fred hob langsam den Kopf. Ein paar Sekunden verstrichen, es fühlte sich nach einer Ewigkeit an.

»Das Bild«, sagte er schließlich monoton.

»Was ist mit dem Bild?«

»Das Bild von uns. Der Tag, an dem du ausgezogen bist.« Fred schluckte so laut, es klang, als würde er in seinem Hals etwas zerquetschen.

»Ich habe John damals gesehen.« Fred senkte den Blick.

»Er hat gegenüber vom Haus in einem Taxi gesessen. Zuerst dachte ich, das ist irgendeiner von Emmas nervenden Verehrern, der uns beobachtet. Ich habe so getan, als würde ich zurück ins Haus gehen. Dabei bin ich einfach nur hinter den Rosen entlang und dann wieder raus auf die Straße. Von hinten bin ich zu dem Taxi, niemand hat mich bemerkt. Ich wollte nur wissen, wer das ist. Und da hab ich ihn erkannt.« Seine Stimme wurde lauter, er hob den Kopf, zeigte neben sich, als würde das Taxi noch immer da stehen. »Ich habe ein paar Meter neben unserem beschissenen Vater gestanden, während er die ganze Zeit in die andere Richtung zum Haus geschaut hat. Ich hätte nur die Tür öffnen müssen.«

Stefan hörte hinter sich ein lautes kurzes Luftholen. Emma stand da, er wusste nicht, wie lange schon.

»Hat er dich gesehen?«, fragte Emma leise. Fred schloss die Augen, sein Kinn bebte, er nickte langsam.

»Der Taxifahrer hat mich, glaube ich, bemerkt, er hat irgendwas gesagt. Und da hat John den Kopf zu mir gedreht. Ich dachte, jetzt steigt er aus. Aber der Fahrer hat nur mit den Achseln gezuckt. Und dann ist er weggefahren.«

»Oh, Fred«, sagte Emma, ihre Stimme zitterte.

»Was hätte ich euch denn sagen sollen? Dass er da war, aber nicht zurückkommen wollte? Dass ich gewartet habe? Jahrelang gewartet, ob er doch noch wiederkommt? Ich hatte keine Ahnung, dass er kurz danach gestorben ist. Ich war so wütend, dass ich nie nach ihm gesucht habe. Und gestern … das Bild.« Er sah sie verzweifelt an, ballte seine Hände zu Fäusten. »Ich hasse ihn«, schrie er so laut, dass Stefan zusammenzuckte. »Warum? Warum hat er das getan?«

Fred weinte. Er konnte gar nicht mehr aufhören. Wieso hatte das keiner von ihnen bemerkt? Als hätten sie alle eine Fred-Brille, die sie nur sehen ließ, was in das Bild ihres Bruders passte. Dabei war er ein größerer Meister im Verbergen als sie alle.

Plötzlich rannte Fred in den Garten, ließ sich auf Knien ins Gras fallen und keuchte, als würde er keine Luft mehr bekommen. Stefan hatte das Gefühl, als könne er sich nicht bewegen.

»Fred«, rief Emma und lief ihm hinterher. Sie kniete sich neben ihn, streichelte über seinen Rücken.

»Es tut mir leid, es tut mir so leid«, hörte Stefan sie immer wieder sagen. Wie viel Fred ausgehalten hatte. Womöglich hatte er das immer schon getan.

Stefan nahm einen tiefen Atemzug und ging ihnen nach. Emma und Fred kauerten nebeneinander im Gras und weinten gemeinsam. Und plötzlich spürte Stefan, wie etwas in ihm nachgab. Wie bei einem Erdrutsch löste sich ein riesiger Brocken. Und dann war da nur noch diese Welle. Als wäre die Liebe dahinter verborgen gewesen. Und da verstand er es. Frau Dr. Renner hatte recht. Magnete waren immer magnetisch.

Was geschieht, wenn Liebe dazukommt?

Das musste sie gar nicht. Sie war schon da. In jedem einzelnen Proton.

»Habt ihr noch Platz für mich?«, fragte er.

Und als Emma und Fred nickten, fühlte es sich ganz leicht an, sich zu ihnen zu knien und die Arme auszubreiten.

EPILOG

Die Wege und Liegeflächen waren menschenleer. Obwohl sie das letzte Mal vor dreiundzwanzig Jahren hier gewesen waren, fand Stefan den Steg, auf dem er damals als Achtjähriger ausgerutscht und in die Donau gestürzt war. Mittlerweile hatte man die Konstruktion erneuert und durch ein stabiles Metallgestell ersetzt.

»Gehen wir schwimmen«, sagte er und deutete zum Wasser.

»Du willst was?«, fragte Fred.

»Schwimmen.«

»Das ist doch verrückt«, sagte Fred. »Wir haben keine Badesachen.«

»Aber Unterwäsche«, sagte Emma. Sie schlüpfte bereits aus ihren Schuhen und zog die Hose runter. »Es ist doch sowieso keiner hier.«

Stefan knöpfte sein Hawaiihemd auf und zog es sich über den Kopf.

»Bitte, ihr könnt ja, wenn ihr unbedingt wollt«, sagte Fred.

»Es ist aber nicht dasselbe ohne dich«, sagte Stefan.

Und Emma nickte.

Sie sahen ihren Bruder an. So lange, bis er sich mit einem lauten Seufzen bückte, um seine Schnürsenkel zu öffnen. Dabei schüttelte er die ganze Zeit leicht den Kopf. Aber er stand dann trotzdem in seinen dunkelblauen Boxershorts da.

Fred fluchte, weil das Wasser so kalt war. Stefan griff nach seiner Hand und dann nach der von Emma. Sie streckte die andere Hand Fred entgegen.

»Ein Kreis aus Fleisch, Blut und Wasser«, sagte Emma.

»Ach Gott«, seufzte Fred, und Emma und Stefan lachten.

Und dann wurde alles ganz still.

Zu dritt trieben sie auf dem Wasser.

Für den Bruchteil einer Sekunde hatte Stefan den Eindruck, da blitzte etwas am Steg. Als würde dort jemand stehen und ihnen zusehen.

Vielleicht war es aber auch nur das Licht der untergehenden Sonne, das sich auf dem Metallgestell spiegelte.

DANK

Vor zwei Jahren habe ich dieses TEDx-Video entdeckt: »The bridge between life and water« von Dr. Adam Wexler (zu finden auf YouTube).

Ich habe ihn über das Forschungsinstitut Wetsus kontaktiert und kann ihm gar nicht genug danken, dass er mir sein Wissen, seine Erkenntnisse und seine Forschung mit so viel Freundlichkeit und Empathie zur Verfügung gestellt hat! Danke, Adam!

Herzlichen Dank auch an Univ. Prof. Dr. Woisetschläger, Frau Dr. Sommer, Brit Haslinger, Nicole Gaspari, Dr. Oliver Scheibenbogen und Mag. Senta Sangestan.

Mein besonderer Dank gilt meiner Lektorin Monika Boese für ihren Glauben an dieses Buch und meiner Agentin Sabine Langohr, die immer mit Rat und Tat zur Seite steht und mich wachsen lässt. Danke an Katharina Rottenbacher, die mit viel Liebe meine Texte besser macht, an Günther Lorenzoni für seine Unterstützung, dem gesamten großartigen Team bei Ullstein, meinen Testleserinnen Sabine Bergmann, Franziska Tkavc, Michaela Santer und Johanna Hruby. Danke Christoph Wudy und Renate Ungar.

Danke meinen Eltern, meiner Familie und meinen Freunden und ein ganz besonderes Dankeschön an Daniela Kousal und Armin Autz für ihre jahrelange Freundschaft. Danke auch von ganzem Herzen an Andreas Izquierdo und Andreas Gruber.

Der größte Dank gilt meinem bemerkenswerten Ehemann Joseph Prammer, der mich unterstützt und an mich glaubt. Danke, dass du mich vor fünfzehn Jahren gefragt hast, ob ich dich heiraten möchte. Du bist meine Wasserbrücke.